E-Z DICKENS SUPERHEROJUS PIRMOJI IR ANTROJI KNYGOS

TATUIRUOČIŲ ANGELAS: Į TRYS

Cathy McGough

Stratford Living Publishing

Dedikacija

Dorotėjai, kuri tikėjo.

Turinys

PIRMOJI KNYGA:

TATUIRUOČIŲ ANGELAS

PROLOGAS

Pirmoji būtybė **nuskrido**ant E-Z krūtinės ir nusileido, smakrą atkišusi į priekį, o rankas uždėjusi ant klubų. Jis pasisuko vieną kartą pagal laikrodžio rodyklę. Sukosi greičiau, iš jo sparnų virpėjimo sklido daina. Daina buvo žemas dejonis. Liūdna daina iš praeities, švenčiant gyvenimą, kurio nebeliko. Būtybė atsilošė atgal, galvą priglaudusi prie E. Z. krūtinės. Sukimasis sustojo, bet daina grojo toliau.

Prisijungė antroji būtybė, atlikdama tą patį ritualą, sukdamasi prieš laikrodžio rodyklę. Jie sukūrė naują dainą, be pyptelėjimų ir priartėjimų. Juk kai jie dainavo, onomatopėjos nereikėjo. Tuo tarpu kasdieniniame pokalbyje su žmonėmis ji buvo reikalinga. Ši daina užgožė kitą ir tapo džiaugsminga, aukštai pakelta švente. Odė būsimiems dalykams, dar negyventam gyvenimui. Daina ateičiai.

Deimantų dulkių purslai išsiveržė iš jų auksinių akių vyzdžių, kai jie pasisuko tobulai sinchroniškai. Deimantinės dulkės iš jų akių purškėsi ant miegančio E-Z kūno. Keitimasis tęsėsi, kol padengė jį deimantų dulkėmis nuo galvos iki kojų.

Paauglys toliau ramiai miegojo. Kol deimantų dulkės pervėrė jo kūną - tada jis pravėrė burną, norėdamas sušukti, bet joks garsas nesklido.

„Jis prabudo, pyp-pyp".

„Pakelkite jį, zoom-zoom."

Kartu jie pakėlė jį, kai jis atvėrė stiklines akis.

„Miegok dar, pypt-pypt."

„Nejausk skausmo, zoom-zoom."

Priglaudusios jo kūną, abi būtybės priėmė jo skausmą į save.

„Atsikelk, pypt-pypt", - įsakė jis.

Ir neįgaliojo vežimėlis, pakilo aukštyn. Ir, pasidėjęs po E-Z kūnu, laukė. Kai nusileido kraujo lašas, kėdė jį sugavo. Sugėrė jį. Suvalgė jį, tarsi jis būtų gyvas.

Didėjant kėdės galiai, ji taip pat stiprėjo. Netrukus kėdė galėjo išlaikyti savo šeimininką ore. Tai leido abiem būtybėms atlikti savo užduotį. Jų užduotis buvo sujungti kėdę ir žmogų. Deimantų dulkių, kraujo ir skausmo galia surišti juos amžiams.

Paauglio kūnui virpant, jo odos įpjovimai užgijo. Užduotis buvo atlikta. Deimantų dulkės buvo jo esmės dalis. Taip muzika sustojo.

„Atlikta. Dabar jis neperšaunamas. Ir jis turi super jėgą, pyp-pyp".

„Taip, ir tai yra gerai, zoom-zoom".

Neįgaliojo vežimėlis grįžo ant grindų, o paauglys - ant lovos.

„Jis to neprisimins, bet jo tikrieji sparnai pradės veikti labai greitai, pyp-pyp".

„O kaip dėl kitų šalutinių poveikių? Kada jie prasidės ir ar bus pastebimi zoom-zoom?"

„To aš nežinau. Jam gali atsirasti fizinių pokyčių... Tai rizika, kurią verta prisiimti, kad sumažėtų skausmas, pyp-pyp.“

„Sutinku, zoom-zoom.“

PRIEŽASTIS

„Pirmiausia pasakykite, kiek jums metų? Koks tavo vardas?"

„Man dvylika. Jie mane vadina E-Z."

„Patikslinkite savo adresą ir telefono numerį".

Jis taip ir padarė.

„Sveiki, E-Z. Papasakok man apie savo tėvus. Ar gali juos matyti? Ar jie sąmoningi?"

„Aš, aš jų nematau. Ant automobilio, ant jų ir mano kojų užvirto medis. Padėkite. Prašau."

„Mes dabar nustatome jūsų buvimo vietą."

E-Z užmerkė akis.

„E-Z?" Garsiau: „E-Z!"

Berniukas atsipeikėjo. „Aš, atsiprašau, aš."

„Mes siunčiame sraigtasparnį. Pasistenkite išlikti budrus. Pagalba jau pakeliui."

„Ačiū." Jo akys užkrito, jis privertė jas atmerkti. „Turiu išlikti budrus. Ji sakė, kad reikia išlikti budriam." Viskas, ko jis norėjo, tai miegoti, miegoti, kad baigtųsi visas skausmas.

Virš jo akių sumirgėjo dvi lemputės, viena žalia, kita geltona. Sekundę jam atrodė, kad mato, kaip tie du objektai pakibę virš jo plasnoja mažyčiais sparnais.

„Jam blogai", - pasakė žaliasis, priartėdamas, kad galėtų pažvelgti iš arčiau.

„Padėkime jam", - pasakė geltonasis, pakilęs aukščiau.

E-Z pakėlė ranką, norėdamas nubraukti mirgančias švieseles. Aukštas garsas užgulė jo ausis.

„Ar sutinkate mums padėti?" - dainavo švieselės.

„Sutinku. Padėkite man."

Tada viskas tapo juoda.

EFEKTAS

Samas, E-Z dėdė, atsibudęs buvo ligoninėje. Berniukas neuždavė klausimo - kur jo tėvai - nes nenorėjo išgirsti atsakymo. Jei nežinojo, galėjo apsimesti, kad jiems viskas gerai. Kad jie bet kurią minutę įžengs į jo kambarį ir apkabins jį. Tačiau mintyse jis žinojo, iš tikrųjų tikėjo, kad jie mirę. Jis mintyse įsivaizdavo, kaip atmetęs antklodę bėgs pas juos, o jie susikibs į grupinį apkabinimą ir verks apie tai, kaip jiems pasisekė. Bet palaukite, kodėl jis negalėjo pajudinti pirštų? Jis vėl pabandė, labai susikaupęs, bet nieko neatsitiko.

Stebintis Samas pasakė: „Nėra nesudėtingo būdo tau tai pasakyti." Visą tą laiką jis kovojo su verksmu.

„Mano kojos, - pasakė E-Z, - aš, aš jų nejaučiu".

Dėdė Samas suspaudė sūnėnui ranką. „Tavo kojos..."

„O ne. Nesakyk man to. Tiesiog nesakyk."

Jis atplėšė ranką nuo dėdės. Jis užsidengė veidą, sudarydamas užtvarą tarp savęs ir pasaulio, nes skruostais riedėjo ašaros.

Dėdė Semas suabejojo. Jo sūnėnas jau verkė, jau sielvartavo, o jis vis tiek turėjo jam papasakoti apie savo tėvus. Nebuvo lengvo būdo tai pasakyti, todėl jis išrėžė: „Tavo tėvai. Mano brolis ir tavo mama... jie neišgyveno".

Žinoti ir išgirsti žodžius buvo du skirtingi dalykai. Vienas iš jų padarė tai faktu. E-Z atmetė galvą atgal ir išsižiojo kaip sužeistas žvėris, drebėdamas ir norėdamas bėgti, bet kur. Tik tolyn.

„E-Z, aš čia dėl tavęs."

„Ne!" Tai netiesa. Tu meluoji. Kodėl man meluojate?" Jis muistėsi, gniaužė kumščius ir daužė juos į čiužinį, siautėdamas ir siautėdamas be jokių ženklų, kad sustos.

Samas paspaudė mygtuką prie lovos. Jis bandė jį nuraminti, bet E. Z. buvo nevaldomas, mušėsi ir keikėsi. Priėjo dvi slaugytojos; viena įkišo adatą, o kita su Samu bandė jį nuraminti, o jis tyliai šnabždėjo, kad viskas bus gerai.

Samas žiūrėjo, kaip jo sūnėnas sapnų šalyje ar kur jis dabar bebūtų, - surinko šypseną. Jis puoselėjo tą šypseną, manydamas, kad praeis nemažai laiko, kol vėl išvys tokią šypseną sūnėno veide. Laukė ilgas ir sunkus kelias. Jo sūnėnui teks akis į akį susidurti su ta diena, kai jo gyvenimas sugrius. Kai tai padarys, jis galės kovoti ir kartu jie galės sukurti jam visiškai naują gyvenimą. Naują - kitokį, ne tokį patį. Niekas niekada nebebūtų buvę taip, kaip anksčiau.

Viskas dėl to, kad jie atsidūrė netinkamoje vietoje netinkamu laiku. Gamtos aukos: medis. Medis, kuris dėl žmonių aplaidumo tapo gamtos ginklu. Medinė konstrukcija buvo negyva, šaknys virš žemės jau daugelį metų rungėsi dėl dėmesio. Ir kai jam pasakė, kad jis buvo pažymėtas X ženklu, kad pavasarį būtų nupjautas, jam norėjosi rėkti.

Vietoj to jis paskambino geriausiam savo pažįstamam advokatui. Jis norėjo, kad kas nors sumokėtų - apmokėtų sąskaitą už dvi per anksti nutrauktas gyvybes, už sudaužytas sūnėno kojas ir sudaužytą gyvenimą.

Bet kokia buvo prasmė? Niekas negalėjo pakeisti praeities, bet ateityje jis padės sūnėnui rasti savo kelią. Tą akimirką Samas sukūrė planą.

Samas buvo panašus į suaugusį Hario Poterio variantą (be rando.) Būdamas vienintelis gyvas E-Z giminaitis, jis perims sūnėno globą. Vaidmuo, kurį anksčiau buvo apleidęs. Jis stengsis būti panašus į vyresnįjį brolį Martiną - ne jį pakeisti.

Jis nusikratė viduje kunkuliuojančių pasiteisinimų. Mėgino priversti jį pasinaudoti darbu, kad atleistų jį nuo atsakomybės. Jis išeitų, ištrintų visus įsipareigojimus. Tada galėtų nustoti save kaltinti. Nekęsti savęs už visą prarastą laiką.

Kol sūnėnas miegojo, jis paskambino savo programinės įrangos bendrovės generaliniam direktoriui. Būdamas patyręs vyresnysis programuotojas, savo srities lyderis, jis tikėjosi, kad jie pasieks kompromisą. Jis papasakojo, ką nori daryti.

„Žinoma, Samas. Gali dirbti nuotoliniu būdu. Niekas nesikeis. Daryk tai, ką privalai daryti. Mes esame su tavimi. Šeima visada svarbiausia."

Atsijungęs jis grįžo prie sūnėno lovos. Kol kas jis persikels į šeimos namus, kad E-Z galėtų likti netoli savo draugų ir mokyklos. Kartu jie vėl sudėtų į vieną vietą ir iš naujo sukurtų jo gyvenimą. Jei tik jis visiškai neišprotės. Būdamas bakalauras, jis neturėjo beveik jokios patirties su vaikais -

jau nekalbant apie paauglius.

****

Išėję iš ligoninės,likimo verčiami, jie neturėjo kito pasirinkimo, kaip tik užmegzti ryšį, pranokstantį kraujo ryšį.

E-Z priešinosi, neigdamas, kad gali viską padaryti pats. Galiausiai jam neliko nieko kito, kaip tik priimti siūlomą pagalbą.

Samas stojo į pagalbą - buvo šalia jo - tarsi žinojo, ko sūnėnui reikia, dar prieš jam paprašant.

Jis buvo šalia E-Z antrą blogiausią jo gyvenimo dieną, kai jam buvo pasakyta, kad jis daugiau niekada nebevaikščios.

„Ateikite, - pasakė daktaras Hammersmitas, vienas geriausių ortopedų neurologų chirurgų.

Neįgaliojo vežimėlyje E-Z įvažiavo, o paskui jį - Samas.

Hamersmitas garsėjo tuo, kad taiso nepataisomus dalykus, ir jis ketino jį pataisyti. Per ankstesnes konsultacijas jis buvo pažadėjęs jaunuoliui, kad jis vėl žais beisbolą.

„Atsiprašau, - tarė Hamersmitas. Po kelių sekundžių nemalonios tylos jis ją užpildė sumaišydamas kelis popierius.

„Dėl ko konkrečiai atsiprašote?" "Dėl ko? pasiteiravo E-Z, iš visų jėgų stumdamasis į priekį savo vietoje. Nepajėgdamas atlikti užduoties, jis liko stovėti vietoje.

„Ko jis prašė, - pasakė Samas, be vargo judėdamas į priekį savo vietoje.

Hamersmitas pravėrė gerklę. „Mes tikėjomės, kad kadangi viskas veikė normaliai, paralyžius gali būti laikinas. Todėl nusiunčiau tave atlikti daugiau tyrimų ir pasiūliau fizinę terapiją. Dabar nėra jokių abejonių, atsiprašau, kad turiu tau pasakyti E-Z, bet tu niekada daugiau nevaikščiosi."

„Kaip tu gali taip su juo pasielgti?" paklausė Samas.

Jo žodžių baigtinumas įsiskverbė į vidų. „Ištrauk mane iš čia, dėde Samai!"

„Palaukite, - pasakė Hameršmitas, negalėdamas pažvelgti jiems į akis. „Aš prašiau pagalbos, kolegų iš viso pasaulio. Jų išvada buvo tokia pati."

„Labai ačiū."

„E-Z, tau laikas judėti toliau. Nenoriu tau suteikti daugiau klaidingų vilčių. "

Samas atsistojo, uždėjęs rankas ant neįgaliojo vežimėlio rankenų.

„Gausime antrą nuomonę, trečią ir ketvirtą!"

„Jūs galite tai padaryti, - pasakė Hamersmitas, - bet mes jau tai padarėme. Jei būtų kas nors nauja, ten - kas nors, kuo galėtume pasinaudoti, - mes tai padarytume. Per tavo gyvenimą viskas gali pasikeisti E-Z. Kamieninių ląstelių tyrimų srityje daroma pažanga. O kol kas nenoriu, kad gyventum gyvenimą dėl to, kas bus, jeigu bus ir galbūt bus".

Tada nukreipė į Semą,

„Neleisk savo sūnėnui iššvaistyti savo gyvenimo. Padėk jam atsitiesti ir grįžti į gyvųjų žemę. O ir nenoriu apie tai kalbėti, bet netrukus mums reikės grąžinti neįgaliojo vežimėlį - atrodo, kad jo šiek tiek trūksta. Jei neprieštarautumėte, galėtume susitarti kitaip".

„Gerai, - tarė Samas ir jie nekalbėdami išėjo iš Hamersmito kabineto. Jis įdėjo neįgaliojo vežimėlį į bagažinę, prisisegė saugos diržus ir užvedė automobilį.

„Viskas bus gerai."

E-Z, kurio skruostais riedėjo ašaros, nušluostė jas. „Atsiprašau."

„Niekada nereikia manęs atsiprašinėti, vaikeli, už tai, kad rodai savo jausmus".

Samas trenkė kumščiais į vairą, tada išvažiavo iš stovėjimo vietos girgždėdamas padangomis.

Kelias akimirkas jie važiavo nesikalbėdami, tada jis pasilenkė ir įjungė radiją. Tai praskaidrino tarp judviejų įsivyravusią tylą ir suteikė E. Z. galimybę išsiverkti nesijaučiant sąmoningam.

Kai jie pasuko į namo važiuojamąją dalį, buvo jau ramūs ir pavalgę. Buvo suplanuota pažiūrėti kelias programas ir užsisakyti picą.

Po kelių dienų atkeliavo visiškai naujas neįgaliojo vežimėlis.

****

Šalia naujojo E-Z vežimėlio užsidegė**dvi**lemputės: geltonoji ir žalioji.

„Šitas nepadės, pyptelk, pyptelk.“

„Sutinku, jis visai netiks. Jam reikia ko nors lengvesnio, tvirtesnio, ugniai atsparaus, neperšaunamo ir sugeriančio, zoom-zoom“.

„*Tu-žinai-kas* sakė, kad neturėtume gaišti laiko - taigi, padarykime tai, kol žmogus dar nepabudo, pyp-pyp.“

Šviesos šoko aplink vežimėlį. Viena pakeitė metalą, kita - padangas. Kai jos baigė procesą, kėdė atrodė tokia pati, kaip ir anksčiau, bet ne tokia.

E-Z šnabždėjo miegodamas.

„Važiuokime iš čia! Bip bip!“

„Tiesiai už tavęs! Zoom zoom zoom!“

Taip jie ir padarė, o mažylis miegojo toliau.

$$*\!*\!*$$

Praėjus metams, E.Z. atrodė, kad dėdė Semas visada buvo čia. Ne tai, kad jis pakeitė jo tėvus. Ne, to jis niekada nesugebėtų padaryti, tiesą sakant, ir nesistengtų, bet jie sugyveno. Jie buvo bičiuliai. Jie buvo daugiau nei tai, jie buvo šeima. Vienintelė šeima, kuri trylikamečiui liko pasaulyje.

„Noriu tau padėkoti, - pasakė jis, stengdamasis nesulaikyti ašarų.

„Tau nereikia man dėkoti, vaikeli.“

„Bet turiu, dėde Samai, be tavęs būčiau metęs rankšluostį“.

„Tu esi iš stipresnės medžiagos“.

„Nesu. Nuo avarijos aš išsigandau, turiu omenyje, tikrai išsigandau. Sapnuoju košmarus.“

„Mes visi bijome; padeda, jei apie tai kalbiesi. Turiu omenyje, jei nori su manimi apie tai pasikalbėti.“

„Kartais tai atsitinka naktį - kai miegi. Nenoriu tavęs pažadinti.“

„Aš esu šalia, o sienos nėra tokios storos. Tiesiog šauk mane ir aš būsiu ten. Aš neprieštarauju.“

„Ačiū, tikiuosi, kad man neprireiks, bet gera žinoti.“

Jie grįžo prie televizoriaus žiūrėjimo ir daugiau apie tai nebekalbėjo.

Iki vienos nakties, kai E-Z pabudo šaukdamas, o Samas, kaip ir buvo žadėjęs, buvo šalia.

Jis įjungė šviesą. „Aš čia. Ar tau viskas gerai?"

E-Z buvo įsikibęs į lovos kraštą, tarsi kas nors, kas ruošiasi nuvirsti nuo uolos. Jis padėjo jam atgal ant čiužinio.

„Jau geriau?"

„Taip, ačiū."

„Nori apie tai pasikalbėti? Galiu paruošti kakavos."

„Su zefyrais?"

„Savaime suprantama. Tuoj grįšiu."

„Gerai." E-Z akimirkai užmerkė akis, ir aukšti garsai vėl pasigirdo. Jis užsidengė ausis ir stebėjo prieš akis šokančias geltonas ir žalias šviesas. Jis nuleido rankas, girdėdamas, kaip dėdės basos kojos šlepsėjo koridoriumi.

„Štai tau, - pasakė Samas, į sūnėno rankas įkišdamas puodelį karštos kakavos. Jis įsitaisė neįgaliojo vežimėlyje, kur gurkštelėjo ir atsiduso.

Kaire ranka E-Z papurškė į orą ir vos neišpylė gėrimo.

„Ką tu darai?"

„Ar tu negirdi? Tą ausis rėžiantį garsą?"

Samas įdėmiai klausėsi, nieko. Jis papurtė galvą. „Jei girdi kažką keisto, kodėl bandai jį nušvilpti?"

E-Z sutelkė dėmesį į savo karštą gėrimą, paskui nurijo mažytį marmeladą. „Tada spėju, kad nematai šviesų?"

„Šviesų? Kokių šviesų?"

„Du žibintai: vienas žalias ir vienas geltonas. Maždaug tavo piršto galo dydžio. Čia įjungtos ir išjungtos - nuo avarijos. Peršviečia man ausis ir mirksi prieš akis. Mane erzina."

Samas priėjo prie galvūgalio ir pažvelgė iš sūnėno perspektyvos. Jis nesitikėjo nieko pamatyti - ir, žinoma, nesitikėjo - pastangos buvo skirtos nuraminti. „Ne, bet papasakok man daugiau, kad geriau suprasčiau, kaip tai prasidėjo".

„Avarijos metu pamačiau dvi šviesas, geltoną ir žalią, ir, nesijuok, bet, manau, kad jos man kalbėjo. Štai kodėl sapnavau košmarus".

„Kokios šviesos? Turite omenyje, kaip kalėdinės lemputės?"

„Ne, ne, ne kaip kalėdinės lemputės. Tai nieko. Jos jau dingo. Tikriausiai potrauminio streso sutrikimas arba prisiminimai".

„Potrauminio streso sutrikimas arba grįžimas į praeitį yra du labai skirtingi dalykai. Galvoju, gal tau reikėtų su kuo nors pasikalbėti. Turiu omenyje, su kuo nors, išskyrus mane."

„Turi omenyje, pavyzdžiui, su mano draugais?"

„Ne, turiu omenyje profesionalą."

POP.

POP.

Jie vėl sugrįžo. Mirkčiojo jam prieš nosį ir privertė sukryžiuoti akis. Jis susilaikė. Stengėsi jų neatstumti. Kai Samas viena ranka paėmė puodelį, o kita apčiuopė kaktą, jis paplekšnojo į orą. „Šalin nuo manęs!"

Samas žiūrėjo, kaip jo sūnėnas sustingo lyg ledo skulptūra per Žiemos festivalį. Samas spragtelėjo pirštais jam prieš akis, bet jokios reakcijos nebuvo. E-Z atsikvėpė, atsilošė, giliai įkvėpė ir po kelių sekundžių knarkė kaip karys. Samas užsitraukė antklodę. Jis pabučiavo sūnėną į kaktą ir grįžo į savo kambarį. Galiausiai jis užmigo.

Kitą dieną Samas pasiūlė E-Z užrašyti savo jausmus, galbūt dienoraštyje. Tuo tarpu jis pasiteiravo, kaip užsisakyti susitikimą su specialistu.

„Tu turi omenyje psichiatrą?"

„Arba psichologą. O kol kas užsirašyk tai. Kai juos pamatysi, kaip jie atrodo - užsirašyk pastebėjimus".

„Dienoraštis, turiu omenyje, į ką aš panašus, į Oprą Vinfriją?"

„Ne, - pasakė Samas. „Vaikeli, tu sapnuoji košmarus, girdi aukštus garsus ir matai šviesas. Tai gali būti, kaip tu sakei, potrauminio streso sutrikimo ar ko nors medicininio požymis. Turiu tai ištirti ir pasikalbėti su tavo gydytoju, gauti jo patarimą. Tuo tarpu užrašyti savo mintis, vesti dienoraštį gali padėti. Daugybė vyrų rašė dienoraščius arba vedė žurnalą".

„Nurodykite vieną, kurio vardą atpažinčiau?"

„Pažiūrėkime, Leonardas da Vinčis, Marko Polas, Čarlzas Darvinas".

„Turiu omenyje ką nors iš šio amžiaus."

„Tu jau paminėjai Oprą."

$$***$$

E-Z psichikos sveikata pagerėjo po kelių terapijos ir (arba) konsultavimo užsiėmimų. Ji buvo maloni ir nesmerkė paauglio, kaip jis bijojo. Vietoj to ji pasiūlė pasiūlymų ir konkrečių strategijų, kaip jį nuraminti ir jam padėti. Ji, kaip ir jo dėdė Samas, taip pat pasiūlė jam viską užsirašyti - į žurnalą ar dienoraštį.

Vietoj to jis parašė trumpą istoriją mokyklinei užduočiai, kurią įkvėpė mamos mėgstamiausias paukštis - balandis. Už darbą gavęs A+, mokytojas jo apsakymą įtraukė į visos provincijos rašinių konkursą. Iš pradžių jis buvo nusiminęs, kad mokytoja įtraukė jo apsakymą į konkursą jo neatsiklaususi. Bet kai jis laimėjo, buvo nepaprastai laimingas. Nuo tada mokytoja jo istoriją įtraukė į visos šalies konkursą.

Kol sūnėnas gilinosi į rašymo meną, Samas ėmėsi naujo pomėgio - genealogijos. Vieną vakarą, kai jie vakarieniavo, jis prabilo:

„Dabar, kai parašei apsakymą ir sulaukei tam tikros sėkmės, gal tau reikėtų pabandyti parašyti romaną?".

„Aš? Romaną? Jokiu būdu."

„Tu turi rašytojo kraujo", - atskleidė dėdė Samas. „Sekdamas mūsų istoriją, atradau, kad mes su tavimi esame giminės su vieninteliu Čarlzu Dikensu".

„Galbūt tuomet JUMS reikėtų parašyti romaną?" Jis nusijuokė.

„Aš nesu tas, kuris turi apdovanojimą pelniusį apsakymą".

Virš jo lėkštės sumirgėjo žalia ir geltona lemputės. Bent jau jis negirdėjo to aukšto triukšmo su dėdės Semo dundėjimu.

„.... Juk ir tu, ir aš, esame Čarlzo Dikenso pusbroliai skersai laiko. Pažiūrėk, ką viską įveikėte. Esi nuostabus vaikas - ką gali prarasti?"

Jo vardas Ezekielis Dikensas, ir tai yra jo istorija.

SKYRIUS 1

Perpirmuosius trylika savo gyvenimo metų jis buvo žinomas keliais vardais. Ezekielis - jo gimimo vardas. E-Z - jo pravardė. Jo beisbolo komandos gaudytojas. Apsakymų rašytojas. Tėvų sūnus. Dėdės sūnėnas. Geriausias draugas. Dabar jie turėjo jam naują vardą.

Ne dėl to, kad jam būtų nepatikęs žodis „c". Tiesą sakant, kai kurios alternatyvos jam patiko mažiau. Kaip ir komentarai, kuriuos kai kurie žmonės sakė, nes manė, kad jie yra politiškai korektiški. „O, štai tas vaikas, kuris prikaustytas prie neįgaliojo vežimėlio". Jie tai sakė rodydami į jį - tarsi manytų, kad jis taip pat turi klausos negalią. Arba jie sakydavo: „Man buvo gaila išgirsti, kad tu dabar sėdi neįgaliojo vežimėlyje". Tai jį priversdavo susiraukti. Tačiau labiausiai jį išmušė iš vėžių: „O, tu dabar esi tas vaikas, kuris naudojasi neįgaliojo vežimėliu". Matydami bet kurį, ypač jaunesnį žmogų neįgaliojo vežimėlyje, kai kurie žmonės jausdavosi nepatogiai. Jei jie taip jautėsi, kodėl jie *turėjo* kažką sakyti?

Tai sužadino seniai atmintyje išlikusį prisiminimą. Prisiminimą apie tėvus, kurie lietingą šeštadienio popietę per televizorių žiūrėjo filmą „Bambi". Mama gamino savo garsiuosius popkornų kamuoliukus. Jie turėjo limonado, M&Ms, zefyrų ir tėčio mėgstamų „Twizzlers". Triušis Thumperis sakė: „Jei negali pasakyti ko nors gražaus, nesakyk nieko". Kai mirė Bambi mama, jis pirmą kartą matė, kaip mama ir tėtis verkė dėl filmo. Kadangi jis buvo taip sukrėstas jų elgesio, pats neišliejo nė vienos ašaros.

Mokykloje kai kurie mokiniai jį vadino „medžio berniuku". Keletas jų buvo bendraamžiai sportininkai, kurie kadaise žvelgė į jį, kai jis karaliavo už grotų. Jis nekentė užuominų apie medžių berniuką. Jis savęs nesigailėjo (dažniausiai ne) ir nenorėjo, kad kas nors jo gailėtųsi.

Kai tą pačią pirmąją dieną atėjo laikas jam grįžti į mokyklą, jis tai padarė padedamas draugų. PJ (sutrumpintai Paulas Jonesas) ir Ardenas jį palaikė ir stumdė, kai reikėjo. Netrukus jie buvo žinomi kaip „Tornado trio". Labiausiai dėl to, kad visur, kur tik jie nueidavo, kildavo chaosas. Būtent tada E-Z išmoko tikėtis netikėtumų.

Taigi, kai po kelių mėnesių vieną rytą draugai užsuko jo pasiimti į mokyklą, o paskui pasakė, kad nevažiuos, jis per daug nenustebo. Kai jie pasakė, kad turės užrišti jam akis, to nesitikėjo.

Ant galinės sėdynės jis paklausė. „Kur mes važiuojame?" Jokio atsakymo. „Ar man tai patiks?"

„Taip", - atsakė jo draugai.

„Tai kam tada tas apsiaustas ir dalgis?"

„Nes tai staigmena", - pasakė PJ.

„Ir tu tai labiau įvertinsi, kai būsime ten".

„Na, aš negaliu pabėgti." Jis nusišypsojo.

Ardeno motina parkrito. „Ačiū, mama", - pasakė jis.

„Paskambink man, kai reikės, kad tave pasiimčiau", - pasakė ji.

Abu draugai padėjo E. Z. įsėsti į vežimėlį ir išvažiavo.

„Ar tik man taip atrodo, ar ši kėdė kaskart, kai ją ištraukiame, atrodo lengvesnė?" Ardenas paklausė.

„Tai tu!" PJ atsakė.

Jiems važiuojant nelygiu paviršiumi, E-Z pajuto šviežiai nupjautos žolės kvapą. Kai draugai nusiėmė raištį nuo akių - jis buvo beisbolo aikštelėje. Išvydus buvusius komandos draugus, priešininkų komandą ir trenerį Liudlovą, jo akyse pasirodė ašaros. Jie buvo su visomis uniformomis, išsirikiavę išilgai šviežiai kreida nubrėžtos pagrindinės linijos.

„Sveiki sugrįžę!" - džiūgavo jie.

E-Z nusišluostė ašaras rankove, kai kėdė priartėjo prie žaidimo aikštelės. Nuo to laiko, kai nelaimingas atsitikimas atėmė iš jo svajonę žaisti profesionalų beisbolą, jis vengė žaisti. Su gumulu gerklėje jis buvo toks kupinas emocijų, kad negalėjo sulaikyti kvapo.

„Jam trūksta žodžių, - pasakė PJ, alkūne stumtelėdamas Ardeną.

„Tai pirmas kartas."

„Ačiū, vaikinai. Neklydote, kad tai bus staigmena".

„Palaukite čia", - nurodė draugai.

E-Z buvo paliktas vienas, kad pasigrožėtų beisbolo aikštelės vaizdu. Vieta, kuri kadaise buvo jo mėgstamiausia vieta žemėje. Jis vėl nubraukė ašarą, stebėdamas, kaip žalia žolė mirguliuoja saulės šviesoje. Jis jas nušluostė, kai draugai grįžo nešini maišu įrangos.

Ardenas pasilenkė: „Staigmena, drauguži, šiandien tu gaudysi!"

„Ką tu turi omenyje? Aš negaliu šitaip žaisti!" - pasakė jis, trenkdamas rankomis į vežimėlio porankius.

„Štai, žiūrėk, kol mes tave aprengsime", - pasakė PJ, paduodamas telefoną ir paspausdamas ,Play'.

E-Z nustebęs stebėjo, kaip tokie žaidėjai, kaip jis, įžengia į beisbolo aikštelę. Jis atidžiau pažvelgė į jų kėdes, kurios turėjo modifikuotus ratukus. Žaidėjas atvažiavo prie aikštelės, susikibo su kamuoliuku ir priartėjo prie bazių.

„Oho! Tai nuostabu!"

„Jei jie gali tai padaryti, gali ir tu!" Ardenas pasakė uždėdamas draugui ant kojų kelių apsaugas, o PJ pritvirtino krūtinės apsaugą. Išeidami į lauką draugai jam numetė gaudytojo kaukę ir pirštinę.

„Batter up!" Treneris Liudlovas sušuko.

Padavėjas metė pirmą greitą kamuolį tiesiai į zoną ir jis jį pagavo.

Antrasis metimas buvo iššokęs. E-Z ėmėsi jo, priartėdamas ir pakildamas į viršų. Pasiekia. Jis net pats save nustebino, kai jį pagavo. Jie nepastebėjo, bet jis pakėlė save į viršų. Jo užpakalis buvo palikęs kėdės sėdynę, ir jis net neįsivaizdavo, kaip tai padarė.

„Oho, - pasakė PJ, - tai buvo puikus laimikis".

„Taip, tikriausiai būtum jo nepastebėjęs, jei ne kėdė."

E-Z nusišypsojo ir toliau žaidė. Kai žaidimas baigėsi, jis jautėsi gerai. Įprasta. Jis padėkojo vaikinams už tai, kad grąžino jį į žaidimo ritmą.

„Kitą kartą pataikysi, - pasakė PJ.

E-Z nusišypsojo, kai Ardeno mama nuvežė juos per važiuojamąją dalį, o tada atgal į mokyklą. Jei paskubėtų, suspėtų iki kitos pamokos pradžios. Mokiniai užgriuvo koridoriuose, o jis riedėjo prie savo spintelės. Jo bendraklasiai išgirdo padangų šlepsėjimą į linoleumo grindis - ir jie prasiskyrė kelią.

E-Z buvo pirmasis vaikas, kuriam mokykloje reikėjo įvažiuoti su neįgaliojo vežimėliu, bet jis jau buvo legenda, kol dar nebuvo netekęs kojų. Jam reikėjo labai daug, kad paprašytų pagalbos, bet kai tik paprašė, jis ją gavo. Jis jau turėjo jų pagarbą kaip sportininkas, pats ir kaip komandos narys buvo laimėjęs daugybę trofėjų. Jam reikėjo vėl pelnyti jų pagarbą kaip naujam „aš".

Po rungtynių jie grįžo į mokyklą ir baigė dieną. Kadangi buvo tik pusė dienos, E-Z buvo gana pavargęs, kai Ardeno mama ir jo draugai parvežė jį iš mokyklos.

Padėkojęs jiems, jis nuėjo į vidų.

„Aš namie, dėde Samai."

„Matau, ar gerai praleidai dieną", - pasakė Samas.

„Taip, buvo gera diena." Jis išsitempė ir užsimerkė.

„Eime. Turiu tau kai ką parodyti. Staigmeną."

„Tik ne dar vieną", - pasakė E-Z ir nusekė paskui dėdę į koridorių. Pirmiausia praėjo dešinėje, jo tėvų kambarį - jam buvo lemta vieną dieną tapti svečių kambariu. Iki tol jis buvo būtent toks, kokį jie jį paliko - ir toks liks, kol E-Z nenuspręs kitaip.

Dėdė Samas kartkartėmis pasisiūlydavo padėti jam pereiti per kambarį, bet sūnėnas visada sakydavo tą patį.

„Padarysiu, kai būsiu pasiruošęs."

Samas nenoriai sutiko. Jis buvo tvirtai nusprendęs, kad sūnėnas turėtų judėti toliau. Tai buvo pirmas žingsnis šio tikslo link. Nuo to laiko jis kalbėjosi su savo patarėju, kuris sakė, kad Samas turėtų paskatinti E-Z daugiau kalbėti apie savo tėvus. Ji sakė, kad tai, jog jie taps jo kasdienio gyvenimo dalimi, padės jam greičiau pasveikti. Jie toliau ėjo koridoriumi, praėjo vonios kambarį ir sustojo prie dėžės arba sandėliuko.

„Ta-dah!" Dėdė Samas pasakė stumdamas jį į vidų.

E-Z liko be žado, apžiūrinėdamas naujai pertvarkytą kabinetą. Viduryje, priešais langą, kuris žvelgė į sodą, stovėjo rašomasis stalas. Ant jo stovėjo visiškai naujas žaidimų kompiuteris ir garso sistema. Jis pasistūmė kėdę po stalu - puikiai tiko - ir pirštais bėgiojo po klaviatūrą. Šalia stovėjo spausdintuvas, prikrautas popieriaus ir šiukšlių dėžė - viskas suplanuota ranka pasiekiamoje vietoje.

Į kairę nuo jo stovėjo knygų lentyna. Jis pasisuko arčiau. Pirmoje lentynoje buvo knygos apie rašymą ir klasiką. Jis atpažino kelias mėgstamiausias savo tėvų knygas. Antroje buvo trofėjai, tarp jų ir apdovanojimas už jo rašymą. Trečioje ir ketvirtoje buvo visos jo mėgstamiausios vaikystės knygos. Dvi apatinės lentynos buvo tuščios. Jo akys nukrypo į knygų lentynos viršų, jis turėjo atsilošti kėdę, kad pamatytų, kas ten yra.

Samas įėjo į kambarį šalia jo. Jis uždėjo sūnėnui ranką ant peties.

„Tie, nebuvau tikras, ar ne per anksti. I..."

Piršlybos: šeimos nuotrauka. Prisiminus fotosesijos dieną jam per skruostą nuriedėjo ašara. Ji vyko nedidelėje fotografijos studijoje miesto centre. Jie visi buvo pasipuošę. Tėtis vilkėjo mėlyną kostiumą. Mama su nauja mėlyna suknele ir raudona skarele ant kaklo. Jis vilkėjo pilką kostiumą - tokį patį, kokį vilkėjo per jų laidotuves.

Jis sulaikė verksmą, prisiminęs, kaip buvo įrengta fotografo studija. Studijoje buvo viskas, kas kalėdiška, nors buvo tik liepa. Jis nusišypsojo, galvodamas apie įmantrias kalėdines dekoracijas ir netikrą židinį. Po kelių savaičių kartu su paštu atėjo atvirukas, bet jo tėvams tos Kalėdos taip ir neatėjo. Jis pasuko kėdę link išėjimo ir nuėjo koridoriumi, o dėdė sekė iš paskos.

„Žinau, kad tai užtruks. Atsiprašau, jei per anksti užėjau per toli, bet praėjo daugiau nei metai ir mes, aš ir tavo patarėjas, manėme, kad atėjo laikas."

E-Z ėjo toliau. Jis norėjo pabėgti. Pabėgti į savo kambarį ir užsidaryti nuo pasaulio, tada jam kažkas atėjo į galvą. Kažkas labai svarbaus. Jo dėdė negalėjo žinoti nuotraukos istorijos. Jei būtų žinojęs, nebūtų jos ten įdėjęs. Po visko, ką dėl jo padarė, jis buvo skolingas jam paaiškinimą. Jis sustojo.

„Mes niekada jos nenaudojome, ji buvo skirta mūsų kalėdiniam atvirukui, bet jie taip ir nesulaukė Kalėdų."

„Man labai gaila. Aš nežinojau."

„Žinau, kad nežinojai, bet dėl to neskauda mažiau".

Išvargęs ir fiziškai, ir psichiškai, jis priėjo arčiau savo kambario. Jo vidinis dialogas tęsėsi su pozityviu pastiprinimu. Primindamas jam, kad ryte viskas atrodys geriau. Nes beveik visada taip ir būdavo.

„Tai turėjo būti vieta, kur galėtum rašyti. Atmink, kad dabar esi apdovanojimus pelnęs autorius ir turi rašytojo kraujo".

Jis jau buvo beveik nuėjęs į savo kambarį - kodėl dėdė neleido jam pasišalinti? Jo temperamentas įsiplieskė.

„Parašiau vieną apsakymą, bet tai nereiškia, kad galiu ar noriu parašyti daugiau. Tu sakai, kad mano gyslomis teka Čarlzo Dikenso kraujas, bet aš noriu būti Los Andželo „Dodgers" sugėrovu. Tai, kad mane vadina „medžio berniuku" - nereiškia, kad turiu pasitenkinti. Kodėl turėčiau nusileisti?"

„Norėčiau, kad neleistum jiems lįsti tau į galvą."

„Aš esu medžio berniukas! Jei ne tas prakeiktas medis!" - sušuko jis, staigiai pasisukdamas ir trenkdamasis alkūne į sieną. Jo ne toks jau linksmas, juokingas kaulas skaudėjo kaip pašėlęs.

„Ar tau viskas gerai?"

E-Z sumurmėjo atsakymą ir nuėjo toliau į savo kambarį. Jis planavo užtrenkti už savęs duris. Vietoj to jis įsikibo pusiau į duris, pusiau iš jų išlindo. Tada jo kėdės ratai užsifiksavo.

„PYKŠT!"

Samas paleido kėdę netaręs nė žodžio. Išeidamas uždarė duris.

E-Z griebė kelis nesulaužomus daiktus ir metė juos į sieną. Norėdamas nusiraminti, įsivaizdavo savo tėvus, pasakojančius, kaip juo didžiuojasi. Jam to trūko. Bet jei tėtis dabar būtų čia, jis jam papriekaištautų už tai, kad yra toks bachūras. Motina irgi jam papriekaištautų, bet švelniau ir maloniau. Jis nusišluostė ašaras. Pajuto gėdos dūrį, o jo kūnas iš nuovargio susmuko neįgaliojo vežimėlyje.

Dėdė Samas pro uždarytas duris paklausė: „Ar tau viskas gerai?"

„Palikite mane ramybėje!" E-Z atsakė. Nors jam reikėjo jo pagalbos. Be jo jis negalėjo nei įlįsti į pižamą, nei atsigulti į lovą. Jam būtų tekę miegoti ant kėdės, su savo drabužiais. Giliai viduje jis visada žinojo tiesą. Jei jis nustotų rūpintis, nustotų rūpintis ir visi kiti. Tada jis iš tiesų liktų vienas.

Jis pasuko kėdę prie lango ir pažvelgė į nakties dangų. Muzika. Tai buvo vienintelis dalykas, kuris iš tiesų juos siejo kaip šeimą. Žinoma, jie skyrėsi muzikiniais žanrais, bet kai per radiją pasigirsdavo gera daina, jie viską atidėdavo į šalį.

Per veją ėjo murzinas juodas katinas. Motina visada norėjo, kad jie nuvyktų į Niujorką ir pažiūrėtų Brodvėjuje rodomą spektaklį „ *Katės* “ . Jis norėjo, kad jie būtų važiavę kartu. Sukurti prisiminimą. Dabar jie niekada to nepadarys. Ta daina, kažkas apie prisiminimus privertė jį griebtis telefono. Jis pasirinko sunkiojo roko himną, padidino garsą. Kumščiais mušė ritmą į kėdės porankius, o jis blaškėsi ir rėkė žodžius.

Kol užgrojo taip stipriai, kad išvirto iš kėdės ir trenkėsi į grindis. Iš pradžių, išvydęs savo kambarį nuo žemės, norėjo verkti. Vietoj to jis pradėjo juoktis ir negalėjo sustoti.

„Tau ten viskas gerai?“ Samas paklausė.

„Ech, man praverstų tavo pagalba.“ Nuo tokio juoko jam skaudėjo pilvą.

Pirminė Semo reakcija buvo nerimas - kai jis pamatė sūnėną ant grindų laikantį pilvą. Supratęs, kad jis jį laiko iš juoko, jis susmuko ant grindų šalia jo.

Vėliau, išeidamas Samas pasakė: „Tau viskas bus gerai, vaikeli“.

„Mums viskas bus gerai.“

Tuomet jie susitarė pasidaryti tatuiruotes.

SKYRIUS 2

„**Atsiprašau,** bet šiandien negaliu su jumis žaisti beisbolo."

„Nagi, - tarė Ardenas. „Praėjusį kartą nebuvai *toks* blogas."

„Pasitrauk", - atsakė E-Z. Jis padidino greitį, kad susitiktų su dėde, ir susidūrė su vyriausiąja sirgalių palaikymo komandos žaidėja Marija Garner.

„O, atsiprašau, Mary."

Tai buvo pirmas kartas, kai jis ją matė po avarijos. Jis pakėlė akis, nes jos plaukai kaip užuolaida krito jam ant akių: ji kvepėjo cinamonu ir medumi.

„Kvailys", - pasakė ji. „Žiūrėk, kur eini."

Ji atsitraukė ir žengė tolyn. Jos palyda sekė paskui.

Jis nusišypsojo, ištiesė kaklą, kad galėtų ją stebėti. Jo draugai priėjo greta ir padarė tą patį. Ardenas švilptelėjo.

Ji žvilgtelėjo per petį ir mostelėjo paukščiu jų link.

„Dieve, ji fantastiška, - pasakė PJ.

„Ji karšta", - pasakė Ardenas.

„Labai."

Dabar, išeidamas iš mokyklos, PJ paklausė: „Taigi, papasakok, kodėl šiandien nenori žaisti".

„Taip, padėk mums, suprask", - pasakė Ardenas, išvydęs veidą ir perkreipęs akis. „Mes be tavęs nenaudingi."

„Klausyk, mes su dėde Semu sudarėme paktą. Šiandien po pamokų nuveikti ką nors kartu - ką nors svarbaus".

Draugai sukryžiavo rankas, užtverdami jam kelią nuo kėdės.

„Tu vis dar ketini mus išskirti - ir net nepasakysi, kodėl?" - pasakė raudonplaukis PJ.

„Tu esi visiškas debilas."

„Mes niekada tau to nepadarytume."

Jie ėjo tolyn, didindami tempą.

E-Z pagreitėjo, bet to nepakako. „Palaukite! Mes daromės tatuiruotes!"

Jo draugai sustojo.

„Tatuiruojuosi tatuiruotę mamos ir tėčio atminimui - balandžių sparnus, po vieną ant kiekvieno peties."

„Mes einame su tavimi!"

„Maniau, kad jūs, vaikinai, galite pamanyti, jog aš sopu".

Kurį laiką jie toliau ėjo nesikalbėdami.

„Dėdė Samas pasitinka mane tatuiruočių darymo vietoje".

SKYRIUS 3

Pamatęs sūnėną su draugais,Samas nustebo.

„Aš maniau, kad šis paktas yra tarp mūsų, t. y. paslaptis?"

„Vaikinai norėjo mane nusivesti į rungtynes - turėjau jiems pasakyti."

„Gerai, sąžininga. Bet aš neturiu įpročio pavaduoti jų tėvų ar duoti leidimą jų tėvų vardu." Tada PJ ir Ardenui: „Aš neprieštarauju, kad jūs abu būtumėte čia, bet tik jūsų tėvai gali patvirtinti jūsų tatuiruotes."

„Palaukite!" PJ pasakė. „Niekada net nepagalvojau, kad mes galime pasidaryti tatuiruotes."

„Mano tikrai pasakys „ne", - pasakė Ardenas. Jo tėvai turėjo problemų, kuriomis jis visiškai pasinaudojo. Jis elgėsi taip, tarsi jų nuolatiniai ginčai dažniausiai jam netrukdytų. Kartkartėmis, kai nebegalėdavo to pakęsti, jis ieškodavo prieglobsčio draugo namuose.

„Mano taip pat." PJ buvo vyriausias ir turėjo dvi penkerių ir septynerių metų seseris. Tėvai skatino jį rodyti gerą pavyzdį ir dažniausiai jis tai darė. Sutelkdamas dėmesį į ateitį sporte, jis neatsisakydavo eiti teisingu keliu.

Pasidaliję šviesia akimirka, paaugliai vienas kitam plojo pirštais.

„Ką?" paklausė Samas.

„Pasakysime jiems, kodėl E-Z tai daro ir kad norime tatuiruočių, kad jį palaikytume", - pasakė PJ.

Ardenas linktelėjo galva.

„Palaukite minutėlę. Vadinasi, jūs, du kretinai, norite pasinaudoti mano tėvų mirtimi kaip pretekstu pasidaryti tatuiruotę?"

Samas pravėrė burną, bet žodžiai jam išsprūdo.

PJ ir Ardenas raudonavo, žiūrėdami į grindinį.

E-Z leido jiems išsisukti. „Man tinka."

Samas užčiaupė burną, kai jis ir abu berniukai puslankiu apsupo vežimėlį.

„Tačiau pažadėkite man vieną dalyką - jokių drugelių".

„Ei, ką jūs turite prieš drugelius?" paklausė Samas.

SKYRIUS 4

Trumpai**tariant,** PJ ir Ardenas įtikino tėvus leisti jiems pasidaryti tatuiruotes.

Tatuiruočių meistras, žvilgtelėjęs į juos keturis, pasakė: „Tuoj būsiu su jumis". Priešais veidrodį stovėjo stambus vyriškis, kuris savo tatuiruočių kolekciją papildė dar viena tatuiruote. Ši naujoji buvo tarp nykščio ir rodomojo piršto. „Ar tu Samas?" - paklausė tatuiruotę darantis vyras.

Samui truputį suskaudo skrandį, nes buvo skaitęs, kad ranka yra viena skausmingiausių vietų tatuiruotis. „Taip, kalbėjau su jumis telefonu. Tai mano sūnėnas E-Z ir jo draugai PJ bei Ardenas."

„Šiandien visi keturi norite tatuiruočių? Nes tikėjausi tik dviejų iš jūsų."

„Atsiprašau dėl to. Jei reikia, galime perplanuoti kitą dieną arba aš galiu pasidaryti savo tatuiruotę kitą dieną", - pageidaudamas pasakė Samas.

„Laimė, netrukus man padėti ateis dukra. Taigi, sveiki atvykę į „Tattoos-R-Us". Galite laukti ten. Pasistiprinkite stikline vandens. Taip pat yra keletas brošiūrų, kurias galbūt norėsite peržiūrėti. Gali padėti apsispręsti, kur norite tatuiruotės. Kiekviena kūno vieta turi tam tikrą skausmo slenkstį." Tatuiruotis besirengiantis stambus vaikinas šyptelėjo.

„Ačiū, - atsakė Samas, kai jie ėjo link laukiamojo zonos. Kai atsisėdo ant sofos, jo šokinėjantis kelis sukėlė PJ ir Ardenui šiurpuliukus. Jie perėjo kambarį ir pažvelgė į skelbimų lentą. Norėdamas sutramdyti nervus, Samas bambėjo toliau. „Patikrinau juos internete, jie veikia jau dvidešimt penkerius metus, o tas vyras, su kuriuo kalbėjomės, yra savininkas. Jie turi puikią reputaciją Geresnio verslo biure. Be to, jų interneto svetainėje gausu penkių žvaigždučių atsiliepimų".

Visų akys atsigręžė, kai į patalpas įžengė įspūdinga moteris, apsirengusi gotų stiliaus drabužiais. Jai buvo trisdešimt keleri ir, sprendžiant iš bruožų, savininko dukra. Ant kiekvieno atviro kūno buvo tatuiruotės, o visur kitur - pavieniai auskarai.

„Atsiprašau, kad vėluoju, - tarė ji ir palietė tėvą per petį. Ji žvilgtelėjo į laukiamąjį, kažką jam sušnabždėjo. Ji nusišypsojo dantyta šypsena ir pasuko klientų link.

„Sveiki, aš Džosė." Ji ištiesė ranką ir kiekvienam jų paspaudė ranką. „Tai štai Rokis ten. Jis yra savininkas, o aš - jo dukra."

„Aš esu Samas, o tai mano sūnėnas E-Z ir du jo draugai - PJ ir Ardenas." Jis greičiau krito, nei vėl atsisėdo.

Džosė nuėjo atnešti jam stiklinės vandens.

E-Z pagalvojo, kaip stipriai turėjo skaudėti auskarą ant liežuvio, tada pasakė dėdei: „Neprivalai".

„Ar tu vadini mane višta?" - ištarė jis ir visu kūnu drebėjo, kai Džosė padavė stiklinę jam į ranką. Pakėlęs ją prie lūpų, jis išpylė šiek tiek vandens.

„Jūs juk esate tatuiruočių mergelės, tiesa?" Džosė paklausė.

E-Z pagalvojo, kad jos balsas saldus, tarsi Stevie Nicks, jo tėvo mėgstamiausios vokalistės iš Fleetwood Mac, dainuojančios apie raganą Rhiannon.

Jiems nereikėjo atsakyti, nes jų tyla viską pasakė.

„Na, su Rokiu esi puikiose rankose. Jis geriausias tatuiruočių meistras mieste. Vaikinams skaudės. Taip, skaudės. Bet tai panašu į tą skausmą, apie kurį dainuoja Džonas Kugaras. Žinote, skauda taip gerai."

Samas sumirksėjo. „Kiek iš tikrųjų skauda?"

„Tai priklauso nuo tavo skausmo slenksčio - ir nuo to, kur pasirenki jį patirti. Ten yra brošiūra, kurioje pažymėtos įvairios kūno vietos, nurodant skausmo įvertinimą."

E-Z pajuto, kaip jo veidas įkaito, o draugų veido spalvos įgavo panašų atspalvį. Jis žvilgtelėjo Semo link, atkreipdamas dėmesį į jo veido spalvą, kuri pasikeitė į žalsvą atspalvį.

Džosė tęsė pokalbį. „Po pirmosios tatuiruotės tau gali patikti ir tu norėsi daugiau".

Samas atsistojo, jo kūnas virpėjo iš baimės.

„Jam gali prireikti šiek tiek gryno oro", - pasakė E-Z ir nusivedė dėdę prie durų.

Išėjęs į lauką Samas žingsniavo aukštyn ir žemyn šaligatviu, o širdis plakė taip, tarsi ketino iššokti iš krūtinės. „Norėčiau, kad rūkyčiau."

„Vertinu tai, kad atėjai čia su manimi, tikrai, bet, tiesą sakant, tau nebūtina to daryti. Žinau, kad mes sudarėme paktą, ir tai yra kažkas, ką aš noriu padaryti - mamos ir tėčio atminimui, - bet tu man nieko nesi skolingas. Kodėl nepabandžius pasivaikščioti, išgerti kavos, o kai baigsime, parašysime tau žinutę, gerai?"

„Sakiau, kad visada būsiu šalia tavęs. Dabar esu čia dėl tavęs. Nekenčiu adatų. Ir grąžtų. Maniau, kad galiu tai padaryti, bet dabar suprantu, kad baimė stipresnė už mane. Aš toks bailys."

„Tu visada buvai šalia manęs, dėde Samai. Tau nereikia to įrodinėti man, niekam, darydamasis tatuiruotę, kurios net nenori. O dabar eik iš čia. Paskambinsiu tau, kai baigsime". Jis ratais grįžo atgal prie rampos, o jo draugai išsirikiavo iš paskos. Jis žvilgtelėjo per petį į Semą. Vargšas vaikinas buvo sustingęs kaip statula.

„Man viskas bus gerai. O dabar važiuok."

Samas nusijuokė. „Bet prieš man išeinant, geriau duok man laišką, kurį parašiau vakar vakare, kad galėčiau įrašyti PJ ir Ardeno vardus. Nes be mano leidimo - nė vienas iš jūsų tatuiruočių negaus".

„Gerai pagalvoji, - pasakė E-Z, paduodamas raštelį į eilę. Dabar pasirašytas jis vėl grįžo į viršų. Jis įsidėjo jį į kišenę ir jiedu įėjo į vidų, kur laukė Džosė.

„Gerai, tu esi kitas. Jei ruošiesi šlapintis į kelnes, parodysiu, kur dabar yra tualetas".

„Įkandin manęs", - pasakė E-Z, sukdamas kėdę į vietą.

$$\bigstar\bigstar\bigstar$$

Kol Rokis baiginėjo darbą prie prekystalio, Džosė padavė E-Z knygą su tatuiruotėmis.

„Aš jau žinau, net nežiūrėdama. Norėčiau po balandžio sparną ant kiekvieno peties." Vėl buvo jie, žali ir geltoni žibintai. Jis taip norėjo jas atmušti, bet nenorėjo, kad ir Džosė manytų, jog jis pamišęs.

Džosė pervertė knygą. „Ar tai yra tai, ką turėjai omenyje?"

Jis linktelėjo galva, tada stebėjo ją veidrodyje, kaip ji plaunasi rankas, paskui užsimaukšlina juodas pirštines. Ji išėmė rašalo puodelius iš sterilios pakuotės ir padėjo juos ant stalo.

„Ar turite tėvų arba globėjų raštelį? Darau prielaidą, kad jums ne aštuoniolika?"

E-Z nusišypsojo ir padavė jai raštelį.

„Viskas atrodo gerai. Dabar prie svarbesnių reikalų. Ar turite plaukuotą nugarą?" Ji nusišypsojo. „Jei taip, pirmiausia turėsime ją išvalyti ir nuskusti. Turiu omenyje visą nugarą."

„Tikrai ne."

Iš laukiamojo salės sklindantis draugų šnibždesys privertė ir jį nusišypsoti. Tuo tarpu Džosė dingo galiniame kambaryje ir pasigirdo muzika. Sekundę skambėjo „Another Brick in the Wall", paskui muzikos nebebuvo.

„Ei, kodėl taip padarei?" - paklausė jis.

„Aš bjauriuosi viskuo, ką sukūrė „Pink Floyd". Ji toliau tvarkė daiktus.

„Negali taip sakyti, nebent niekada nesi klausęs „Dark Side of the Moon".

„Aš klausiausi, tai buvo šūdas", - pasakė ji, vilkdama jam marškinius per galvą. „O!"

POP.

POP.

Ir dvi šviesos išnyko.

Rokis priėjo prie jos ir atsistojo šalia. „Kas, po velnių?"

„Iš tiesų, kas čia tokio", - pasakė Džosė.

Tai privedė PJ ir Ardeną.

„Aš nesuprantu, E-Z. Kodėl turėjai meluoti?"

„Žinoma, kad nemeluotų - E-Z niekada nemeluoja", - pasakė Ardenas.

„KAS!?" E-Z paklausė, bandydamas manevruoti kėdę, kad galėtų matyti tai, ką jie mato. „Meluoti? Apie ką? Pasakyk man, kad ir kas tai būtų. Aš galiu tai priimti."

Džosė paklausė: „Kodėl melavai apie tai, kad esi tatuiruočių mergelė?"

$$\bigstar\bigstar\bigstar$$

„**Aš** to nedariau!" E-Z užsikirto, nesuprasdamas, ką ji turi omenyje.

„Palauk, - tarė Ardenas. „Nagi, bičiuli, jei melavai, turėjai turėti rimtą priežastį."

„Jig is up!" PJ pasakė. „Nors jis negalėjo jų gauti be suaugusiojo leidimo".

Rokis paėmė rankinį veidrodėlį ir pastatė jį taip, kad E-Z matytų, ką jie mato. Dvi tatuiruotės, viena ant dešiniojo peties, kita - ant kairiojo. Sparnai.

„Ką?"

„Jis man sakė, kad nori sparnų", - pasakė Džosė. „Aš maniau, kad tu esi mielas vaikas."

„Esu! Tiesą sakant, neturiu supratimo, kaip jie ten atsirado, ir tai ne tie sparneliai, kurių norėjau. Norėjau balandžių sparnų. Šie labiau panašūs į angelo sparnus".

„Nagi, bičiuli, - tarė Rokis. „Juos padarė profesionalas. Prieš kurį laiką. Ir tai gana išskirtiniai angelo sparnai. Mano komplimentai tam, kas juos padarė. Pasakyk jiems, jei kada nors ieškos darbo, kad kreiptųsi į mane."

„Prie širdies, aš nesidariau tatuiruočių. Tai pirmas kartas, kai buvau tatuiruočių darymo vietoje. Paklauskite mano dėdės. Jis mane palaikys. Jis žino.“

„Visa tai neturi prasmės“, - pasakė Ardenas.

Rokis papurtė galvą. „Bent jau prisipažink, vaikeli.“

„Ar jūs abu norite tatuiruočių?“ Džosė paklausė rankas susidėjusi ant klubų.

„Ne“, - atsakė jie.

„Vyrai tokie melagiai“, - pasakė Džosė, kai jie uždarė už savęs duris.

„Nesvarbu, meile, vis tiek laikas vakarieniauti.“ Tada jis ant durų uždėjo užrašą UŽDARYTA.

Samas grįžo ir pamatė tris berniukus, laukiančius prie studijos. Jų kūno kalba buvo keista. Raudonplaukis PJ buvo sukryžiavęs rankas, o alyvuogių oda Ardenas - rankas ant klubų. Tuo tarpu jo sūnėnas buvo arti ašarų.

„Ačiū Dievui, dėde Samai, ačiū Dievui, kad grįžai".

Jis pripuolė arčiau. „O ne, ar buvo baisiai skaudu? Po kelių dienų palengvės. Viskas bus gerai. O dabar leiskite man pažvelgti". Jis sušvilpė, kai sūnėnas pasilenkė į priekį, kad galėtų pakelti marškinius. „Velnias, turėjo skaudėti."

„Tikriausiai skaudėjo", - pasakė PJ.

„Kai jis juos gavo *pirmą kartą*."

„Pirmą kartą? Ką?"

„Jis jau juos turėjo, kai ji nusivilko marškinėlius."

„Mes negalime išsiaiškinti, kaip?"

„Ką turite omenyje? Galiu jus patikinti, kad vakar jis jų neturėjo".

„Matai, sakiau, kad dėdė Samas mane palaikys." Jei jie netikėtų juo, patikėtų dėde, bet kodėl jie manė, kad jis apie tai meluos? Jie žinojo, kad jis nėra melagis.

„Anot Rokio, jis jau kurį laiką turi šiuos daiktus".

„Matai, kaip jie užgijo?" PJ pasakė. „Rokis ir Džosė buvo susierzinę, ir jie turėjo tam teisę, nes E-Z atrodė taip pat nustebę, kaip ir mes."

„O jums dviem, - paklausė Samas, - kaip sekėsi daryti tatuiruotes?"

„Nusprendėme to nedaryti, - pasakė PJ.

„Nesijautėme teisingai."

Samas tarė: „Papasakokite, kas nutiko. Paaiškink, vyruti, nes aš negaliu suprasti nei galvos, nei galvos".

„Negaliu. Dėdė Samas, tu juk žinai, kad vakar jų ten nebuvo. Aš neturiu jokio paaiškinimo. Viskas, ko aš noriu, tai grįžti namo." Jis ėmė judėti, brūkštelėjo kėdės ratais, greičiau, dar greičiau, dar greičiau. Jis norėjo išvažiuoti, bet kur išvažiuoti. Jei jie juo nepatikės, tai velniop juos.

Kai jis priartėjo prie gatvės galo, žalios šviesos pasikeitė į raudonas. Maža mergaitė viena jau buvo įsibėgėjusi į priekį, norėdama pereiti per gatvę. Ji atsitraukė nuo šaligatvio, kai už kampo užsuko kemperis. Jo neįgaliojo vežimėlis pakilo nuo žemės ir šovė į ją. Jis ištiesė ranką, sugriebė ją. Kaip tik laiku, kad išgelbėtų ją nuo patekimo po transporto priemonės ratais.

Dabar, kai pavojaus nebebuvo, neįgaliojo vežimėlis vėl prisilietė prie žemės, ir jis nunešė ją į saugią vietą. Priešais jį stovėjo didesnė nei įprastai balta gulbė. Ji parodė jam sparnu į viršų ir nuskrido tolyn.

„Gulbė, - pasakė mergaitė, kai apsižvalgė, ieškodama tėvų.

E-Z pasinaudojo proga įsimaišyti į minią ir dingti už kampo, tada stipriau nei kada nors anksčiau brūkštelėjo ratų stipinais ir netrukus jau buvo už kelių kvartalų.

„Ar matėte tai?" Ardenas sušuko sustojęs prie kampo. „Auč", - pasakė jis, kai į jį atsitrenkė iš paskos važiavusi moteris. „Au", - išgirdo jis už savęs, už jo susidūrė kiti pėstieji.

PJ laikėsi ant žemės, nes iš paskos važiavęs vaikinas rėžėsi į jį. Ardenui jis pasakė: „Taip, mačiau... bet nesu tikras, ką mačiau. Tatuiruotės sparnai buvo viena, o tai buvo... kas? Stebuklas?"

„Tai buvo optinė apgaulė, - pasakė Samas, kai suvibravo jo telefonas. Tai buvo žinutė iš E-Z, prašanti jį kuo greičiau pasitikti prie technikos parduotuvės automobilių stovėjimo aikštelės. „E-Z manęs reikia, ar jūs abu sugebėsite vėl grįžti namo?"

„Žinoma, jokių problemų, Samai."

„Tikiuosi, kad jam viskas gerai."

Samas grįžo į automobilį, stengdamasis išlaikyti šaltą protą, nes bandė susigaudyti, kas jam ką tik nutiko.

Nė vienas iš berniukų nenorėjo kalbėti apie tai, ką matė - skrendantį E-Z vežimėlį.

„Ar matėte tai?" - šnabždėjosi kiti jiems iš paskos susirinkus miniai.

„Norėčiau, kad būčiau pasiruošusi telefoną", - pasakė moteris.

Antroji moteris su mikrofonu ir fotoaparatu stūmėsi į priekį. Kai pasikeitė šviesoforo signalas, ji kirto kelią, o paskui ją ėjo ašarojanti pora - mažų mergaičių tėvai. Už jų stovėjo kemperio vairuotojas.

„Ačiū Dievui, jūs buvote ten", - sušuko jis. „Aš jos nemačiau. Tu esi didvyris vaikas. Ačiū tau."

„Mama!" - sušuko vaikas, kai motina ją paėmė ant rankų. Ji su vyru ją glaudžiai apkabino, kai žurnalistė pajudėjo, o operatorius užfiksavo šią akimirką.

Netoliese verkė vyras, kuris ją beveik partrenkė. Žurnalistas ir fotografas su juo pasikalbėjo. „Jis išgelbėjo ją ir mane. Tas berniukas, berniukas vežimėlyje".

Jie bandė jį surasti, bet jis buvo dingęs. Jis slapstėsi, kaip koks nusikaltėlis. Laukė, kol dėdė Semas ateis ir jį išgelbės. Bandė suvokti, kas nutiko. Stengėsi neišsigąsti.

Grįžus į įvykio vietą, dvi lemputės, viena žalia, kita geltona, išblaškė visų, buvusių netoliese, protus. Tada jie sunaikino visą įrašytą medžiagą.

„Ką mes čia veikiame?" - paklausė reporteris.

„Neįsivaizduoju, - atsakė operatorius.

Pakeliui namo E-Z tarsi, jautėsi didvyriu. Tačiau jis žinojo, kad tikrasis didvyris buvo kėdė; jo neįgaliojo vežimėlis, kuris pakilo į orą.

E-Z Dickensas buvo tatuiruotas angelas.

$$\text{✳✳✳}$$

„**Aš** skridau su dėde Semu. Aš tikrai skridau."

Samas įvažiavo į privažiavimą ir pasistatė automobilį.

„Tu juk matei, tiesa? Matėte, kaip gelbėjau tą mažą mergaitę. Negalėjau suspėti laiku, o mano vežimėlis tai žinojo, pakilo nuo žemės ir pajudėjo jos link."

„Taip, mačiau. Tai buvo išskirtinis dalykas. Turiu omenyje tai, kaip išgelbėjai tą mažą mergaitę nuo sužalojimo. Bet jūsų kėdė neatsiplėšė. Tai buvo pagreitis, varantis tave į priekį. Dėl adrenalino antplūdžio ir to, kaip greitai turėjote judėti, kad pasiektumėte tą vietą, atrodė, kad skrendate - bet taip nebuvo."

„Aš skridau. Kėdė atsiplėšė nuo žemės."

„E-Z eikite toliau. Tu žinai ir aš žinau, kad nebuvo jokio skridimo. Jūs privalote tai žinoti. Noriu pasakyti, kas tu manai esąs? Prakeiktas angelas?"

Samas išlipo iš automobilio, iš bagažinės išsitraukė neįgaliojo vežimėlį ir apsikabino, kad padėtų sūnėnui į jį įlipti. Tai darydamas E-Z dešinysis petys trenkėsi į durelių kraštą ir jis sušuko iš skausmo.

„Vanduo!" - sušuko jis. „Atrodo, kad aš einu į liepsną".

Samas nubėgo į virtuvę ir grįžo su buteliu vandens.

E-Z jį išpylė jam ant peties. Šiek tiek palengvėjo, paskui pajuto, kad kitas petys tarsi dega. Jis išpylė ant jo likusią butelio dalį. Samas stūmė jį į namus, o E-Z bandė nuplėšti marškinėlius. Samas padėjo jam užsitraukti juos ant galvos.

„O ne!" Samas sušuko, užsidengdamas nosį. Jo sūnėno mentės dabar atrodė ir kvepėjo apanglėjusia kepsnių mėsa. Jis nuskubėjo į virtuvę pasisemti daugiau vandens.

Pakeliui E-Z rėkė ir rėkė, kol prarado sąmonę.

SKYRIUS 5

Buvo tamsu, jis buvo visiškai vienas, tik virš jo danguje skleidėsi mėnulio šešėlis.

Jo rankos buvo sukryžiuotos ant krūtinės, tarsi jis būtų matęs lavonus, sudėtus per laidotuves su atviru karstu. Jis jas išskėtė. Dabar jau atsipalaidavęs padėjo jas ant neįgaliojo vežimėlio porankių atramų tik tam, kad suprastų, jog jo nėra vežimėlyje. Išsigandęs, kad apsivers, jis vėl sukryžiavo rankas ant krūtinės. Bet palaukite, prieš tai jas nesukryžiavęs jis nenugriuvo - padarė tai dar kartą ir liko stovėti tiesiai.

E-Z vieną ranką laikė tvirtai priglaudęs prie krūtinės, o kitą, dešiniąją, ištiesė kiek tik galėjo. Jo pirštų galiukai susijungė su kažkuo vėsiu ir metaliniu. Kairiąja ranka jis padarė tą patį ir vėl rado metalą. Pasilenkęs į priekį, jis palietė sieną priešais save ir tą patį padarė už savęs. Jam judant, sėdynė po juo pasislinko, pasiduodama ir atsipalaiduodama tarsi pakabos sistema. Būtent ši sistema laikė jį vertikalioje padėtyje, ar ne?

PFFT.

Miglos garsas, kylantis į orą. Šiltas, jis sustiprino jo uoslę, apgaubdamas jį levandų ir citrusinių vaisių puokšte.

Jis nugrimzdo į gilų miegą, per kurį sapnavo sapnus, kurie nebuvo sapnai, nes tai buvo prisiminimai. Nelaimingas atsitikimas - viskas kartojosi iš naujo, vis pasikartodavo. Jis atmetė galvą atgal ir išsižiojo.

„Prašau akimirką", - pasakė moteriškas balsas.

Tai buvo robotiškas balsas, kokį galima išgirsti įraše, kai šalia nėra žmogaus.

Per daug bijodamas vėl užsimerkti, jis paklausė: - Kas ten? Prašau. Kur aš esu?"

„Tu esi čia", - pasakė balsas, paskui nusikvatojo. Juokas skambėjo nuo bunkerį primenančio konteinerio, daužydamas jo ausis.

Kai jis liovėsi, jis nusprendė išsivaduoti. Panaudodamas visas jėgas, jis ištiesė rankas ir stumtelėjo. Tai buvo geras jausmas. Daryti kažką, bet ką - iš pradžių, kol klaustrofobija paėmė viršų.

PFFT.

Purslas, šįkart priartėjęs arčiau, pataikė tiesiai jam į akis. Citrinos rūgštis įgėlė, ašaros pasipylė lyg pjaustant svogūną, ir jis atsistojo.

Palaukite minutėlę...

Jis vėl nukrito. Jis kilstelėjo kojų pirštus. Jis vėl tai padarė. Jis ištiesė dešinę koją. Paskui kairę koją. Jie dirbo. Jo kojos veikė. Jis pakilo...

Balsas, šį kartą vyriškas, pasakė: „Prašome likti sėdėti".

Jis suspaudė dešinę šlaunį, paskui kairę. Kas galėjo žinoti, kad vienas ar du suspaudimai gali būti tokie malonūs? Niekas negalėjo jo sustabdyti. Kol galėjo naudotis kojomis, jis vėl atsistos.

Virš jo pasigirdo triukšmas, tarsi judantis liftas. Garsas darėsi vis garsesnis. Jis pakėlė akis į viršų. Bunkerio lubos griuvo. Vis didėjo ir didėjo. Galiausiai ji visiškai sustojo.

„Sėskite, - pareikalavo vyriškas balsas.

E-Z pakilo, bet lubos vis labiau leidosi žemyn - kol jis nebegalėjo atsistoti. Jis kantriai sėdėjo, laukdamas, kol daiktas atsitrauks kaip liftas, kylantis į viršų, - bet jis nejudėjo.

PFFT.

„Išleiskite mane!"

„Įpilkite laudanumo", - pasakė moters balsas.

Sienos sustojo, tada išpurškė itin didelę dozę.

PPPFFFTTT.

Tai buvo paskutinis garsas, kurį jis išgirdo.

Grįžęs įsavo lovą galvojo, ar jis neprarado proto ir įsivaizdavo, kad visas incidentas su bunkeriu buvo E-Z. Jis jautėsi tikras, kvepėjo tikru. O tie du balsai - kodėl jie nepasirodė? Jis pasikrapštė galvą, prieš akis išvydęs dvi švieseles. Kaip ir anksčiau, viena buvo žalia, o kita - geltona.

„Sveiki?" - sušnabždėjo jis, kai jį užpuolė aukštas ūžesys, panašus į uodų rykštę. Jis paleido dešinę ranką atgal, smogdamas galingu smūgiu. Bet prieš susiliečiant jis sustingo, ranka atsidūrė ore. Jo akys buvo tarsi užhipnotizuoto viščiuko.

POP.

POP.

Žibintai virto dviem būtybėmis. Kiekviena iš jų pastūmė petį, ir E-Z nukrito ant pagalvės, kur užmerkė akis ir užmigo.

„Turėtume tai padaryti dabar, pyp-pyp", - pasakė buvusi geltonoji šviesa.

„Pirmiausia įsitikinkime, kad jis miega, zoom-zoom", - pasakė buvusi žalioji šviesa.

„Gerai, imkimės darbo, pypt-pypt".

„Ar turime jo sutikimą, zoom-zoom?"

„Jis sakė, kad taip, bet neprisimena. Nerimauju, kad tai neįpareigojantis susitarimas. Tai gali būti tik dalinis, o *juk žinai, kas* nekenčia dalinių. Jau nekalbant apie tai, kad žmogaus daliniai būtų užfiksuoti tarp pyp-pyp-pyp".

„Taip, jis man per daug patinka, kad leisčiau jam tapti betwixt and betweener zoom-zoom".

„Patinka neturi nieko bendra. Nepamiršk, kas nutiko gulbei. Nekalbėti - kodėl žmonės sako, ko neminėti, prieš paminėdami tai, ko nenori sakyti?" Nelaukdamas atsakymo. „Mes būtume susipykę, o *tu-žinai-kas* labai susikrimtęs pyp-pyp".

„Bet žmogus jau turi savo tatuiruotus sparnus. Bandymai neprasideda, kol subjektas nesutiko". Ji spragtelėjo pirštais ir pasirodė knyga. Ji suplasnojo sparnais, sukeldama vėjelį, kuris pasuko puslapius. „Žiūrėk, čia parašyta, kad sparnai įrengiami tik PO to, kai subjektas sutinka. Taigi, kai jis pasakė „taip", tai turėjo užtvirtinti sandorį. Ji pakėlė rankas, ir knyga pakilo aukštyn, tarsi ketino atsitrenkti į lubas, bet vietoj to išnyko pro jas.

Jos skriejo, viena nusileido E-Zui ant peties, kita - ant galvos.

„Aš to nepadariau, - pasakė jis neatmerkdamas akių.

„Dar miegok, zoom-zoom", - pasakė ji paliesdama jo akis.

„Mama grįžk. Prašau, grįžk!"

„Jis labai neramus, zoom-zoom".

„Jis sapnuoja, pypt-pypt."

E-Z atvėrė burną ir knarkė kaip drambliukas. Vėjelis laikė juos pakilusius - nereikėjo plasnoti sparnais. Jie kikeno, kol jis užčiaupė burną. Pasiuntė juos į laisvąjį kritimą. Įnirtingai plasnodami sparnais jie greitai atsigavo.

„O ne, jis griežia dantimis, pyp-pyp".

„Žmonės turi keistų įpročių, zoom-zoom".

„Šis žmonių vaikas jau pakankamai išgyveno. Suteikus šias teises, jis pajus mažiau skausmo, pypt-pypt".

Pirmoji būtybė nuskrido ant E-Z krūtinės ir nusileido, atkišusi smakrą į priekį ir uždėjusi rankas ant klubų. Būtybė vieną kartą pasisuko pagal laikrodžio rodyklę. Sukosi greičiau, iš jo sparnų plazdėjimo sklido daina. Daina buvo žemas dejonis. Liūdna daina iš praeities, švenčiant gyvenimą, kurio nebeliko. Būtybė atsilošė atgal, galvą priglaudusi prie E. Z. krūtinės. Sukimasis sustojo, bet daina grojo toliau.

Prisijungė antroji būtybė, atlikdama tą patį ritualą, sukdamasi prieš laikrodžio rodyklę. Jie sukūrė naują dainą, be pyptelėjimų ir priartėjimų. Juk kai jie dainavo, onomatopėjos nereikėjo. Tuo tarpu kasdieniniame pokalbyje su žmonėmis ji buvo reikalinga. Ši daina užgožė kitą ir tapo džiaugsminga, aukštai pakelta švente. Odė būsimiems dalykams, dar negyventam gyvenimui. Daina ateičiai.

Iš jų auksinių akių vyzdžių pasipylė deimantų dulkių purslai. Jie pasisuko tobulai sinchroniškai. Deimantinės dulkės iš jų akių purškėsi ant miegančio E-Z kūno. Keitimasis tęsėsi, kol padengė jį deimantų dulkėmis nuo galvos iki kojų.

Paauglys toliau ramiai miegojo. Kol deimantų dulkės pervėrė jo kūną - tada jis pravėrė burną, norėdamas sušukti, bet joks garsas nesklido.

„Jis prabudo, pyp-pyp".

„Pakelkite jį, zoom-zoom."

Kartu jie pakėlė jį, kai jis atvėrė stiklines akis.

„Miegok dar, pypt-pypt."

„Nejausk skausmo, zoom-zoom."

Priglaudusios jo kūną, abi būtybės priėmė jo skausmą į save.

„Atsikelk, pypt-pypt", - įsakė jis.

Ir neįgaliojo vežimėlis, pakilo aukštyn. Ir, pasidėjęs po E-Z kūnu, laukė. Kai nusileido kraujo lašas, kėdė jį sugavo. Sugėrė jį. Suvalgė jį, tarsi jis būtų gyvas.

Didėjant kėdės galiai, ji taip pat stiprėjo. Netrukus kėdė galėjo išlaikyti savo šeimininką ore. Tai leido abiem būtybėms atlikti savo užduotį. Jų užduotis buvo sujungti kėdę ir žmogų. Deimantų dulkių, kraujo ir skausmo galia surišti juos amžiams.

Paauglio kūnui virpant, jo odos įpjovimai užgijo. Užduotis buvo atlikta. Deimantų dulkės buvo jo esmės dalis. Taip muzika sustojo.

„Atlikta. Dabar jis neperšaunamas. Ir jis turi super jėgą, pyp-pyp".

„Taip, ir tai yra gerai, zoom-zoom".

Neįgaliojo vežimėlis grįžo ant grindų, o paauglys - ant lovos.

„Jis to neprisimins, bet jo tikrieji sparnai pradės veikti labai greitai, pyp-pyp".

„O kaip dėl kitų šalutinių poveikių? Kada jie prasidės ir ar bus pastebimi zoom-zoom?"

„To aš nežinau. Jam gali atsirasti fizinių pokyčių... verta rizikuoti, kad sumažėtų skausmas, pyp-pyp."

„Sutinku, zoom-zoom."

Išvargusios abi būtybės prisiglaudė prie E-Z krūtinės ir užmigo. Nežinodami, kad jie ten buvo, kai ryte jis išsitempė - jie nukrito ant grindų.

„Ups, atsiprašau", - pasakė jis sparnuotoms būtybėms prieš apsiversdamas ir vėl užmigdamas.

$$\ast\ast\ast$$

„**Ar**atsibudai?“ Samas paklausė prieš šiek tiek praverdamas duris. Sūnėnas knarkė, bet jo kėdė buvo ne ten, kur paliko, kai padėjo jam į lovą. Jis gūžtelėjo pečiais ir grįžo į savo kambarį, kur perskaitė kelis Deivido Koperfildo skyrius. Po kelių valandų jis grįžo į sūnėno kambarį.

„Stuks, stuks.“

„Labas rytas“, - ištarė E-Z.

„Gerai, jei įeisiu?“

„Žinoma.“

„Ar gerai miegojai?“

„Manau, kad taip.“ Jis išsitiesė, tada atsilošė į lovos galvūgalį.

„Kaip tavo kėdė atsidūrė čia? Maniau, kad pasistačiau ją prie sienos.“

Jis gūžtelėjo pečiais.

„Ir pažvelk į porankius - ar juos nudažėte?“

Jis pasilenkė, pamatė raudoną atspalvį, vėl gūžtelėjo pečiais. „Kas man nutiko?“

„Tu praradai sąmonę. Nesuprantu, kodėl. Sakėte, kad jautėtės taip, tarsi jūsų pečiai degtų. Ieškojau internete pagal tavo aprašymą ir pasirodė homeopatinė priemonė.

Nuostabu, ką ten galima rasti. Sumaišiau šiek tiek levandų aliejaus su vandeniu ir alaviju purškiamajame buteliuke, tada užpyliau tiesiai ant jūsų odos. Sakė, kad tai iškart suteiks palengvėjimą. Jie nejuokavo, nes tu atsipalaidavai ir užmigai".

„Ačiū, dabar jaučiuosi daug geriau." Jis pabandė išlipti iš lovos, bet zyzimas skraidė jo galvoje, tarsi jis būtų Vilis E. Kojotas. „Manau, kad dar kurį laiką pasiliksiu lovoje".

„Gera mintis. Ar galiu tau ko nors atnešti?"

„Troškinio? Su braškių uogiene?"

„Žinoma, vaikeli." Jis išėjo iš kambario, sakydamas, kad netrukus grįš. Kai grįžo su maistu ant padėklo, sūnėnas bandė valgyti, bet nieko negalėjo suvalgyti.

„Gal tik šiek tiek vandens".

Samas atnešė buteliuką, iš kurio E-Z bandė gerti, net ir to jis nesugebėjo sulaikyti.

„Manau, kad toliau ilsėsiuosi." Jo akys liko atmerktos, žiūrėjo į nieką priešais. „Kiek valandų?"

„Penktą ryto, o šiandien šeštadienis. Jau dvylika valandų esi išbuvęs. Tu mane išgąsdinai."

Ryšys, levandos abiejose vietose E-Z pasirodė keistas. Ar jis buvo patyręs realų susikirtimą? Tai buvo pernelyg didelis sutapimas, t. y. jei bunkeris iš tiesų egzistavo. O gal tai buvo sapnas? Labiau panašu į košmarą. Bet jo kojos iš tiesų veikė tame metaliniame konteineryje. Jis tuoj pat grįžtų atgal - rizikuotų bet kuo - kad vėl galėtų naudotis kojomis.

„E-Z?"

„Ką? Aš, tiesą sakant, manau, kad norėčiau užmerkti akis ir dar šiek tiek pailsėti."

Samas išėjo iš kambario, uždarydamas už savęs duris.

E-Z tai įeidavo, tai išeidavo iš sąmonės, o nelaimingas atsitikimas grojo ciklą. Baltais sparnais vilkinti Stevie Nicks kūrė garso takelį. O fone dvi lemputės - viena žalia, kita geltona - šokinėjo aukštyn ir žemyn.

Keletą dienų jis bandė mintyse sudėlioti detales, sudarydamas bendrų bruožų sąrašą:

1. Balti sparnai - ant pečių ištatuiruoti balti sparnai. Jo sapne Stevie Nicks turėjo baltus sparnus.

2. Levandos - dėdė Samas nudegimams malšinti naudojo levandas ir alaviją. Bunkeryje levandos purškė orą, kad jį nuramintų.

3. Geltonos ir žalios šviesos. Jas matė po avarijos ir savo kambaryje.

4. Vežimėlis - skrido, kad galėtų išgelbėti mažą mergaitę. Kai jis buvo sugėrovas, jo užpakalis buvo palikęs kėdę, kad galėtų pagauti kamuolį.

5. Porankiai - dabar buvo raudoni. Jokių panašių incidentų nebuvo. Jokio paaiškinimo.

6. Deginimo pojūtis ant pečių / ant pečių atsiradusios tatuiruotės. Jokio paaiškinimo.

Jis nebetikėjo dievu, ne nuo to įvykio. Joks dievas nebūtų leidęs, kad medis sutraiškytų jo tėvus. Jie buvo geri žmonės, niekada niekam nepakenkė. Tai, kas nutiko jo kojoms, buvo nesvarbu. Bet kuris ko vertas dievas būtų ištiesęs ranką ir sustabdęs tai prieš įvykstant.

Nebent, jei dievas būtų buvęs, jis būtų išėjęs pietauti. Taip, teisingai.

Jo kūne vyko pokyčiai, ir jis norėjo atsakymų. Giliai viduje jis žinojo, kad vienintelis būdas juos gauti - grįžti į tą prakeiktą bunkerį, jei jis egzistavo.

SKYRIUS 6

Kitą rytą E-Z pakibo ore virš savo lovos, nes jam išaugo sparnai. Pakeliui į spintos veidrodį, norėdamas apžiūrėti savo naujuosius padarus, jis vos neatsitrenkė į sieną.

„Ten viskas gerai?" Samas paskambino iš gretimo kambario.

„Taip", - atsakė jis, skrisdamas į šoną, nes žavėjosi naujai įgyta skraidymo galia. Plunksnų plunksnos jį žavėjo. Ypač tai, kaip jos stūmė jį į priekį, tarsi būtų susiliejusios su jo kūnu. Jausdamasis labiau panašus į paukštį nei į angelą, jis stengėsi prisiminti, ko mokykloje mokėsi apie ornitologiją. Jis žinojo, kad dauguma paukščių turi pirmines plunksnas, galbūt dešimt. Be pirminių jie negalėjo skristi. Ant jo sparnų buvo daugiau nei dešimt pirminių plunksnų, taip pat ir daugiau antrinių. Jis pabandė pasukti į kairę, paskui į dešinę, įvertindamas savo manevringumą. Jausdamasis nesvarus, jis skraidė po savo kambarį. Pakibo virš neįgaliojo vežimėlio, kurio jam jau nebereikėjo. Šiais sparnais jis galėjo pakilti per visą pasaulį. Užsidėjęs rankas ant klubų, kaip Supermenas, jis nusitaikė į duris. Jis priėjo prie jų, kai jas atidarė Samas.

„Tu mane iki pusės išgąsdinai!" Samas vos neiššoko iš kailio.

Užkluptas netikėtai, paauglys bandė suvaldyti situaciją. Jis pakeitė kryptį, ketindamas eiti prie lovos. Tačiau perėjimas nebuvo toks lengvas, kaip jis tikėjosi, ir jis pasileido laisvu kritimu.

Samas pribėgo prie neįgaliojo vežimėlio, judindamas jį pirmyn ir atgal, kad šis neatsidurtų po sūnėnu.

E-Z atsigavo ir vėl pakilo į viršų.

„Tu nusileisk čia, tučtuojau!" Samas sušuko, mosuodamas kumščiais ore.

Jis nuskrido link lovos ir saugiai nusileido. Jo sparnai užsidarė kaip akordeonas be muzikos. „Tai buvo taip smagu. Negaliu sulaukti, kada skrisiu į mokyklą."

Samas krito į sūnėno kėdę. „Apie ką tai buvo? Ir ar tikrai manai, kad galėtum skraidyti tais daiktais į mokyklą? Tu būtum juokdarys."

„Jie prie to priprastų ir užuot vadinę mane „medžių berniuku" - galėtų vadinti mane skraidančiu berniuku. Taip, man tai patinka."

„Iš to, ką mačiau, tai buvo nevykęs bandymas. O „musių berniukas" skamba juokingai."

„Tai buvo pirmas mano bandymas. Aš tai įvaldysiu."

Samas papurtė galvą, nes smalsumas jį užvaldė ir nugalėjo emocijas, kad pabėgtų.

„Ar galiu pažvelgti iš arčiau? Turiu omenyje, tau neišsinešdinant?" - paklausė jis atsistojęs, kai E-Z pasisuko kūnu į jį. „Jie dingo. Visiškai. Turiu omenyje tatuiruotes. Jas pakeitė tikri sparnai - ir tu gali skraidyti. Oho!" Jis atsisėdo, kol nenukrito.

„Atsibudau, sparnai išsiskleidė ir kitą akimirką jau skraidžiau."

„Tai magija. Turi būti. O gal mes sapnuojame, tu esi mano sapne arba aš tavo, ir netrukus mes pabusime ir..." Samas stengėsi išlikti ramus dėl sūnėno, bet viduje jo širdis daužėsi.

„Tai ne sapnas."

„Kaip jie iššoko? Ar turėjai ką nors pasakyti? Turiu omenyje, ar yra stebuklingų žodžių, kuriuos reikia pasakyti?"

„Neprisimenu, kad būčiau ką nors sakęs. Tačiau manau, kad galėčiau pabandyti." Kelias sekundes jis apie tai mąstė, užimdamas pozą, panašią į Rodeno „Mąstytojo". „Palauk, leisk man ką nors pabandyti". Jis mostelėjo ore judesiu be lazdelės: „Autem!"

„Kada išmokote lotynų kalbos?"

„Mano telefone yra nemokama programėlė".

„Aš irgi, mokausi prancūzų kalbos. Pabandyk en haut."

„En haut!" Vis dar nieko. „Pakelk mane aukštyn! Qui exaltas me!" Susierzinęs jis sukryžiavo rankas. „Ko gero, gerai, kad įėjai ir matei mane skrendantį, kitaip manimi nepatikėtum!" Jam buvo įdomu, ką veikia PJ ir Ardenas - jis jų nematė jau kelias dienas. Paskui jo sparnai išsiskleidė ir jis pakibo virš savo lovos.

„Ro-ro, - tarė Samas, kai sparnai atsitraukė, ir E-Z atsitrenkė į grindis.

„Tai būtų buvęs šaunus metas tau patraukti mano kėdę".

Samas nusišypsojo. „Lengviau pasakyti nei padaryti. Atsiprašau. Ar tau viskas gerai?"

„Nesu sužeistas. Fiziškai, bet psichiškai, kas žino?" Jis nusijuokė. „Gal galėtum man padėti atsisėsti į kėdę?"

Samas pakėlė jį ir saugiai pasodino į kėdę. Kai jis atsilošė, sparnai, užuot iki galo atsitraukę, iššoko atgal visa jėga. E-Z pakilo, skraidydamas aplink kaip Tinkerbellas.

„Taigi, štai kaip viskas yra, a?" pasakė Samas.

„Man reikia tai įvaldyti, nežinau kodėl, bet..."

„Na, kai būsi pasiruošęs, nusileisk žemyn ir eisime pusryčiauti. Aš atsinešiu nešiojamąjį kompiuterį ir galėsime atlikti keletą tyrimų".

„Uh, tai protinga idėja. Galėtume nueiti į Anos kavinę. Ir aš *nusileisčiau* - jei tik galėčiau". Sparnai pasitraukė, kai E-Z atsidūrė tiesiai virš jo vežimėlio. „Štai ką aš vadinu aptarnavimu", - pasakė jis, švelniai įsitaisydamas kėdėje.

Jie kalbėjosi, kol jis apsirengė. Tada E-Z nuėjo į vonios kambarį, o Samas pasiruošė.

Kai jie išėjo iš namų ir ėjo link Anos kavinės, E-Z buvo dvejopai nusiteikęs. Pirma, kad jis pasiilgo ten nueiti, ir antra: „Aš jau seniai ten nebuvau. Nuo tada, kai..."

„Žinau, vaikeli. Ar esi tikras, kad dar ne per anksti?"

Pusryčiai Anos kavinėje buvo jo šeimos tradicija. Be to, kad ji atsidarydavo anksti, šeštą valandą ryto, iki jos buvo galima nueiti pėsčiomis. Viduje buvo atskiros kabinos, aptrauktos dirbtine oda su raudonomis languotomis staltiesėmis. Jo tėtis visada sakydavo, kad ši vieta yra „tolimo pasaulio" tema. Šešiasdešimtųjų metų muzika grojo iš muzikos automatų - jie buvo įrengti taip, kad žmonėms nereikėjo mokėti. Ant sienų kabėjo Marilyn Monroe, Jameso Deano ir Marlono Brando plakatai. Valgiaraštyje buvo daugybė patiekalų - nuo sumuštinių „Club Sandwich" iki sūrio mėsainių ir „Fondue". Tačiau jo asmeniškai mėgstamiausi buvo itin stori kokteiliai ir obuolių blyneliai.

Vos tik juos pamačiusi, savininkė Ann tuoj pat priėjo. „Pasiilgau tavęs." Ji apkabino jį.

„Tai mano dėdė Samas, Ann." Jie paspaudė vienas kitam rankas. „Beje, ačiū už atviruką ir gėles, tai buvo labai dėmesinga."

Jos akys prisipildė ašarų. „O dabar eik čia. Turiu tau puikų stalą."

Jis buvo ramiame kampe, todėl jam nereikėjo jaudintis, kad jo kėdė trukdys virtuvės darbuotojams ar lankytojams.

„Tuoj pat paruošiu jūsų įprastą patiekalą. Žinai, ko norėtum, Samai, ar turėčiau grįžti?"

„Ką valgysite?"

„Obuolių blynai a la mode. Jie geriausi visoje planetoje, o Ann visada papildomai atneša sirupo ir cinamono".

„Skamba neblogai, bet manau, kad norėsiu nuobodžios šoninės ir kiaušinių su grybais".

„Supratau", - pasakė Ann. „O tu renkasi šokoladinį tirštą kokteilį?" Jis linktelėjo galva. „O tau kavos, Samas?"

„Juodos", - atsakė jis. „Ir ačiū, kad mane taip maloniai priėmėte."

„Bet kuris E-Z dėdė čia laukiamas."

Anai nuėjus atnešti gėrimų, jis prabilo: „Dėdė Samas, manau, kad virstu angelu."

„Pirmiausia turėtum numirti", - pasakė jis, kai Anė padėjo gėrimus ant stalo ir grįžo į virtuvę.

„Galbūt aš tikrai miriau, per automobilio avariją. Kelioms minutėms. Kas žino, kiek laiko reikia, kad taptum angelu? Filmuose, jei patenki prie Perlų vartų, didysis vyras gali viską apversti ir vėl pasiųsti tave čia, žemyn. Jei tiki tokiais dalykais - o aš netikiu."

„Aš taip pat. Nėra tokių dalykų kaip angelai. Nei velniai. Išskyrus tuos, kurie yra kiekvieno iš mūsų viduje. Turiu omenyje, kad visi turime savyje ir gero, ir blogo. Tai mus daro žmonėmis. Kalbant apie mirštančius, jie būtų man pasakę, jei būtų tekę jus gaivinti. Jie nieko panašaus nesakė".

„Tuomet kaip paaiškinti staiga atsiradusias tatuiruotes, o dabar jos virto tikrais sparnais? Vakar jų neturėjau. Taigi, kas atsitiko nuo vakar iki šiandien? Nieko, kas pateisintų kokių nors naujų priedų augimą."

„Nieko, apie ką galėtum pagalvoti, - pasakė Samas. Jis nusijuokė.

E-Z užsikando blyną ir įsidėjo jį į burną, leisdamas sirupui tekėti per smakrą. Anė susiraukė.

„Na, šiuo metu tikrai neatrodai labai angeliškai", - pasakė Samas, pasiėmęs šakutę kiaušinienės. „Mm, šie tikrai skanūs." Suvalgęs dar kelis kąsnius, jis įlindo į portfelį ir išsitraukė nešiojamąjį kompiuterį. Spustelėjo jį ir įvedė „apibrėžti angelą". Jis pasuko ekraną, kad valgydami galėtų skaityti informaciją.

„Pasiuntinys, ypač dievo, - perskaitė Samas, - asmuo, atliekantis dievo misiją arba veikiantis taip, tarsi būtų siųstas dievo".

„Veikia tarsi", - pakartojo E-Z, įsidėdamas į burną daugiau blynų.

Samas perskaitė: „Neformalus asmuo, ypač moteris, kuri yra maloni, tyra ar graži. Tu esi gana graži, tavo šviesūs plaukai ir mėlynos akys."

„Užsičiaupk."

„Įprastinė reprezentacija", - jis padarė pauzę. „ Bet kuri iš šių būtybių, vaizduojama žmogaus pavidalu su sparnais."

Samas dar kartą gurkštelėjo kavos, tuo metu, kai Anė pripildė jo puodelį.

„Jums, vaikinai, sutriks virškinimas, skaitant ir valgant vienu metu".

E-Z nusijuokė.

Samas atsakė: „Ne, aš dirbu informacinių technologijų srityje, todėl man neblogai sekasi atlikti kelias užduotis".

Ana nusišypsojo ir nuėjo.

„Ką jie turi omenyje sakydami „šios būtybės"?" E-Z paklausė.

„Sako, kad viduramžių angelologijoje angelai buvo suskirstyti į rangus. Devynios eilės: serafimai, cherubinai, sostai, dominijos (dar vadinamos valdomis), - jis padarė pauzę, gurkštelėjo vandens. Paskui tęsė: „Dorybės, kunigaikštystės (dar vadinamos kunigaikštystėmis), archangelai ir angelai."

„Oho! Pabandyk greitai ištarti šiuos žodžius dešimt kartų." Jis nusišypsojo. „Net neįsivaizdavau, kad yra tiek daug angelų rūšių."

„Aš taip pat. Šis maistas toks skanus, kad vis galvoju, ar mes su tavimi nesapnuojame."

„Nori pasakyti, kad norėtum, jog mes sapnuotume ir mano sparnai išnyktų?"

„Jie galėtų išskristi taip pat greitai, kaip ir atsirado." Jis priartino nešiojamąjį kompiuterį ir įvedė žodžius „Žmogui užauga angelo sparnai". E-Z nusišypsojo, bet pasilenkė arčiau, kad pamatytų, kas pasirodė. Samas spustelėjo mokslinį straipsnį.

„Kaip ir sakiau, jokių angelo sparnų įrodymų nėra užfiksuota. Aš taip nemaniau. Manau, kad tas incidentas, žinai, kai išgelbėjau mažą mergaitę, buvo kažkaip susijęs su jų atsiradimu. Tai buvo akstinas, nes deginimas prasidėjo iškart po to, kai grįžau namo, o paskui, na, visa kita žinote."

„Kaip jums dviem čia sekasi?" Anė paklausė.

„Užsisakiau tau dar du blynus, E-Z, Kaip visada. Nebent gali valgyti daugiau?"

„Puikiai."

„O kaip dėl tavęs, Samai?"

„Tik įpilti", - pasakė jis ir pasiūlė tuščią puodelį, kurį ji paėmė ir grįžo su pilnu iki kraštų. Virtuvėje pasigirdo skambutis, ir ji nuėjo pasiimti blynų.

E-Z ant jų užpylė klevų sirupo, o po to - gabalėlį sviesto. „Tu esi nuostabiausia, - pasakė jis Anai. Ji nusišypsojo ir paliko juos baigti valgyti.

Dėdė Samas įdėmiai stebėjo sūnėną. Jis norėjo užsisakyti obuolių blynų, bet jau buvo sotus.

„Ką?"

„Nežinau, atrodo, kad kai paragauji maisto, tavo veidas nušvinta kaip angelas ant Kalėdų eglutės."

E-Z padėjo šakutę ant žemės. „Labai juokinga. Tu esi eilinis komikas".

Kai jie baigė valgyti, Samas paklausė: - Taigi, perskaitęs apie angelus, persigalvojai? Turiu omenyje, ar vis dar manai, kad tapsi vienu iš jų. Ir jei taip, ką ketini dėl to daryti?"

„Ką tu turi omenyje, DARYTI? Turiu sparnus, galėčiau jais pasinaudoti."

„Mano supratimu, jei jais nesinaudosi, jei neigsi patį jų egzistavimą - tada jie išnyks."

E-Z papurtė galvą. „Tai ne išeitis. Matėte, kas nutiko. Jie išėjo, man nieko nedarant, ir aš tau sakiau, kad kai šįryt pabudau, skraidžiau virš savo lovos. Aš buvau, po velnių, SKRYDUOJANTIS".

„E-Z, aš galvoju apie ateitį. Galbūt tau reikia su kuo nors pasikalbėti, mums reikia su kuo nors apie tai pasikalbėti".

„Nelaimingas atsitikimas įvyko daugiau nei prieš metus, konsultantas sakė, kad man viskas gerai. Be to, visa tai yra nauja."

„Tai gali būti uždelsta. Kažkas galėjo jį sukelti".

„Peržiūrėkime faktus. Pirma, turėjau tatuiruočių, kai jų neturėjau. Antra, mano kėdė pakilo nuo žemės ir aš išgelbėjau mažą mergaitę - be to, pakilau nuo kėdės, kad per rungtynes pagautų kamuolį. Iki šiol tai neigiau... Numeris trys tatuiruotės degino kaip pragaras. Ketvirta, atsirado tikri sparnai. Penktas numeris, aš galiu skraidyti. Ar kas nors iš to jums pažįstama? Turiu omenyje kitus atvejus."

„Štai ko aš nesuprantu. Kaip tai galėjo nutikti, bet juk protas yra nepaprastai galingas kompiuteris. Būtent jis skiria mus nuo gyvūnų karalystės ir dėl jo žmogus taip ilgai išgyveno. Girdėjau istorijų, kai žmogui grėsė didžiulis pavojus, o pagalba atvyko. Arba kai žmogus buvo įstrigęs po automobiliu - ir praeivis sugebėjo pakelti automobilį, kad išgelbėtų jo gyvybę."

„Esu apie tai skaitęs; tai vadinama isteriška jėga - bet niekada nesu girdėjęs apie atvejį, kai išaugo sparnai."

„Galbūt sparnai, atsirado, kad tave išgelbėtų".

„Nuo ko? Per daug miego?" - jis nusijuokė. „Nelaimingo atsitikimo metu jie būtų buvę malonūs. Būčiau galėjęs nuskraidinti mamą ir tėtį kviesti pagalbos, užuot laukęs ten su kruvinu rąstu ant savęs. Laikydami mane prispaudę. Tai joks stebuklas. Aš, nežinau, kas tai yra, dėdė Samas, žinau tik tiek, kad tai yra".

„Mes šnekamės. Vertiname. Keičiamės idėjomis. Bandome rasti atsakymus".

„Būtų malonu gauti atsakymus, bet... kas būtų ekspertas, kurio galėtume paklausti šioje situacijoje?"

„O kaip dėl ministro ar kunigo?"

E-Z papurtė galvą. Bažnyčioje jis nebuvo buvęs nuo tėvų laidotuvių.

„Ką mes galime prarasti?"

„Manau, kad verta pabandyti, bet. O, o."

„Kas tai?"

„Jaučiu, kad mane spaudžia prie menčių. Turiu eiti, o mes čia nevažiavome. Atsiprašau, kad turiu skubėti. Iki pasimatymo namuose". Jis spruko iš kavinės ir nesustojo, kol iš jo gobtuvo išsiveržė sparnai ir jis pakilo nuo žemės. Namuose jis suprato, kad neturi rakto, bet negalėjo likti verandoje - ne su išskleistais sparnais. Jis bandė lotyniškai priversti juos grįžti atgal - bet niekas nepadėjo. Taigi, jis pakilo į viršų ir sugebėjo niekieno nepastebėtas patekti į vidų pro savo miegamojo langą.

„E-Z!" sušuko Samas, kai parskrido namo. „E-Z!"

„Aš esu čia."

„Ar tau viskas gerai? Atvykau čia taip greitai, kaip tik galėjau."

„Įeik, prisėsk. Jokių ženklų, kad jie būtų pasitraukę - kol kas".

Pamatęs atidarytą langą. „Kaip suprantu, jūs čia atskridote?"

„Taip, gerai, kad praėjusią naktį pamiršau užrakinti langą. Galime tęsti mūsų diskusiją, kol vėl galėsiu išeiti į lauką."

„Aš pažįstu vieną kunigą. Jei kas ir gali padėti, tai jis.“

Po dviejų valandų, iš radijo imtuvo sklindant melodijoms, jie jau važiavo pas kunigą. Eterį užpildė Hozier „Take Me to Church“. Sutapimas? Jie pagalvojo, kad ne, ir iš visų jėgų dainavo pagal dainos žodžius. Laimei, pakėlus langus jų niekas negirdėjo.

$$***$$

Bažnyčioje nebuvo įvažiavimo neįgaliojo vežimėliu ir daug laiptų, kuriais reikėjo lipti.

„Tu eik į didžiojo ąžuolo pavėsį, o aš eisiu ieškoti tėvo Hopperio, - pasiūlė Samas.

„Ar tai tikrasis jo vardas?" E-Z nusijuokė.

„Kiek žinau. Tu pasilik vietoje, o aš tuoj grįšiu".

„Taip ir bus."

Paauglys išsitraukė telefoną. Nors jam patiko medžio teikiamas pavėsis - dėl jo buvo neįmanoma įžiūrėti ekrano. Jis persėdo ant kėdės, atkreipdamas dėmesį į neįprastą dūzgimą ore. Triukšmą, kuris, regis, sklido iš paties medžio.

Jis pakėlė akis, bandydamas suprasti, ar tai paukštis, kai garsas pakilo ir padidėjo. Jis išjungė telefono garsą. Garsas baigėsi, ir prasidėjo naujas garsas. Šis buvo melodingas; užburiantis, ir jis pasinėrė į svajingą būseną.

Jo galva linktelėjo į priekį, kol naujas garsas jį pažadino. Šnabždesys, sklindantis virš jo galvos. Balsai, sklindantys iš medžio lapijos. Jis sukryžiavo rankas, nes jį pervėrė šaltis, privertęs išskleisti sparnus. Dar nespėjus susivokti, jo kėdė pakilo nuo žemės. Jis lenkė šakas, kildamas į didžiulio ąžuolo širdį.

„Paleisk mane!" - įsakė jis.

Jis toliau kilo. Jo galūnėms susilietus su medžiu, ant dilbių ir galvos lašėjo kraujas.

„Sustok! Tu kvailas..."

„Tai nelabai gražu, pypkėle, - pasakė pypkės aukštas balsas.

„Aš maniau, kad tu sakei, jog jis gražus, kai pabudo zoom-zoom", - pasakė antrasis balsas.

„Oho!" E-Z pasakė, stengdamasis susitvardyti ir visiškai neišprotėti. Jis kelis kartus giliai įkvėpė. Nusiramino. „Kas, kas ir kur tu esi?"

„Kas mes iš tiesų esame, pyp-pyp".

Prieš jo akis vėl šoko tos pačios švieselės, žalia ir viena geltona.

Susidomėjęs jis ištarė: „Sveiki".

Geltona šviesa išnyko.

Pasigirdo šauksmas.

Tada išnyko žalioji.

„Kas tai? Jūs du, kad ir kas jūs būtumėte, liaukitės. Esate man skolingi paaiškinimą. Žinau, kad mane persekiojate. Išeikite ir susidurkite su manimi!"

POP.

Ant jo nosies nusileido mažytis žalias į angelą panašus daiktas. Jo kryptimi pasklido keistai nelemtas, beveik limburgerio kvapas. Jis užsidengė nosį.

„Laba diena, E-Z, pyp-pyp, - pasakė daiktas ir nusilenkė.

Kai ištarė jo vardą, jis prarado sparnų kontrolę. Jis svyravo ir kybojo ore kaip paukštis, besimokantis skraidyti. Jis norėjo, kad sparnai vėl išsiskleistų, bet jie jo nepaisė. Krisdamas žemyn jis įsikibęs laikėsi už kėdės ranktūrių.

POP!

Dabar jų buvo du. Kiekvienas sugriebė po vieną jo ausį ir saugiai nuleido jį ir kėdę ant žemės.

„Au", - tarė E-Z, trindamas ausis, kai kunigas ir jo dėdė pasirodė už kampo. „Ech, ačiū, manau."

POP.

POP.

Abu padarai išnyko.

„E-Z, tai tėvas Bredlis Hopperis, jis nori padėti".

Hopperis ištiesė ranką, E-Z padarė tą patį. Jų kūnams susijungus, paauglys išnyko.

Hopperis ir Semas liko greta vienas kito, jų akys buvo išsprogusios. Abu žvelgė į nebūtį kaip du manekenai parduotuvės vitrinoje.

SKYRIUS 7

E-Z pėdos palietė žemę ir iš pradžių jį apakino balta spalva. Jis kėlė vieną koją prie kitos, iš pradžių eidamas, paskui bėgdamas vietoje, paskui įsibėgėdamas į visišką bėgimą. Jis metėsi į sieną, šokinėdamas, tarsi būtų šokinėjimo pilyje.

POP

POP

Jis jau nebebuvo vienas. Priešais jį stovėjo du daugiasparniai daiktai, gėlėse. Vienas buvo žalias, kitas - geltonas. Jam priartėjus, jų sparnai, tarsi kaleidoskopas, sukosi aplink auksines akis.

Pirmiausia jis palietė žalios gėlės žiedlapių sparnus. Dar niekada nebuvo matęs visiškai žalios gėlės, o ką jau kalbėti apie gėlę su akimis. Akys, kurias jis atpažino iš ankstesnio jų susitikimo. Sparneliai paglostė jo pirštą, ir žalioji gėlė nusijuokė. Jis vengė per daug priartėti nosimi, nes tikėjosi, kad į priekį pasklis sūrio kvapas - bet taip nenutiko.

Antroji gėlė, geltona, turėjo daugiau žiedlapių sparnų nei kita. Žiedlapiai reagavo į jo prisilietimą, tarsi vandenyne judantys koralai. Auksinės šios gėlės akys turėjo apibrėžtas blakstienas. Jis pasilenkė, norėdamas įsižiūrėti iš arčiau.

Toliau stebėdamas juos du, orą užpildė PFFT. Kartu su juo pasklido galingas ir labai saldus kvapas, nuo kurio jį ėmė pykinti. Jis atsitraukė, užsidengė nosį ir nušluostė nuo akių žiežirbas.

Geltonoji gėlė prakalbo. „Mano vardas Reiki ir mes tave čia atnešėme beep-beep".

„Kur tiksliai čia yra? Ir kodėl mano kojos dirba?"

„Nesvarbu nei kur, E-Z Dikensai, nei kodėl esi toks, koks esi, beep-beep".

Jis perėjo kambarį ir dešine ranka paėmė geltoną gėlę, o kaire - žalią. VĖLIAU! Šį kartą jį užklupo aitri migla, jis pradėjo čiaudėti ir vis čiaudėjo.

„Prašau, nuleisk mus, kol nenumetei, pyp-pyp".

„Ten yra servetėlių dėžutė, ten zoom-zoom".

„O, atsiprašau." Jis juos padėjo, paėmė servetėlę - bet jam jos jau nebereikėjo. Jis išlaikė atstumą, atsirėmęs nugara į baltą sieną.

„Dabar mes tave čia atvežėme, pyp-pyp".

„Aš esu Hadzė, beje, zoom-zoom".

„Nes tau reikėjo žinoti, beep-beep".

„Kad tau nevalia kalbėti su kunigu, apie savo sparnus zoom-zoom".

„Tiesą sakant, tau nevalia su niekuo kalbėti apie nieką beep-beep".

Padėjęs ranką ant sienos, jis ėjo mąstydamas. „Visų pirma, kodėl tu sakai pyp-pyp ir zoom-zoom?"

Rikis ir Hadžis pavarto akis. „Ar negirdėjai apie onomatopėją?"

„Žinoma, girdėjau."

„Tada turėtum žinoti, pypt-pypt."

„Kad ji prideda jaudulio, veiksmo ir įdomumo, zoom-zoom."

„Kad skaitytojas išgirstų ir įsimintų, beep-beep".

„Ką norite, kad jie žinotų, priartinti-prisiminti."

Jis nusijuokė. „Tai tiesa, jei ką nors skaitai, bet nebūtina kalbant. Prisimenu, ką sako Reičis, nes jis tai sako, ir prisimenu, ką sako Hadzė, nes ji tai sako. Darau prielaidą, kad vienas iš jūsų yra mergaitė, o kitas - berniukas - ar teisingai?"

„Taip, - patvirtino Hadzė. „Aš esu mergaitė. Fui, džiaugiuosi, kad man nereikia nuolat kartoti zoom-zoom".

„O aš esu berniukas. Man trūks, kad sakyčiau „pyp-pyp".

„Jei nori, gali juos sakyti, bet tai šiek tiek erzina, o pokalbio metu kartojimas gali būti nuobodus."

„Mes nenorime būti nuobodūs!"

„Tai sužlugdytų mūsų tikslą, kad jus čia atsivežėme."

„Gerai", - tarė E-Z. „Taigi, dabar grįžkime prie to, ką tu sakei prieš mums pradedant kalbėti apie literatūrinę priemonę." Jie linktelėjo galva. „Jei niekam negaliu papasakoti apie tai, kas su manimi vyksta, vadinasi, esu vienas šiame dalyke - kad ir kas tai būtų. Aš išgelbėjau mažą mergaitę. Darau prielaidą, kad tai kažkaip susiję su tavimi?"

„Taip, tu teisingai darai šią prielaidą, pypt, ai, atsiprašau".

„Noriu sužinoti, kas tai yra ir kodėl tai vyksta su manimi?"

„Užmerk akis, - pasakė Hadzė.

„Užmerksiu, bet jokių juokingų dalykų".

Gėlės susigūžė.

Jo kojos paliko žemę, ir jis nusileido kitame kambaryje. Šiame kambaryje, kaip ir anksčiau, jį iš pradžių apakino balta spalva. Kai akys priprato prie aplinkos, jis pastebėjo knygas. Lentynos ir lentynos, prikrautos tomų iki dangaus.

„Nebijok, - tarė Hadžis.

Jis nebijojo. Tiesą sakant, jis buvo ekstazėje. Nes šiame kambaryje jis ne tik galėjo naudotis kojomis, bet ir jautė, kaip jomis pulsuoja kraujas. Jo pojūčiai sustiprėjo; jo link sklido senų knygų kvapas. Jis įkvėpė saldžių prunus dulcis (saldžiųjų migdolų) kvepalų. Sumaišyti su planifolia (vanilės) kvepalais jie sukūrė tobulą anizolę. Širdis plakė, kraujas varvėjo - jis dar niekada nesijautė toks gyvas. Jis norėjo pasilikti, amžinai.

Viduje esantys batai, kiekvieno piršto judesys jam teikė malonumą. Jis prisiminė žaidimą, kurį žaisdavo būdamas mažas berniukas. Jis nusimovė batus ir kojines ir palietė kiekvieną pirštą, sakydamas eilėraštuką: „Šis paršiukas išėjo į turgų.“

„Jis išprotėjo“, - pasakė Reiki, kai E-Z sušuko: "Wee!"

„Duokite jam akimirką. Tai gana nuostabi vieta“.

E-Z vėl užsimovė kojines. Jis slydo po kambarį baltomis grindimis, kurios blizgėjo kaip ledo lakštas. Jis nusijuokė, kai sviedė save į pirmą, paskui į antrą sieną, atšoko ir nusileido ant grindų. Jis negalėjo nustoti juoktis, kol nepastebėjo, kad su virš jo esančiomis knygomis vyksta kažkas keisto. Jis papurtė galvą, kai viena iš jų nuskrido nuo lentynos į jo ranką. Tai buvo jo protėvio Čarlzo Dikenso knyga. Knyga pati atsivertė, vėduokle perskaitė nuo pradžios iki galo, paskui nuskrido atgal į tą vietą, iš kurios buvo atkeliavusi.

„Sveiki atvykę į angelų biblioteką, - tarė Reikia.

„Oho, tiesiog oho! Vadinasi, jūs abu esate angelai?“

„Tu teisi, - pasakė Hadžis. „Ir jūs esate čia, nes mes buvome paskirti jūsų globėjais“.

„Paskirti? Kas paskyrė? Dievo?“ - nusišypsojo jis.

Hadžas ir Reikis pažvelgė vienas į kitą, purtydami gėlėtas galvas.

„Mūsų tikslas.“

„Yra paaiškinti jums jūsų misiją“.

„Taip pat parodyti jums kelią. Padėti jums, - pasakė jie kartu.

„Misija? Kokią misiją?“ Jo mintys nukrypo į šalį. Galvoje jis išgirdo filmo „Misija neįmanoma“ temą. Pamatė Tomą Kruzą, kabeliu nuleistą į kompiuterių kambarį. „Ei, palauk! Jūs abu buvote mano kambaryje, ar ne? Ir sekėte mane nuo pat avarijos“.

„Laukėme tinkamo momento prisistatyti, - pasakė Reičelė. „Tikėjomės tai padaryti ne taip formaliai, bet kai tu buvai....“

„...ketinate pasikalbėti su kunigu, turėjome spausti pirmyn“.

„Na, jūs tikrai neskubėjote. Maniau, kad haliucinuoju, - pasakė jis garsiau, nei norėjo.

POP.

Rikis išnyko.

„Dabar pažiūrėk, ką padarei!“ Hadzė ištarė.

POP.

Kaip jie dingo, ir jis nežinojo, kur, kada ir ar apskritai grįš. Vis dėlto jis neketino gaišti nė minutės. Jis pargriuvo ant grindų ir padarė dvidešimt atsispaudimų, po to tiek pat šuoliukų. Akys raibuliavo nuo spindesio ir jis norėjo turėti akinius nuo saulės.

TICK-TOCK.

Iš oro atsirado akiniai nuo saulės. Jis juos užsidėjo, o skrandis gurgėjo. Jis pasidarė asmenukę, tada patikrino laiką. Su laikrodžiu vyko kažkas keisto. Jis ėmė blaškytis. Skaičiai nenustojo keistis. Jo skrandis vėl suvirpėjo.

TICK-TOCK.

Atsirado sūrio mėsainis ir keptos bulvytės, dabar jo rankos buvo pilnos. Jis pagalvojo apie šokoladinį tirštą kokteilį su maraschino vyšnia ant viršaus.

TICK-TOCK.

Ant balto staliuko, kurio ten anksčiau nebuvo, atsirado itin didelis kokteilis su vyšnia ant viršaus. O gal buvo? Galbūt jis nepastebėjo, nes abu buvo balti.

Prieš pradėdamas valgyti, jis pasimėgavo kvapu, paskui su kiekvienu kąsniu - skoniu. Atrodė, lyg niekada anksčiau nebūtų valgęs sūrio mėsainio ar keptų bulvyčių. O vyšnios, skonis buvo toks saldus, po to šokolado šokolado. Jis suvalgė patiekalą stovėdamas. Maistas visada buvo skanesnis, kai jį valgydavo stovėdamas. Šis užsakymas buvo toks skanus; tai buvo juokinga.

Baigęs jis niekam nepadėkojo už maistą. Tada atkreipė dėmesį į biblioteką ir baltas kopėčias, kurių anksčiau nepastebėjo. Vien minties apie jas pakako, kad kopėčios pasislinktų arčiau jo, tarsi norėtų būti naudingos. Jis užlipo ant jų, o jos judėjo tarsi diskas ant Vudžio lentos, mindamos knygų lentyną po lentynos. Paskui ji sustojo.

Lipdamas jis skaitė pavadinimus ant nugarėlių. Priešais jį buvo Čarlzo Dikenso (Charles Dickens) knygos, kiekvienas tomas turėjo savo porą sparnų.

Vienas skrido link jo: „ *Kalėdų giesmė*". Jis pervertė porą puslapių, kad parodytų, jog tai pirmasis leidimas, išleistas 1843 m. gruodžio 19 d. Toliau vartydamas puslapius, jis stebėjosi iliustracijomis. Kokios jos buvo detalios ir spalvotos. O fone, už Mažylio Timo ir jo šeimos viename iš piešinių, kažkas sujudėjo. Akys. Dvi poros. Hadzė ir Reiki! Jis beveik numetė knygą. Kadangi ji turėjo sparnus, grįžo ten, kur gyveno lentynoje. Tuo tarpu jis prarado pusiausvyrą, nukrito nuo kopėčių ir pakibo ant jų dėl gyvybės. Kai vėl tapo stabilus, jis pamažu nusileido žemyn ir tvirtai pastatė kojas ant žemės. Jis susimąstė, kodėl jo sparnai neiškilo jam į pagalbą. Visa kita čia turėjo sparnus, kurie veikė, tiesą sakant, angelai turėjo kelias poras sparnų. Pasaulyje ten jo kojos neveikė, o jis turėjo sparnus, kurie veikė. Čia, kur jis bebūtų, jo kojos veikė, bet sparnai dabar buvo neveikiantys.

Jis pasikrapštė galvą. Jei tik dėdė Semas būtų čia. Ir vis dėlto jis negalėjo su juo pasikalbėti. Tai buvo uždrausta. Bet kodėl? Ką jie galėjo jam padaryti? Angelai persekiojo jį nuo pat nelaimingo atsitikimo. Jis manė, kad jie geri angelai, nes dar nebuvo jam pakenkę - kol kas. Namų ilgesys užplūdo jį kaip milžiniška banga, grasindamas nunešti po vandeniu.

„Noriu namo!" - sušuko jis, kai suvibravo jo telefonas. Dar nespėjęs jo atrakinti...

POP.

Reiki griebė jį ir metė į...

POP.

Hadžiui, kuris metė jį į tolimiausią baltą sieną. Jis atšoko, atsitrenkė į grindis ir sudužo į gabalėlius.

„Tu man skolingas keturis šimtus dolerių už naują telefoną! Tikiuosi, kad jūs, angelai, turite grynųjų."

Hadzė ištiesė ranką ir sparneliu trenkė E-Z per veidą. Plunksnos jį ne sužeidė, o paglostė. „Dabar tu, E-Z Dikensai, atsisėsk čia". Balta kėdė prisispaudė prie jo kojų atlošo, priversdama atsisėsti.

„Ir nustok elgtis kaip kekšė", - pasakė Reikia.

„Oho! Ar angelai gali taip sakyti? Kokie jūs apskritai angelai? Besimokantys angelai? Ar aš esu tas vaikinas, kuris padės tau užsitarnauti sparnus?"

Jis suprato, kad jie jau turi sparnus. Tiesą sakant, kelias poras. Taigi tai, ką jis bandė pasakyti, atrodė nesvarbu, kai jie pakibo virš jo.

„Ar aš esu tas vaikinas, kuris ketina tau padėti, ar tu turi padėti man? Nes jei taip, o tu sakei, kad taip, tai darai siaubingą darbą. Artimiausiu metu nei už vieną iš jūsų geru žodžiu neužsiminsiu".

„Mes laukiame atsiprašymo."

„Na, jo lauksite, ir ilgai. Nes aš esu ištroškęs".

TICK-TOCK.

Pasirodė puodelis šakninio alaus matiniame stikle. Jis vienu gurkšniu jį išgėrė. „Nes tu mane čia atvedei be mano sutikimo. Ir..."

„UŽDARYK!" - pasigirdo duslus balsas, kai ji apsivijo nuo vienos iš baltų sienų.

Ji buvo aukšta kaip lubos. Tiesą sakant, aukštesnė. Ji buvo kreiva, tačiau milžiniško dydžio ir ūgio. Jos sparnai braukė į sienas ir lubas. „LAIKYKIS TIESOS!" - pareikalavo per didelio dydžio angelas ir su šuoliu patraukė savo sparnais link E-Z, kol atsidūrė jam tiesiai priešais veidą.

$$***$$

„**E-Z** Dikensai, tu buvai pakviestas čia, pas mane", - tarė didžiulis angelas. „Aš esu Ophanielis, mėnulio ir žvaigždžių valdovas. O šitie yra mano pavaldiniai. Jūs NEGALITE elgtis su jais įžūliai. Jūs privalote elgtis su jais maloniai ir pagarbiai, nes jie jums yra mano Akys ir mano Ausys. Be jų jūs esate NIEKAS."

Jis ištarė nesuprantamą sakinį, kovodamas su noru pabėgti.

„NEpertraukinėk, kol nebaigsiu kalbėti", - įsakė Ophanielis.

Jis linktelėjo galva, kūnas virpėjo, pernelyg bijodamas ištarti žodį.

„E-Z", - nugriaudėjo jo balsas. „Tu buvai išgelbėtas. Mes išgelbėjome tave dėl tam tikro tikslo."

Rikis ir Hadzė pripuolė arčiau ir atsisėdo Ophanieliui ant pečių.

„Būkite ramūs", - įsakė Ophanielis.

Jie sulankstė sparnus ir pasilenkė, kad nepraleistų nė žodžio.

E-Z mintyse pasižymėjo, kad paklaustų jų, kaip jam taip pat efektyviai sulankstyti sparnus, kaip tai padarė jie. Tai būtų, jei jis atgautų sparnus.

Ophanielis tęsė. „Kai mirė tavo tėvai, E-Z Dikensai, tu taip pat turėjai mirti. Tokia buvo tavo lemtis. Toks, kurį mes pakeitėme savo tikslams. Sėkmingai gynėme tavo bylą. Pažadėjome, kad padarysi nepaprastų dalykų. Kad padėsite kitiems. Mes tave išgelbėjome, ir skola buvo atiduota. Skolą, kurios didžiąją dalį visiškai sumokėjote atiduodamas kojas."

Pasidavė? Tai skambėjo taip, tarsi jis būtų turėjęs pasirinkimą. Kad jis priėmė galutinį sprendimą daugiau niekada nevaikščioti, o tai buvo melas. Jis pravėrė burną, norėdamas prabilti, bet Ophanielio balsas prabilo toliau.

„Vis dar yra skola, skola, kurią esi mums skolingas."

E-Z įkvėpė didelį gurkšnį oro. Jis norėjo kalbėti, bet negalėjo. Jo lūpos judėjo, bet neišleido jokio garso. Kaip šitas, angelas, drįsta už jį priimti sprendimus ir sakyti, kad skola yra skola?

„Mes davėme tau įrankius - galingą kėdę. Tai tam, kad tau padėtume. Kad vieną dieną galėtum būti čia su savo tėvais ir vaikščioti su mumis, su jais, amžinybėje". Ophanielis kelias sekundes suabejojo, kad leistų tai įsisąmoninti. „Šiandien gali užduoti man vieną klausimą, bet tik vieną. Kad jis būtų geras."

Užuot apmąstęs savo klausimą, E-Z išpyškino: „Kada vėl pamatysiu savo tėvus?"

„Kai grąžinsite visą skolą".

„Dar vienas klausimas, prašau."

„Bus laiko klausimams ir bus laiko atsakymams. Kol kas tavimi rūpinasi mano pavaldiniai. Galite užduoti jiems klausimus, o jie gali nuspręsti atsakyti. Arba jie gali nuspręsti neatsakyti. Jie patys pasirinks, ar atsakyti „taip", ar „ne". Lygiai taip pat ir jūs galėsite pasirinkti, ar atsakyti jiems, kai jie užduos jums klausimus. Elkitės su jais taip, kaip norėtumėte, kad su jumis elgtųsi, ir neatskleiskite detalių apie šią vietą ar mūsų susitikimą. Nekalbėkite apie tai, apie nieką iš to su jokiais žmonėmis. Kartoju, šiuos dalykus pasilikite tik sau."

Jis vis dar negalėjo kalbėti. Nepaklausęs jo, Ophanielis perėjo prie atsakymo į kitą jo klausimą.

„Jei sulaužysi šį pažadą, tavo sparnai bus kaip makaronai - silpni - ir niekada negalėsi grąžinti skolos."

Jis sugalvojo dar vieną klausimą.

„Taip, kai išgelbėjai tą mažą mergaitę - deginimas - buvo proceso dalis. Tavo sparnai turi sudegti, sustiprėti, prisirišti prie tavęs, kad būtum pasiruošęs kitam iššūkiui."

Jis pagalvojo, o kas, jei nenorėsiu.

Ophanielis nusijuokė ir nuskrido į aukščiausią kambario vietą. Tada ji dingo pro lubas.

SKYRIUS 8

Paskui jis vėl sėdėjo neįgaliojo vežimėlyje ir stovėjo priešais kunigą.

„Dėdė Samas, mums reikia eiti. DABAR."

„O, - pasakė Samas, stebėdamas, kaip jo sūnėnas nuvažiuoja ratuku. „Atsiprašau, kad gaišau jūsų laiką, jam, hm, reikia namo." Samas nuskubėjo, o Hopperis nusekė jam iš paskos. Jis padidino tempą, pasivijo sūnėną ir perėmęs rankenas stūmė vežimėlį. Hopperis įsibėgėjo ir netrukus jau ėjo šalia jų, nors ir užgniaužęs kvapą.

„Matau, tu tikrai neturi sparnų, E. Z."

Jis žvilgtelėjo per petį, pakėlęs prie lūpų apsimestinę stiklinę, paskui nusuko akis.

„Aš neturiu problemų su gėrimu, - iššaukiančiai tarė Samas.

Jiems artėjant prie automobilių stovėjimo aikštelės, paauglys vėl pavarto akis. Kunigas nesekė paskui juos.

Kai jie pasiekė automobilį, Samas, bandydamas atsikvėpti, pasakė: „Kas, po velnių, čia buvo?" Atidaręs dureles ir padėjęs sūnėnui įlipti, Samas tarė: „Kas, po velnių, čia buvo?".

„Pirmiausia išvažiuokime iš čia". Jis tempė laiką, nes negalėjo jam papasakoti, kas nutiko. Jam reikėjo sugalvoti įtikinamą melą - o jis niekada nebuvo geras melagis. Motina visada jį pričiupdavo, nes meluojant jo ausys visada būdavo raudonos.

„Laukiu paaiškinimo, - pasakė Samas, stipriau suspaudęs vairą.

Per automobilio garsiakalbius suskambo Bostono „Don't Look Back".

„Atsiprašau, turėjau eiti. Nemanau, kad Hopperis galėtų padėti, ir nenorėjau, kad jis sužinotų ką nors daugiau, nei tu jam jau papasakojai."

„Vis dar nepaaiškinai, kodėl užsiminei, kad turiu problemų su gėrimu".

„O, tai. Man šovė į galvą ir pasakiau tai negalvodamas. Atsiprašau."

„Didžiuojuosi, kad nevartoju alkoholio. Žinoma, retkarčiais išgeriu alaus. Kad būčiau bendraujantis darbo renginyje. Bet nesu toks kaip kiti I.T. girtuokliai. Ir niekada toks nebūsiu."

E-Z negalvojo apie tai, ką sako dėdė Samas. Vietoj to jis peržvelgė informaciją, kurią jam pasakė Ophanielis. Jis buvo skolingas, angelams, už tai, kad jį išgelbėjo, o savo kojas iškeitė į gyvybę. Sandoris, kurį sudarė angelai, buvo jų pačių tikslas - ir dabar jie tikėjosi, kad jis grąžins skolą, bet kaip?

Jis žinojo tik tiek, kad turi laimėti. Kad ir kokias užduotis jie jam būtų metę, jis turėjo jas įveikti. Padedamas Reikės ir Hadžos - tokių mažų, kokie jie buvo, - jis sumokės, kas buvo skolingas. Tada, jei ne kas kita, jis vėl pamatys savo tėvus. Jis manė, kad tai reiškia, jog jis mirs, ir jie susitiks danguje, jei tokia vieta egzistuoja. Tai jis sužinos netrukus.

SKYRIUS 9

Grįžęs namo paauglys nuėjo tiesiai į savo kambarį.

„Jei tau reikia mano pagalbos", - tai viskas, ką Samas spėjo ištarti, kol sūnėnas užtrenkė duris.

E-Z užsidengė veidą rankomis. Buvo kažkas tokio, kai vėl atgavo kojas. Jis trenkė kumščiais į porankius, kai jo sparnai išsiskleidė ir nuskraidino jį prie lovos. „Ačiū, - tarė jis jiems, tarsi jie būtų atskiri, o ne jo dalis.

„Žiūrėk, - pasakė Hadžas, kuris ilsėjosi ant pagalvės. Angelas nuskrido prie šviestuvo ir pasakė: „Pabusk, jis grįžo namo".

Dabar E-Z patogiai gulėjo ant lovos, užmerktomis akimis, beveik užmigęs.

„Šiąnakt tu skrendi", - giedojo angelas.

„Žiūrėk, kaip žinai, turėjau varginančią dieną ir viskas, ko noriu, tai miego."

„Gali penkias minutes snausti", - pasakė Reikis.

„Paskui atsikelk ir keliauk!"

Jis jau beveik vėl užmigo, kai į vidų įsiveržė Samas. „Atsiprašau, kad trukdau, bet PJ ir Ardenas sako, kad visą dieną bandė tave paimti. Ar tavo baterija išsikrovė?"

„Ne, aš praradau telefoną", - pasakė jis, kreivai žiūrėdamas į du savo pagalbininkus.

„Melagis, melagis, kelnės dega", - sušuko jie. Samas, atsižvelgdamas į tai, kad nereagavo, negirdėjo jų aukštų balsų. E-Z atstūmė juos nuo savęs.

„Štai kodėl aš visada perku draudimą su savo planu. Nesijaudink, rytoj tau parūpinsime pakaitinį. Tau ir taip pats laikas atnaujinti. Galite pasilikti tą patį telefono numerį. Pranešiu vaikinams, kad tada susisieksite".

„Ačiū, dėde Samai. Geros nakties."

„Laba naktis, E. Z."

SKYRIUS 10

Sapne jis su tėvais keliavo slidinėti. Iš tikrųjų tai buvo prisiminimas, bet jis jį išgyveno kaip sapną.

E-Z buvo šešeri metai. Slidinėjimo instruktorius mokė jį ir jo mamą visų judesių. Tuo tarpu jo tėvas - kuris nebuvo toks naujokas kaip jie - leidosi nuo snieguotos kalvos.

Jie mokėsi slidinėti ant kūdikių kalno - taip jie vadino bandomuosius kalnus.

„Ar esate pasiruošę?" - paklausė instruktorius, - "Ar esate pasiruošę įveikti vieną iš didžiųjų kalvų?"

Jie atsakė, kad taip. Jie manė, kad yra. Tačiau sakyti ir daryti yra du skirtingi dalykai.

Pirmuoju bandymu jie toli nenuvažiavo, kol vienas iš jų nukrito. Tai buvo jo mama, o kai ji nuslydo, sėdėjo ant šalto sniego ir juokėsi. Jis padėjo jai atsikelti, ir jie vėl nuvažiavo.

Šį kartą nukrito E-Z, įsirėmęs veidu į šaltą baltą medžiagą. Jis nusikratė, instruktorius padėjo jam atsikelti, o jo motina nuvažiavo purkšdama sniegą. Jis tai priėmė kaip iššūkį ir, šypsodamasis aplenkė ją.

Kitas dalykas, kurį jis žinojo, buvo tai, kad ji važiavo jam iš paskos. Ji pataikė į supiltą sniegą ir paliko jį dulkėse, nes atrado savo žingsnį. Vis dėlto jis įsitraukė, atidavė visas jėgas ir pasivijo ją. Jie leidosi žemyn, vienas šalia kito, paskui išsiskyrė, paskui vėl suartėjo. Visą laiką juokėsi kaip du maži vaikai.

Kalno apačioje, nuo galvos iki kojų apsirengęs dangaus mėlynumo drabužiais, stovėjo jo tėvas. Jis išsiskyrė iš kitų; mėlynos spalvos gabalėlis, apsuptas tyro sniego - su neįgaliojo vežimėliu rankose.

„Sniegas, - pasakė E-Z, įkvėpdamas dar vieną zefyrą. Jis buvo dar skanesnis visas ištirpęs. Tada jis pajuto stingdantį šaltį ir atsibudo apsuptas ledo vonioje. Šalia jo sėdėjo dėdė Samas.

„E-Z, šį kartą tikrai mane išgąsdinai".

„Ką? Kas nutiko?

„Išgirdau kažkokius garsus, todėl įėjau patikrinti, kaip tu jautiesi. Tavo langas buvo plačiai atvertas, užuolaidos plaikstėsi. Pajutau tavo kaktą, o tu degei. Bijojau, kad tave ištiks visiškas priepuolis. Net tavo sparnai atrodė sudžiūvę.

„Galvojau skambinti į greitąją pagalbą, bet nusprendžiau neskambinti. Juk negalėjau tavęs vežti į greitąją pagalbą, ne su tais sparnais. Turėjau įsodinti tave į vežimėlį, pripildyti vonią ledo ir pažiūrėti, ar pavyks sumažinti tavo temperatūrą. Ėmiau vaikščioti ir pirkti ledo, prašiau draugų kaimynystėje paaukoti. Jie labai padėjo."

„Dabar jaučiuosi geriau, ačiū, - tarė jis bandydamas atsistoti. Jis toli nenuėjo, kol vėl nualpo.

„Jūs turite man papasakoti, kas vyksta".

„Aš negaliu, dėde Samai. Jūs turite pasitikėti manimi."

Paauglys vėl pabandė atsistoti. „Palauk čia", - pasakė Samas, išeidamas iš vonios kambario ir grįždamas su neįgaliojo vežimėliu. „Štai, - įkišo termometrą sūnėnui į burną. „Jei jis normalus, galėsi atsisėsti į kėdę".

Buvo normalu, todėl apsivyniojęs chalatą E. Z. buvo pakeltas iš vonios ir įkeltas į kėdę. Jo sparnai išsiplėtė, paskui atsipalaidavo į vietą ir nebebuvo jaučiama, kad jie dega.

Praeidamas pro svetainę, jis žvilgtelėjo į naujienas.

„Praėjusią naktį buvo nukreipta lėktuvo avarija, - pasakė atstovas spaudai. „Jie tai vadina stebuklingu nusileidimu, bet štai keletas neapdorotų kadrų, kuriuos nufilmavo vienas iš mūsų žiūrovų, kai tai įvyko."

Jis pažiūrėjo klipą, kuriame matėsi lėktuvo nusileidimas, bet daugiau nieko nebuvo - jokio kadro. Jis pajuto palengvėjimą ir grįžo į savo kambarį.

„Tuoj grįšiu ir padėsiu tau apsirengti".

Jis taip norėjo viską papasakoti dėdei - bet negalėjo. „Ačiū", - pasakė jis, kai jau buvo apsirengęs.

„Aš visada tave palaikau."

„Tuojau pat į tave", - atsakė paauglys. „Manau, kad eisiu į savo kabinetą kažką parašyti."

„Gera mintis, savo darbų sąraše turiu namų ruošos darbų, kuriuos norėčiau šiandien atlikti." Jis ėmė eiti, paskui apsisuko atgal. „Žinai, vaikeli, tu neprivalai iš karto rašyti romano. Galėtum rašyti dienoraštį arba žurnalą. Užsirašyk dalykus, kuriuos vieną dieną gali pamiršti. Pavyzdžiui, brangius prisiminimus."

„Maniau, kad ką nors parašysiu ir pavadinsiu tai „Tatuiruotas angelas".

„Man tai patinka."

Atsidūręs savo kabinete, jis akimirką sėdėjo ir galvojo apie lėktuvą - svarstė, kaip galėjo padaryti tai, ko iš jo buvo prašoma. Jis nebūtų galėjęs to padaryti nei be gulbės ir jos draugų paukščių pagalbos, nei be savo kėdės pagalbos. Net tie du norintys būti angelai savaip padėjo, palaikydami jį fone.

Jis susitelkė į rašymą ir įvedė pavadinimą: Tatuiruotas angelas.

Jo pirštai norėjo rašyti daugiau, bet protas norėjo klajoti. Jis atsilošė kėdėje ir pažvelgė į tuščią ekraną. Jam reikėjo fantastiško pirmojo sakinio, kaip rašė jo protėvis Čarlzas Dikensas - „Aš gimiau".

Kai po kurio laiko nebegalėjo pakęsti balto ekrano vaizdo, jis parašė -

Norėčiau, kad niekada nebūčiau gimęs.

Ir toliau spausdino.

Aš nebegaliu vaikščioti.

Niekada profesionaliai nežaisiu beisbolo ar ledo ritulio ir negausiu sporto stipendijos.

Negaliu bėgioti.

Negaliu šokinėti.

Yra tiek daug dalykų, kurių negaliu daryti.

To niekada nedarysiu.

Jis nustojo spausdinti, dešinėje viršutinėje ekrano dalyje pamatęs kažką, kas judėjo žemyn. Tekėjo.

Ašaros. Smulkios mažytės ašaros.

Prisijungiančios. Vis didesnės ir didesnės.

Kaskadomis nusidriekia per ekraną.

Jam pasirodė, kad kažką išgirdo, - padidino garsą.

"WAH! WAH! WAH!" - dainavo aukštas balsas.

Prie jo prisijungė antras balsas.

"WAH-WAH!

WAH-WAH!

WAH-WAH!"

E-Z išjungė kompiuterį.

Tai buvo tik pokalbis, ir jis pasijuto geriau. Visiems kartkartėmis reikia pasigailėti. Jis buvo išsivadavęs.

Jis tikrai žinojo vieną dalyką - kaip rašytojas jis nebuvo Čarlzas Dikensas.

Tačiau Čarlzas Dikensas negalėjo skraidyti.

$$***$$

„**Atsibusk**, laikas eiti!" „Reiki" pasakė, skrisdama prie lango.

Prie atidaryto lango laukė Hadzė. „Pasiruošęs?"

Taigi, jie tikėjosi, kad jis nušoks, iš trečio savo namo aukšto. „Aš ten neisiu! Pažiūrėk, kaip aukštai mes esame".

„Tu pamiršai, kad turi sparnus".

„O jei nukrisi, tai suprasi".

Bent jau jis tebebuvo apsirengęs, kai jį nuleido į vežimėlį. Jis susiraukė, žiūrėdamas žemyn ir svarstydamas, kaip jo sparnai turėjo išlaikyti ir jį, ir kėdę ore.

„O kaip su mano vežimėliu?"

„Prisimeni, ką sakė Ophanielis? Dabar - lauk!"

Kai jis buvo išlipęs, jo sparnai visiškai išsiskleidė. Per pečius jis galėjo matyti, kaip sparnai veikia.

Mažos, bet stiprios būtybės kėlė jį vis aukščiau ir aukščiau, vesdamos paauglį per naktinį dangų, o šviesios žvaigždėtos akys žvelgė į jį iš viršaus. Kai manė, kad jis jau pasiruošęs, paleido jį.

„Aš galiu skraidyti", - pasakė jis. „Aš tikrai galiu skristi!"

„Liaukis puikuotis, - tarė Reiki, - ir pradėk vykdyti programą."

„Aš taip ir padaryčiau, jei žinočiau, kas tai yra", - šyptelėjo jis.

Hadzė skrido į priekį. E-Z ir Reiki pakilo virš mokyklos, prie beisbolo aikštelės. Toliau miesto centro link. Šviesos ant pakilimo tako prie oro uosto tiesiogiai konkuravo su žvaigždėmis virš jo.

„Tau puikiai sekasi, - pasakė Reiki.

„Ačiū."

Jo dėmesį patraukė priekyje jų skrendančio džambo lėktuvo variklio gedimo garsas.

„Žiūrėk ten, tas lėktuvas turi bėdų. Norėčiau turėti telefoną, kad galėčiau išsikviesti pagalbą". Variklis spragtelėjo, lėktuvas šiek tiek nusileido, paskui išsilygino.

„Tau nereikia telefono. Sveiki atvykę į antrąjį išbandymą".

„Jūs tikitės, kad aš, ką? Nešti lėktuvą ant nugaros? Negaliu gelbėti lėktuvo, neturiu pakankamai jėgų. Negaliu to padaryti."

„Gerai, tada gerai", - pasakė Hadžas, kurį jie dabar pasivijo.

„Tačiau turėtum žinoti vieną dalyką: jei jų neišgelbėsi - visi lėktuve esantys žmonės žus".

„Visi 293 keleiviai. Vyrai, moterys ir vaikai."

„Be to, du šunys ir viena katė", - pridūrė Reikia.

Jo galva prisipildė lėktuvo viduje esančių žmonių šūksnių. Kaip jis juos girdėjo per storas metalines sienas? Šunys lojo, o katė miauksėjo. Verkė kūdikis.

„Nustokit, išjunkit ir aš tai padarysiu".

„Mes jo neišjungsime."

„Bet baigsis, kai tik saugiai nutupdysite lėktuvą oro uoste, ten."

„Mes jumis tikime", - pasakė Hadžis.

„Bet ar jie manęs nepamatys? Jei jie mane pamatys, žaidimas bus baigtas, turiu omenyje Ophanielio sąlygas - niekada nebegalėsiu pamatyti savo tėvų."

„Pamatys?"

„Tai mažiausias tavo rūpestis!"

„O dabar eik, - tarė Hadžis. „O ir tau gali prireikti šito".

Dabar jis turėjo saugos diržą, kuris prilaikė jį neįgaliojo vežimėlyje, kai jis skriejo per dangų krentančio lėktuvo link.

„Mes stebėsime", - sušuko jie.

„Ar padėsite man, jei prireiks?"

„Tai jūsų išbandymai, priskiriami jums ir tik jums. Mes esame čia, kad tave palaikytume. Sėkmės."

„Palaukite, nejaugi neketinate man duoti tinkamų pamokų? Parodyti man, ką turiu daryti?"

POP.

POP.

„Ačiū už nieką!" - sušuko jis.

Oro uoste, skrydžių valdymo bokšte, dispečeris pastebėjo, kad lėktuvas turi problemų. Negalėdamas susisiekti su pilotu, jis radaruose pastebėjo neatpažintą skraidantį objektą.

Įkvėpimo semdamasis iš Supermeno ir „Mighty Mouse", E-Z pakėlė rankas. Jis įsitaisė po galingo metalinio žvėries kūnu ir sutelkė visas jėgas.

„Pagalvojau, kad tau praverstų nedidelė pagalba, - tarė didesnė nei įprasta gulbė. Jis linktelėjo galva ir iš įvairių pusių atskrido paukščiai. Kai jumbo reaktyvinis lėktuvas su juo susijungė, tikrieji paukščiai susilygino. Padėjo jam išlaikyti lėktuvą stabilų. Stabilizuoti jį, kad jis ir jo kėdė galėtų prisiimti visą jo svorį.

Viduje daiktai riedėjo kaip rutuliukai. Jam reikėjo skubėti ir norėjosi turėti dar vieną sparnų komplektą arba galingesnius sparnus. Jei tik jis būtų baltajame kambaryje. Jis susitelkė į užduotį ir psichologiškai pasiruošė nusileidimui. Žvilgtelėjęs žemyn pastebėjo, kad jo kėdė taip pat turi sparnus - ant kojų atramų ir ant ratukų. „Ačiū, - sušnabždėjo jis niekam. Paskui paukščiams: „Dabar jau turiu, ačiū už pagalbą".

Dabar jau pasiruošęs, jis nuleido jumorą žemyn, išlaikydamas jį stabilų ir lygų. Lėktuvo priekį jis palietė ant asfalto. Tada, kadangi važiuoklė nebuvo nusileidusi, jam reikėjo pasitraukti nuo kelio. Jis ištiesė dešinę ranką, kiek tik ji siekė, ir pasistatė kėdę atokiau nuo lėktuvo vidurio. Jis nuleido lėktuvo vidurį, tada uodegą. Jam pavyko! Taip! Jis atsitraukė, girdėdamas bauginančius iš visų pusių artėjančių ugniagesių, greitosios pagalbos ir policijos automobilių sirenų garsus.

Jiems dar nespėjus jo pastebėti, jis išskrido. Dėkingi viduje esantys keleiviai džiūgavo, fotografavo ir įrašinėjo jį telefonais. Netrukus jis grįžo su Hadzu ir Reiki.

„Tau labai gerai sekėsi. Didžiuojamės tavimi, proteže".

Jis šypsojosi, kol pajuto, kad jo sparnus kažkas padegė. Kitas dalykas, kurį jis suprato, buvo degantis, ir jam taip skaudėjo, kad norėjosi mirti. Jis troško mirties. Troško jos. Dabar laisvuoju kritimu krisdamas kėde žemyn, jis laikė plačiai atmerktas akis ir laukė, kol jo lūpos pabučiuos žemę. Tuomet jį nunešė du angelai, kurie parvežė jį namo ir paguldė į lovą.

Skausmas nesumažėjo, bet E-Z žinojo, kad šiandien jis nemirs. Jis bus saugus dar vieną dieną. Kitam išbandymui. Viskas, ką jam reikėjo padaryti, tai išgyventi šį.

$$***$$

„**Kada**pradės veikti deimantų dulkės?" Hadzas paklausė. „Jis vis dar kenčia didžiulį skausmą."

„Tai buvo naujas gydymas, todėl negaliu pasakyti, kada, bet jis pradės veikti - galiausiai".

„Tikiuosi, kad jis taip ilgai išsilaikys!"

„Su dėdės Semo pagalba jis tai išgyvens. Kai jis pradės veikti, pamatysime požymių. Tam tikrus fizinius pokyčius."

E-Z toliau knarkė

POP.

POP.

Ir vėl jų nebeliko.

SKYRIUS 11

Po dienos E-Z suplanavo savo dieną. Pirmiausia jam reikėjo paruošti kuprinę šeštadienio išvykai į parką. Jis turėjo pavalgyti pusryčius, šiek tiek parašyti, tada išvykti. Kol ruošė kuprinę, prieš juos pamatydamas išgirdo aukštus Hadžio ir Reiki balsus.

„Aš jus girdžiu", - pasakė jis.

POP.

Hadzė pasirodė pirmoji.

POP.

Tada Reiki - abu visiškai pasikeitę angeliška didybe.

„Labas rytas", - giedojo jie liguistai saldžiai unisonu.

E-Z įsidėjo į kuprinę užrašų knygutę ir kelis juos ignoruojančius rašiklius. Jis tikėjosi, kad parke ras ką nors įkvepiančio, apie ką galėtų rašyti. Jis pasilenkė užsisegti kuprinės užtrauktuko, kai pastebėjo, kad ant užtrauktuko sėdi du angelai.

„O, atsiprašau. Beveik tavęs ten nepastebėjau".

„Fui, nedaug trūko", - pasakė Reikia.

Hadzė drebėjo per daug, kad ištartų bent vieną žodį.

Jie skriejo jam ant pečių, kai jis nukreipė kėdę į uždarytas duris.

„Mums reikia su tavimi pasikalbėti, - pasakė Hadžis.

„Tai... svarbu. Mes kažką padarėme...“

„Man?“

Jie pakibo jam prieš akis.

„Taip. Prieš kelias savaites, kai tu miegojai.“

„Prieš kelias savaites! Gerai, aš klausau...“ Tiesą sakant, jis stengėsi neišsipūsti. Mintis, kad jie ką nors jam padarė. Kol jis miegojo. Be jo leidimo. Tai buvo siaubingas pasitikėjimo pažeidimas. Jis sugniaužė kumščius. Tyla. Jis sukryžiavo rankas. Jis neketino jiems to palengvinti.

Samas pasibeldė į duris: „Pusryčiai E-Z, ar jums reikia pagalbos?“

„Ne, man viskas gerai. Būsiu už kelių minučių.“ Tyla užtrenkė garsus už Semo, grįžtančio į virtuvę.

„Visų pirma, - tarė Hadžis, - mes padarėme tai, ką padarėme, tik norėdami tau padėti“.

„Su bandymais. Padarėme kažką, kad padėtume tau pasiekti savo tikslų“.

„Norite pasakyti, kad galėjote man padėti, su lėktuvu? Tikrai galėjau pasinaudoti jūsų pagalba. Laimei, mums pavyko tai padaryti tos gulbės ir paukščių dėka“.

„Ech, taip, apie tai, pagalba draudžiama - nei iš draugų, nei iš paukščių. Apie minėtą incidentą pranešėme atitinkamoms institucijoms“.

E-Z papurtė galvą, negalėjo patikėti tuo, ką girdi. „Tik nesakykite, kad kažkas sužeidė gulbę ar paukščius? Geriau man to nesakykite... O ir kodėl būtent ta gulbė su manimi kalbėjo angliškai. Jis tai padarė, žinai?“

„Šis klausimas konfidencialus“, - tarė Hadžis, pliaukštelėjęs arti jo veido, rankas laikydamas ant klubų.

Reikė užėmė tą pačią poziciją, ir jų sparnai palietė jo akių vokus.

„Ei, liaukitės", - pasakė jis garsiau, nei ketino.

„Ten viskas gerai?" Samas paklausė pro uždarytas duris.

„Viskas gerai", - pasakė jis ir mostelėjo ranka priešais veidą, sklaidydamas padarus po kambarį. Rikis atsitrenkė į sieną ir nuslydo žemyn. Hadzė jau toliau žemyn bandė pagauti Reikį, bet per vėlai. Abu angelai nukrito ir nusileido ant grindų.

„Atsiprašau, - tarė paauglys. Jis priartino savo vežimėlį prie jų. Jis stebėjosi, kad jų galvose sukasi žvaigždės kaip senų laikų animacinių filmų personažų. Jam patikdavo, kai tai nutikdavo Viliui E. Kojotui. Jie šiek tiek stabtelėjo, todėl jis pasodino juos ant lovos. Kai angelai atsigavo, jis tarė: - Dar kartą atsiprašau. Nenorėjau jums suduoti. Tavo sparnai man paglostė akis".

„Taip, tu tai padarei!" Reiki atsakė.

„Ir mes to nepamiršime."

Jis pasijuto blogai. Jie buvo tokie maži; jis nesuvokė, kad paprastas spragtelėjimas gali juos taip nuskraidinti. Atrodė, tarsi jis būtų išmušęs juos iš vėžių, o jis jų vos palietė.

„Apie tai..." Reiki pasakė.

„Kol miegojai, mes su tavimi atlikome ritualą".

E-Z vėl išlaikė šaltakraujiškumą, bet vos vos. „Sakote, ritualą?" Jie pažvelgė į jį, kalti kaip nuodėmė. „Jei būtum žmogus, jie būtų metę į tave knygą už tai, kad ką nors man padarei be mano leidimo. Tai užpuolimas prieš nepilnametį. Atsidurtum kalėjime..."

Angelai drebėjo ir laikėsi įsikibę vienas kito.

„Mes neturėjome kito pasirinkimo."

„Mes tai padarėme jūsų pačių labui".

„Aš tai suprantu, bet šią akimirką jūsų atsiprašymas NĖRA priimamas".

„Teisingai, - tarė angelai. „Kol kas." Jie skandavo: „Mes iškvietėme galias, didingas ir iliuzines galias, esančias virš jūsų ir aplink jus. Paprašėme, kad jos suteiktų tau pagalbą, padidindamos tavo jėgas, drąsą ir išmintį. Paprasčiau tariant, tikėjome, kad tau reikia daugiau, todėl iškvietėme tai tau".

„Suprantu. Atsiprašymas vis dar nepriimtas."

„Mes tai padarėme taip, kad jums būtų kuo mažiau nepatogumų, - pasakė Hadžis.

E-Z apsvarstė šią naujausią informaciją. Tuo pat metu jis žiūrėjo į savo vežimėlį. Dabar jis iš tiesų atrodė kitoks, neskaitant akivaizdžiai pasikeitusios porankių spalvos.

„Kas pastaruoju metu darosi su mano kėde?" - paklausė jis. „Atrodo, lyg ji turėtų savo protą."

Angelas vėl sudrebėjo.

„Ką jūs padarėte? Būtent? Nes įtariu, kad ne tik mane, bet ir mano kėdę užpuolėte".

Galiausiai angelai paaiškino viską apie deimantų dulkes ir kraują. Apie galias, kurios buvo suteiktos jam pačiam ir kėdei. „Didėjant užduoties sunkumams, tau reikės pasistiprinti".

„Aš jau žinau, štai kodėl mano sparnai degė. Didėjanti temperatūra po kiekvienos užduoties. Bet vis kartoju sau, kad viskas bus verta, kai vėl pamatysiu savo tėvus."

„Jei atliksi bandymus per numatytą laiką. Ir tiksliai laikysiesi nurodymų, - pasakė Hadžis.

„Palaukite, - tarė E-Z, trenkdamas rankomis į porankius. „Niekas nesakė, kad yra terminas. Nei Baltajame kambaryje. Nė vienu metu. Ir jei yra taisyklių knyga, kuria turėčiau vadovautis, tada atiduok ją, kad galėčiau perskaityti. Be to, nė viena pusė nebuvo įsipareigojusi. Niekas nepasakė, kiek užbaigtų bandymų reikia, kad sandoris būtų sudarytas. Reikia viską įforminti raštu? Ar yra toks dalykas kaip angelų advokatas, o dar geriau - angelų teisinė pagalba?"

Hadžas nusijuokė. „Žinoma, mes turime Angelų teisininkų, bet tam, kad galėtum gauti tokią pagalbą, turi būti Angelas."

Reiki pasakė: „Pirmąją užduotį įvykdėte be niekieno pagalbos. Tu išgelbėjai tos mažos mergaitės gyvybę savo kėdės iniciatyva, valia ir sėkme. Šie trys dalykai gali padėti tik tiek, todėl mes tau suteikėme daugiau ugnies galios. Daugiausia, ko galėjome prašyti".

„Daugiausia, ko galėjome rizikuoti tau duoti".

„Ei, ką reiškia rizikuoti? Norite pasakyti, kad šis ritualas gali man pakenkti?"

„Mes padarėme tau paslaugą. Mes rizikavome, kad tau padėtume. Jei dabar negali mums atleisti, tai vieną dieną atleisi".

„Kalba apie išsisukinėjimą nuo mano klausimo! Ar kada nors galvojai apie galimybę užsiimti angelų politika - jei tokia yra?"

Hadžė paklausė. „Aplinkiniai gali pastebėti tam tikrus tavo išvaizdos pokyčius".

„Taip, gali, - šyptelėjo Reikia.

„Ką reiškia fiziniai pokyčiai?" - sušuko jis.

POP.

POP.

Ir jie dingo.

E-Z vėl liko vienas. Eidamas link durų, jis galvojo, ką jie turi omenyje. Kad ir kas tai būtų, jis greitai tai išsiaiškins. Tuo tarpu jis galvojo apie tai, kad dabar jo kėdė turi jo kraujo. Kaip kėdė buvo jo paties tęsinys. Jis nuėjo į virtuvę, kur laukė dėdė Samas.

$$***$$

„**Na,**tai nepavyko taip, kaip planavome", - pasakė Reiki. „Jis buvo ant mūsų labai supykęs. Nemanau, kad jis kada nors vėl mumis pasitikės."

„Jam mūsų reikia labiau nei mums jo."

„Galėtume ištrinti jo protą, kaip tai padarėme kitiems."

„Jei jis mums neatleis, nieko negalėsime padaryti. Ištrinti jo protą - ne išeitis. Be jo sutikimo ir jei, ne, kai jis sužinos, mes atstumsime jį visiems laikams. O tu žinai, kam tai nepatiktų".

„Kaip visada esi teisus, - pasakė Hadžas.

„Kaip manai, ar kas nors pastebės, kaip šiandien pasikeitė jo išvaizda?" "Ne.

„Pastebėjome, ar ne!"

„Gal reikėjo jam pasakyti, bent jau apie plaukus. gal tai būtų mums pagelbėję. Jei būtume paaiškinę."

„Manau, kad pokyčiai būtų geresni, jei juos padarytų kas nors kitas, o ne mes".

„Žmonės labai keistoki, - pasakė Reikia.

„Tokie jie ir yra. Bet darbas su jais yra vienintelis būdas, kaip mes galime būti paaukštinti kaip tikri angelai."

„Mūsų laimei, jis gana malonus".

SKYRIUS 12

E-Z įsmeigė šakutę į lėkštę su blynais. Jis buvo išalkęs, tarsi nebūtų valgęs kelias dienas. Ir troškulys. Jis metė stiklinę po stiklinės apelsinų sulčių. Jis pripildė lėkštę blynais, valgė tol, kol visi blynai baigėsi.

Samas nusijuokė pamatęs sūnėną, tada toliau mirkė sviestu apteptą skrebučio riekelę į kavą.

„Kas čia juokingo?" paklausė E-Z.

„Nieko, manau."

Virtuvėje girdėjosi tik kramsnojimo, pjaustymo ir kramtymo garsai. Be laikrodžio, tiksiančio ant sienos už jų.

„Ką?" E-Z pareikalavo, pastebėjęs, kad dėdė šypsosi ir slepia tai už rankos.

„Šį rytą tavo, na, žinai, kažkas kitaip. Ką nors nori man pasakyti? Pavyzdžiui, kodėl?"

Dvi būtybės iššoko ir kiekviena atsisėdo ant vieno iš E-Z pečių. Jos klausėsi, o jam visai nepatiko jų nekviestas įsibrovimas, todėl jis jas atstūmė.

POP.

POP.

Jie dingo.

„Nežinau, ką turite omenyje."

Samas įsipylė sau dar vieną puodelį kavos. „Ar tai skirta merginai? Nes bet kuri mergina turėtų priimti tave tokį, koks esi.“

E-Z nusijuokė. „Jokios merginos. Esi visai ne vietoje.“

Abu dar kelias akimirkas tylėjo bar laikrodis tiksėjo.

„Supakavau krepšį ir ketinu eiti į parką po to, kai ryte šiek tiek parašysiu. Pasiimu bloknotą ir keletą rašiklių, jei parkas mane įkvėptų“.

„Skamba kaip planas, bet pirmiausia tu padėk man susitvarkyti, - pasakė Samas pakildamas nuo stalo.

Paauglys pastūmė savo kėdę atgal, kartu jie greitai susitvarkė. E-Z nuėjo į savo kabinetą ir uždarė už savęs duris, kai pasigirdo lauko durų skambutis.

Samas įleido Ardeną ir PJ. „Jis dirba savo kabinete. Ar jis jūsų laukia? Jei taip, jis man apie tai nieko nesakė“.

„Nusiunčiau jam žinutę, bet jis neatsakė“, - pasakė PJ.

„Taigi nusprendėme, kad šiandien užsuksime pas jį į svečius. Įsitikinti, kad jam šiek tiek linksma. Tas vaikinas per daug dirba. Mama sakė, kad mus ten nuveš. Tik reikia pasitikslinti su E-Z, tada jai paskambinti“.

„Mano sūnėnas labai nori rašyti šią knygą. Jis gali paprieštarauti.“

„Šiaip ar taip, šiandien mes jį išvešime iš čia“, - pasakė PJ.

„Jis planavo nueiti į parką, kai šiek tiek parašys. Bet eikite žemyn, jis gali susitikti su jumis ten vėliau?“ Samas grįžo į virtuvę ir iš šaldiklio išėmė maltos jautienos. Jis patikrino, ar spintoje nėra padažo, spagečių, kiaušinių, svogūnų, džiūvėsėlių ir špinatų. Vėliau jis turėjo visko, ko reikia spagečiams ir mėsos kukuliams gaminti.

Pasikabinę paltus abu berniukai nuėjo koridoriumi.

Samas įsisupo į paltą. Jis jau kurį laiką atidėliojo vejos pjovimą. Šiandien buvo ta diena, kai jis turėjo ją nupjauti.

E-Z bandė rašyti, bet kūrybiškumas neblėso. Kai atvyko jo draugai - jis apsidžiaugė dėl pertraukos. Jis atsidarė „Facebook", apsimesdamas, kad tikrina naujienas. „Sveiki, vaikinai." Jis pasuko kėdę į juos.

„Oho, žmogau, kas, po velnių, atsitiko tavo plaukams? Ar tu be mūsų buvai grožio salone?"

„Ar parodėte jiems nuotrauką ir paprašėte atvirkštinio Pepe Le Pew įvaizdžio?"

„Ir tavo antakius taip pat! Net nežinojau, kad juos galima dažyti?"

E-Z perbraukė pirštais per plaukus, neturėdamas nė menkiausio supratimo, apie ką jie kalbėjo. Palaukite minutėlę - ar tai buvo tai, apie ką kalbėjo Samas?

„Ir jo akys, jos irgi kitokios".

Ardenas pasilenkė: „Taip, jose yra aukso taškelių. Nuostabu!"

„Ei, žmogau, pasitrauk, gerai?" - pasakė E-Z. „Jūs abu mane išgąsdinote. Įsibrauti į mano erdvę nėra šaunu."

„Jis bent jau nekvepia kaip Pepė", - tarė Ardenas ir atsitraukė. PJ prisijungė prie jo kitoje kambario pusėje, kur jie šnabždėjosi tarpusavyje.

„Galime nusifotografuoti?"

E-Z nusišypsojo ir tarė: „Mozzarella".

PJ parodė Ardenui padarytą nuotrauką. „Matote!" - pasakė darydami didįjį atskleidimą.

E-Z negalėjo patikėti tuo, ką mato. Jo šviesūs plaukai turėjo juodą sruogą, einančią per vidurį, o ant smilkinių - pilkus taškelius. Pilka! Jis priartino vaizdą, jie buvo teisūs, jo akyse buvo auksinių dėmelių. Mintyse jis prisiminė deimantų dulkes, ar taip atrodo deimantų dulkės? Tie du idiotai angelai tai padarė! Ir jiems geriau žinoti, kaip tai ištaisyti! Kitą kartą, kai juos pamatys, privers sumokėti. Tuo tarpu jis pabandė išsklaidyti situaciją.

„Didelis reikalas. Turėjau sunkią naktį."

Ardenas paklausė: „Ko mums nesakote?"

PJ pridūrė: - Tavo plaukai žilsta, o tu vis dar mokeisi vidurinėje mokykloje. Manai, kad tai normalu?"

„Manau, kad jis teisus; mes iš nieko darome didelį reikalą. Ką apie tai sakė tavo dėdė?"

„Jis nepastebėjo, o jei pastebėjo, tai nieko nesakė."

„Ką? Nori pasakyti, kad Samas net nepastebėjo?"

„Ar jo akys buvo atviros?"

E-Z bandė prisiminti. Pirmiausia dėdė Samas paklausė, ar jis nori jam ką nors pasakyti. Ar tai jis turėjo omenyje?

„Tik sekundėlę, - pasakė E-Z, eidamas į vonios kambarį. Jis pasinaudojo dešimteriopai padidintu veidrodžiu, kad atidžiau įsižiūrėtų. Jis užgniaužė kvapą. Žvaigždutės ar dėmelės jo akyse buvo kitokios. Ne kenksmingos, tiesą sakant, dėl jų jis atrodė šauniai. Jis apžiūrėjo žilus plaukelius palei smilkinius.

Ir kas iš to? Jis daug išgyveno, kai mirė jo tėvai. Be to, kasdienis spaudimas vidurinėje mokykloje. Ir pripratimas prie neįgaliojo vežimėlio. Jau nekalbant apie bendravimą su archangeliais ir išbandymus.

Per anksti žili plaukai jam nebuvo problema. Jis pajudino veidrodį, pirštais braukdamas per plaukus. Tekstūra buvo kitokia, kai jis palietė juodą juostą. Jautėsi šiurkštus, panašus į šerius. Ne bėda, jis užteptų ant jos šiek tiek gelio ir...

Lauke įsijungė vejapjovė. Samas pagaliau atliko baisų darbą. Iki nelaimingo atsitikimo vejos pjovimas buvo labiausiai nekenčiamas E-Z darbas.

„YEOW!" Samas sušuko, kai vejapjovė sustojo.

E-Z kėdė nuskriejo link priekinių durų, kurios pačios atsidarė. Jis nuskrido, praleisdamas laiptus ir nusileisdamas ant vejos už Semo.

„Prakeiktas!" Samas sušuko. Jis trenkė vejapjove į akmenį, o šis atlėkė į viršų ir pataikė jam prie akies. Kraujo lašeliai lašėjo jam per skruostą ir telkšojo ant žolės.

Neįgaliojo vežimėlis pajudėjo prie tos vietos, kur buvo kraujas, ratais jį nubraukdamas.

„Ar tau viskas gerai?"

„Man viskas gerai, - atsakė Samas. Jis įsikišo į kišenę, išsitraukė nosinę ir priglaudė ją prie žaizdos.

Atvyko Ardenas ir PJ. „Mes girdėjome šauksmą."

„Man tikrai viskas gerai", - pasakė Samas. „Nedidelis nelaimingas atsitikimas. Nereikia jaudintis ar nerimauti. Grįžkime į vidų."

Jis paėmė vežimėlio rankenas ir pastūmė. Buvo nepaprastai sunku juo manevruoti ant žolės.

Tuo tarpu Ardenas atnešė vejapjovę ir paslėpė ją pašiūrėje.

„Ar priaugai svorio?" PJ paklausė pastebėjęs, kad Samui sunku.

„Šį rytą suvalgiau apie dvidešimt blynų".

„Gal juoda sruoga sunkesnė už tavo įprastus plaukus?" "Ne. Ardenas vėl prie jų prisijungė šypsodamasis.

„O, jie pastebėjo", - pasakė Samas.

„Taip, jie mane dėl to barė nuo pat atvykimo. Kodėl nieko nesakei?"

Dabar viduje E-Z išsitraukė pleistrą ir uždėjo jį ant dėdės žaizdos.

„Tai buvo subtilus pokytis", - pasakė Samas. „Ne!" - nusišypsojo jis. „O ar kada nors svarstėte galimybę rinktis slaugytojo profesiją? Tu turi subtilų prisilietimą."

PJ ir Ardenas nusišypsojo.

SKYRIUS 13

E-Z ir jo draugai grįžo į savo biurą. Jis nusprendė likti netoli namų, jei Samui jo prireiktų. Samas buvo pernelyg užsiėmęs vakarienės gaminimu, kad galvotų apie tai, kas galėjo nutikti su vejapjove.

„Vakarienė paruošta, - paskambino jis po kelių valandų. „Ateik ir pasiimk.“

„Kvepia skaniai!“ - E-Z vedė jį.

Jie susėdo ir pasidėjo maistą bei prieskonius.

„Tu jau visai neblogai nusišypsojęs“, - pasakė Ardenas Samas.

Samas, kuris iki šiol nežinojo, kad turi matomą žaizdą, dabar ją nešiojo su pasididžiavimu. Jis įsidūrė į dar vieną mėsos kukulį ir įsidėjo jį į lėkštę.

„Kas vis dėlto ten nutiko, - pasiteiravo PJ.

„Tai buvo akmuo. Įsipainiojo į šienapjovę ir pataikė į mane“. Jis toliau stumdė maistą lėkštėje. „Kaip sekasi rašyti?“ - paklausė jis sūnėno, nukreipdamas dėmesį nuo savęs.

„Šįryt neturėjau laiko į jį įsigilinti“.

Samas pakeitė temą ir paklausė, ar kas nors vyksta mokykloje ar komandoje.

„Šį vakarą turime treniruotę, - pasakė PJ.

„Ir tikimės, kad E-Z pagaus rytojaus rungtynėse".

E-Z papurtė galvą, kad tikrai ne, ir toliau valgė.

„Vienas įvartis, tik vienas, o jei nenori toliau žaisti, mums tai nieko blogo", - pasakė Ardenas.

„Puiki idėja, - pasakė dėdė Semas. „Įmerk pirštą į koją. Jei nesijaučia gerai, išeik. Ką gali prarasti?"

PJ pravėrė burną norėdamas kažką pasakyti, bet nusprendė to nedaryti. Jis įsidėjo mėsos kukulį į burną. Jis kramtė, atsigėrė. „Kai esi ten, E-Z, tu pakeli visų moralę. Vaikinai apie tave daug galvoja. Visada taip buvo ir bus."

„Gerai", - tarė E-Z. „Sėdėsiu ant suolo, jei manai, kad tai padės. Po vakarienės nueikime į parką ir šiek tiek pasitreniruokime. Pažiūrėsime, kaip seksis."

„Teisingai, - pasakė PJ.

Jie padėkojo Samui už nuostabią vakarienę.

„Tu ruošei maistą, tad mes sutvarkysime", - pasiūlė Ardenas.

E-Z ir PJ apsikeitė žvilgsniais.

Kai Samas buvo išėjęs iš akiračio, PJ pasakė: „Tu toks bučkis".

Ardenas šliūkštelėjo truputį vandens PJ link, bet E-Z pagavo didžiąją jo dalį į veidą.

PJ atsakė purslais, kurie išsiliejo ant virtuvės grindų ir pataikė į Semo batus.

„Šluota ir kibiras yra spintoje, - pasakė jis ir išeidamas pasiėmė paltą.

Jie baigė tvarkytis, iki to laiko buvo daugmaž sausi, išskyrus E-Z, kuris persirengė marškinėlius. Galiausiai jie priėjo prie beisbolo aikštelės, o ji jau buvo užimta.

„Puiku, - pasakė E-Z. „Eime."

Aikštės nuošalėje stovėjo kelios merginos iš priešininkų komandos sirgalių būrio. Viena iš jų, raudonplaukė mergina, žvilgtelėjo į E-Z pusę. Ji atliko apsisukimą ir lengvai nusileido.

„Manau, kad galėtume šiek tiek pasilikti", - pasakė E-Z.

Jie nuėjo per aikštę prie suolų. Jie turėjo bent pasisveikinti, kitaip atrodytų kaip kvailiai.

Maža raudonplaukė mergaitė kažką pašnibždėjo savo draugei, ir jos susižvalgė.

E-Z buvo įsitikinęs, kad jos juokiasi iš jo.

„Turime kompaniją, - pasakė raudonplaukė mergaitė.

„Taip, neįgaliojo vežimėlyje sėdintis vyrukas su zebro plaukais ir du nerdai", - šūktelėjo trečiasis bazinis žaidėjas. Jis tikėjosi, kad visi juoksis iš jo nevykusio pokšto, bet niekas nesijuokė.

„Nekreipk į jį dėmesio, - pasakė raudonplaukės merginos draugas. „Jis apgailėtinas."

„Atstumk", - sušuko kairiojo lauko žaidėjas. „Čia nėra vietos kalei".

E-Z nekreipė dėmesio į visas pastabas. Tačiau jo kėdė ne. Ji stūmėsi, riaumojo kaip bulius, bandantis ištrūkti iš aptvaro. „Vau!" - tarė jis, kai kėdė balansavo, kaip laukinis arklys.

Ardenas sugriebė kėdės rankenas, ir kėdė vėl pradėjo normaliai funkcionuoti.

Už lėkštės sugėrovas numetė musę ir sumaišė metimą. „Matau, kad jums reikia padoraus gaudytojo, - pasakė E - Z.

Sirgalės kikeno.

„Duokite man penkias minutes už lėkštės, tik penkias. Jei sugebėsiu pagauti kiekvieną jūsų mano link siunčiamą metimą, padarysime jums paslaugą ir pasiliksime".

„O jei ne?" - paklausė metikas.

Gaudytojas nusiėmė kaukę. „Jūs nupirksite mums mėsainių ir keptų bulvyčių".

„Ir kokteilių", - pridūrė pirmasis įžaidėjas.

„Susitarta", - pasakė E-Z, kai jo kėdė stumtelėjo į priekį.

Jis kantriai sėdėjo, kol Ardenas užsisegė antkelius. PJ užsitraukė krūtinės apsaugą ant galvos ir užsidėjo gaudytojo kaukę ant veido. E-Z sugniaužė kumštį į gaudytojo pirštinę.

„Gerai, mesk man kamuolį, - įsakė E-Z.

„Tikiuosi, kad žinai, ką darai, kolega", - tarė Ardenas ir PJ.

„Pasitikėk manimi", - pasakė E-Z. Jis sukosi į poziciją už aikštelės lėkštės. „Batter up!"

Padavėjas mostelėjo Ardenui, kad šis smūgiuotų. Jis išsirinko lazdą ir žengė prie aikštelės.

E-Z davė ženklą padavėjui mesti greitą kamuolį. Vietoj to padavėjas metė kreivą kamuolį, kuris buvo tiesiai zonoje. Ardenui nepavyko pataikyti, bet ne visiškai, nes jis tik truputį prisilietė prie kamuoliuko ir jis atšoko atgal. E-Z atsistojo ant kėdės ir sugriebė jį.

„Oho!" - sušuko metikas. „Puikus išsigelbėjimas."

„Pasisekė", - pasakė pirmasis įžaidėjas.

Sirgaliai žengė arčiau.

Antrasis metimas Ardenui, jis iššoko į dešinįjį lauką.

PJ atsistojo prie lazdos ir išmušė. E-Z lengvai sugavo visus kamuoliukus, bet paskutinis metimas buvo laukinis, ir jis vos jo neprarado. PJ buvo nusitaikęs į pirmąjį, bet E-Z metė kamuolį žemyn ir jis buvo iškritęs.

Jie žaidė tol, kol buvo per tamsu matyti kamuolį.

Po žaidimo jie nusprendė, kad žaidimas baigėsi lygiosiomis. Jie nuėjo į netoliese esančią užkandinę ir kiekvienas susimokėjo už maistą.

„Mes jus nužudysime per rytojaus rungtynes", - gyrėsi komandos kapitonas Bradas Viperis.

„Ar žaidžiate E-Z?" paklausė Laris Foksas, pirmojo įžaidėjo žaidėjas.

„O, jis tikrai žais", - atsakė Ardenas ir PJ.

„Tikrai."

Raudonplaukė mergina buvo Sally Swoon ir kažką pašnibždėjo Ardenui, kuris papurtė galvą. „Paklausk jo pati", - pasakė jis.

„Ko paklausti?"

Jos skruostai paraudo.

„Nori sužinoti, kas nutiko, tiesa?"

Ji linktelėjo galva. „Ar paprašėte kirpėjo, kad tai padarytų, ar jie..."

„Suklydo?" - tarė jis.

Ji linktelėjo galva.

„Atsibudau šį rytą, ir viskas buvo taip. Tai pabaiga."

„Ištraukite kitą", - pasakė žaidėjas. „O dabar pasakyk, kodėl sėdi neįgaliojo vežimėlyje".

E-Z papasakojo savo istoriją. Kol jis tai darė, visi tylėjo. Niekas nevalgė ir negėrė. Kai jis baigė, jaudinosi, kad visi su juo elgsis kitaip, bet taip nebuvo.

Jie kalbėjosi apie artėjančias Pasaulio serijos varžybas ir kitus su sportu susijusius pokalbius.

Vėliau, kai draugai palydėjo jį namo, visi tylėjo. Jis palinkėjo vaikinams labos nakties ir grįžo į savo kambarį. Bandė žiūrėti televizorių, šiek tiek rašyti, bet kad ir ką darytų, vis galvojo apie viską, ką prarado. Jis krito ant lovos, žiūrėjo į lubas ir galiausiai užmigo.

SKYRIUS 14

E-Z miegojo, svajojo.

„Atsibusk, E-Z! Atsibusk!" „Reiki" sušuko šokinėdama ant jo krūtinės.

„Nusišypsok!" - sušuko jis.

Hadžis papurškė jam ant veido vandens.

Jis nusišluostė jį. „Jūs abu turite kai ką paaiškinti ir kai ką pataisyti. Grąžinkite mano plaukus į pradinę padėtį. Ir mano akis taip pat!"

„Nėra laiko!" - pasakė jie, kai jo kėdė apsivertė, numetė jį į ją ir išskrido pro jau atidarytą langą.

„Aš net nesu apsirengęs!" E-Z sušuko.

Rikis ir Hadžė nusijuokė ir liepė E-Z norėti to, ką jis norėtų apsirengti. Kai jis vėl pažvelgė žemyn, vilkėjo džinsus, diržą ir marškinėlius. Jis pažvelgė į kojas, kur jo bėgimo bateliai rišo savo raištelius. Jiems kylant per dangų, E-Z jiems padėkojo.

„Taigi, jūs mums atleidžiate?" Hadžė paklausė.

„Duokit tam laiko", - pasakė Reiki.

E-Z linktelėjo galva, o jo kėdė kilo vis aukščiau ir aukščiau. Virš lėktuvo, aplenkdamas lėktuvą. Akivaizdu, kad ne jų kelionės tikslas. Tol jie skrido, kol jo neįgaliojo vežimėlis visiškai sustojo, tada nusitaikė žemyn.

„Štai jis, - pasakė Reiki.

Apačioje, prie aukšto biurų pastato, būryje žmonių, stovėjo grupė žmonių.

„Ar jaučiate tai?" E-Z paklausė, pastebėjęs, kad oras, supantis incidentą, buvo kitoks. Jis virpėjo nuo energijos.

„Taip, - atsakė Hadzė.

„Gerai, kad šį kartą pastebėjai", - pasakė Reikia.

„Nori pasakyti, kad kitus kartus buvo vibracijos?" - "Ne.

„Taip, bet kai tavo galios augs, galėsi nustatyti vietas." "Taip, bet kai tavo galios augs, galėsi nustatyti vietas.

„Ir ne tik tu, tavo kėdė taip pat gali jas užfiksuoti".

„Nori pasakyti, kad aš turiu itin išmanią kėdę? Žinojau, kad ji modifikuota, bet tai yra nuostabu!"

Angelai nusijuokė.

Kėdė pajudėjo pirmyn, o po jais pasigirdo šūviai. Jie matė bėgančius, rėkiančius, krentančius žmones.

E-Z ir jo kėdė skrido į artėjantį kulkų pliūpsnį. Jis sumirksėjo, nes vežimėlis jas atrėmė. Jis svarstė, kas nutiktų, jei kėdė vieną jų praleistų.

„Esame beveik tikri, kad esi apsaugotas nuo kulkų, - jam neprašant pasakė Reiki. „Tai buvo ritualo dalis."

„Ir deimantų dulkės turėtų veikti".

„Visiškai tikri?" - pasakė jis, tikėdamasis, kad jie teisūs. „Jei veikia, tai geras kompromisas dėl mano plaukų padėties!"

Norintys tapti angelais nusijuokė.

SKYRIUS 15

Jo neįgaliojo vežimėlis stūmėsi žemyn, nukreiptas į žmogų ant pastato stogo. Jis šaudė į apačioje esančią minią ir į juos, kai šie artėjo prie jo. Neįgaliojo vežimėlis pavažiavo į priekį, E-Z išgirdo keistą garsą, tarsi lėktuvas nuleistų važiuoklę. Jis sklido iš neįgaliojo vežimėlio, nes metalinis dėklas nusileido žemyn ir nusileido ant vaikino. Pistoletas iškrito jam iš rankos, perskrido per stogą, kol įtaisas įsitvirtino. Vyriškis bandė atremti E-Z ir vežimėlį nuo savo nugaros, bet niekas nepadėjo.

Tolumoje pasigirdo sirena, paskui vis garsiau ir garsiau, nes ji užpildė tarpą.

„Jei jus išleisiu, - paklausė E-Z, - ar elgsitės padoriai?"

Nors vyras linktelėjo galvą, kad sutinka, neįgaliojo vežimėlis atsisakė pajudėti.

E-Z reikėjo išjungti ginklą ir dingti iš ten, kol atvyko policija. Jam buvo įdomu, ar kas nors apačioje nenukentėjo. Jis tikėjosi, kad greitosios pagalbos automobiliai jau pakeliui. Tačiau jis ir jo kėdė galėjo daug greičiau nuskraidinti sunkiai sužeistuosius į ligoninę.

Jis žvelgė į ginklą kitoje stogo pusėje. Jis susikaupė, tada ištiesė ranką. Tarsi jo ranka būtų magnetas, ginklas į ją įskriejo, ir jis išjungė ginklą surišdamas jį į mazgą. E-Z išsitraukė diržą ir juo surišo šaulio rankas už nugaros.

Kėdė pakilo ir kaip raketa nuskrido tolyn, kai ant stogo atsivėrė durys. Modifikuotas įtaisas pakilo, pakibęs ore, o E-Z stebėjo, kaip SWAT komanda pajuda prie šaulio ir jį sulaiko. Pareigūno, radusio į mazgą surištą ginklą, veido išraiška buvo neįkainojama.

Sekundę ar dvi jis suabejojo svarstydamas savo įgaliojimus, bet apačioje buvo sužeistų žmonių ir jis galėjo jiems padėti greičiau nei bet kas kitas, todėl taip ir padarė. Dėl pasekmių jis nerimautų vėliau ir tikėtųsi, kad jie supras.

E-Z nusileido netoli minios. Jis surinko keturis sunkiausiai sužeistuosius, o kadangi jie buvo be sąmonės, panaudojo dalį savo sparno, kad saugiai išlaikytų juos ant kėdės, kai jie skrido per dangų.

Kėdė sugėrė sužeistų keleivių kraują, kuris lašėjo iš jų žaizdų. Jų kraujas susimaišė su E-Z ir Semo Dikenso krauju. Šis susijungimas išstūmė kulkas iš jų kūnų, ir žaizdos ėmė gyti.

Prireikė kelių minučių, kol jie pasiekė ligoninę. Kol jie atvyko, visi pacientai buvo pasveikę, tarsi jų sužeidimų niekada nebūtų buvę. Jie apglėbė E-Z ir padėkojo jam.

Stovėjimo aikštelėje prie ligoninės kiekvienas nušoko nuo vežimėlio.

Prie įėjimo stovėjo slaugytojai su paruoštais neštuvais.

E-Z žvilgtelėjo į jų pusę. Jis pamojavo ranka, tada nuskrido į dangų. Žemiau jo, tie, kuriuos jis išgelbėjo, atsakė jam mojuodami. Jis tikėjosi, kad laukiantys palydovai per daug nesipiktins, kad jie vis dėlto nebuvo reikalingi.

„Ačiū, - šūktelėjo jaunuolis ir pamojavo ranka.

„Tikiuosi, kad dar susitiksime", - sušuko vidutinio amžiaus moteris.

„Jūs tikras didvyris!" - pasakė vyras, kuris jam priminė dėdę Semą.

„Jūs man primenate mano anūką - išskyrus keistą sruogą jūsų plaukuose!" - pasakė pagyvenusi moteris.

Prie ketveriukės priėjo palydovai ir paklausė: „Ar kam nors reikia pagalbos?".

Jaunuolis atsakė: „Jūs nepatikėsite, bet prieš kurį laiką buvau nušautas - du kartus. Manau, kad praradau sąmonę. Kai atsibudau, - jis išsitraukė kruvinus marškinius, - žaizdų nebebuvo."

Pagyvenusi moteris, kurios suknelė buvo sutepta krauju, paaiškino, kad buvo nušauta netoli širdies.

„Būčiau mirusi, jei tas vaikinas invalido vežimėlyje nebūtų išgelbėjęs man gyvybės."

Kiti du pacientai pasakojo panašias istorijas. Jie gyrė E-Z ir dar kartą jam padėkojo. Nors jo jau nebebuvo su jais.

„Manau, kad jūs visi dar turėtumėte ateiti į ligoninę, - pasakė pirmasis slaugytojas.

Antrasis slaugytojas atsakė: „Taip, jūs patyrėte traumuojančią patirtį. Turėtumėte apsilankyti pas gydytoją ir gauti leidimą".

Visi keturi buvę sužaloti piliečiai leido palydovams padėti jiems į vidų. Jie bandė įkelti vyriausiąjį iš keturių ant neštuvų.

„Aš sveika kaip kumštis!" - sušuko vyresnioji moteris.

Jie nusekė paskui ją į ligoninę.

✳✳✳

„Geriau tai**padarykime**dabar", - pasakė Reiki.

„Tai liūdna. Jis nuveikė tokių nuostabių dalykų, o dabar niekas to neprisimins."

Jie ištrynė visų aplinkinių protus.

„Jis atliko nuostabų darbą."

„Taip, jis buvo gerai parinktas, - pasakė Hadžas.

E-Z grįžo namo, skrisdamas ten taip greitai, kaip tik galėjo. Jis žinojo, kad artėja skausmas, bet nežinojo, koks jis bus šį kartą. Vos spėjo prasibrauti pro langą ir atsigulti ant lovos, kol jo pečiai užsidegė, priversdami jį prarasti sąmonę.

Angelai sugrįžo, šnabždėdami raminančius žodžius, kai jis šaukė miegodamas. Kai skausmas pasidarydavo per didelis, jie palengvindavo jį, pasiimdami jį į save.

„Trečiasis bandymas baigtas, - pasakė Reikis. „Jis lengvai juos įveikia".

„Tiesa, bet turime įsitikinti, kad jis neidentifikuojamas. Jis gali būti matomas, bet turime ištrinti prisiminimus. Tačiau nerimauju, kad galime ką nors praleisti".

„Jei ištrinsime visų netoliese esančių žmonių atmintį, viskas turėtų būti gerai".

SKYRIUS 16

Kitąrytą E-Z valgė dribsnius, kai į virtuvę atėjo Samas.

„Kava tikrai skaniai kvepia", - pasakė Samas.

Paauglys įpylė dėdei pilną puodelį. „Ką?" - paklausė jis, jausdamas déjà vu.

„Ką, ką?" Samas paklausė, kai į puodelį įpylė šiek tiek grietinėlės.

„Tu žiūri į mane", - pasakė E-Z. Jis papurtė galvą. Ar jis buvo patekęs į „Groundhog Day"? Filme apie dieną, kuri kartojasi vėl ir vėl, su Bilu Murėjumi?

„O, tai. Ar norėtum man ką nors pasakyti?" Jis įmetė cukraus gabalėlį į kavą.

Nekreipdamas dėmesio į dėdę, jis įsidėjo į burną kukurūzų dribsnius. „Nežinau, ką tu turi omenyje."

Samas palaukė, kol sūnėnas baigs valgyti pusryčius. „Praėjusią naktį užsukau pas tave, tavo lova buvo tuščia, o langas atidarytas. Nežinau, kaip tu išėjai su kėde. Bet kokiu atveju, jei ketini išeiti, turėtum man pasakyti. Aš esu atsakingas už tave ir tavo buvimo vietą. Kitą kartą pažadėk, kad pranešsi man, kur eini ir kada grįši. Tai įprastas mandagumas."

„I..."

POP.

POP.

Pasirodė Hadzė ir Reiki. Reikis nuskrido prie Semo ir šmėkštelėjo jam prieš akis. Kelias sekundes Samas atrodė kaip zombis. Tada jis vėl ėmė gurkšnoti kavą. Pakėlė stiklinę, gurkštelėjo, nuleido. Pakartokite.

E-Z priminė paukščių žaislą - kai paukštis įkiša galvą į stiklinę ir geria. Kaip tas daiktas apskritai vadinosi?

„Dippy bird", - pasakė Samas. Jis pažvelgė į laikrodį.

Ką, po velnių? Ar dabar dėdė galėjo skaityti jo mintis?

„Kas *negali* skaityti jo minčių?" Hadžis šyptelėjo.

Samas atsistojo ir stiklinėmis akimis bei robotiniais judesiais nuėjo prie kriauklės, išplaukė puodelį ir įdėjo jį į indaplovę. Paskui pasiėmė automobilio raktelius ir nieko nesakęs išvažiavo.

E-Z'o burna buvo pravira, nes jis apdorojo informaciją, paskui pareikalavo: „Gerai, jūs du. Ką padarėte mano dėdei Semui? Jūs neturėjote teisės... daryti to, ką padarėte." Jis buvo toks susikrimtęs, kad jo veidas buvo raudonas, o kumščiai sugniaužti.

POP.

POP.

Jis to nekentė. Kiekvieną kartą, kai padarydavo ką nors blogo, jie dingdavo, ir jis turėdavo jų atsiprašyti, kad jie sugrįžtų, nors nieko blogo nepadarė.

„Atsiprašau, - tarė jis. „Prašau, grįžkite."

POP

POP.

„Kas padaryta, tas padaryta", - ramiai pasakė jis. „Ar jis tikrai perskaitė mano mintis?"

„Jis perskaitė, bet tai buvo pavienis atvejis."

„Tai gerai. Man niekada nebūtų pavykę išsisukti nuo atsakomybės.“

„Mes esame tavo atsarginis variantas per bandymus. Nuo mūsų priklauso apsaugoti tave ir tavo draugus, įskaitant dėdę Semą“.

„Ką jam padarėte?“ - vėl paklausė, kai suskambo durų skambutis. Jis nejudėjo, laukė, kol jie atsakys į jo klausimą. Vėl pasigirdo skambutis. „Tik sekundę“, - pasakė jis. „Pasakykite, ką jam padarėte. DABAR!“

„Aš ištryniau jo protą, - sušnabždėjo Reiki.

„Ką tu padarei!“

„Turėjome tai padaryti, kad apsaugotume tave ir tavo misiją, - pridūrė Hadžas.

Į virtuvę įėjo PJ ir Ardenas. „Durys buvo atrakintos, - pasakė Ardenas.

„Taip, vakar pasakėme Samui, kad šiandien ryte tave pasiimsime“.

„Labas rytas ir jums.“ Jis atsistūmė nuo stalo.

„Mums reikia pasikalbėti, drauge. Bet mes skubame.“

Jis pasiėmė savo kuprinę ir pietus. Jie nuėjo prie paradinių durų. Laiptų viršuje kėdė šoktelėjo į priekį - tarsi norėtų skristi žemyn. Jis paprašė draugų padėti jam nusileisti nuo rampos. Ardenas ir PJ padėjo jam įlipti ant galinės automobilio sėdynės. Ardenas paslėpė vežimėlį bagažinėje.

„Sveiki, ponia Lester, - pasakė E-Z, kai trys berniukai įsėdo į galinę automobilio sėdynę.

„Labas rytas, - tarė ji ir įjungė radiją. Diktorius kalbėjo apie naują receptą.

„Kai jie jau buvo pakeliui, - sušnabždėjo PJ, - ką veikėte vakar vakare?“ - “Ką?

„Nieko ypatingo. Valgiau. Miegojau. Įprastai."

„Parodyk jam."

PJ padavė telefoną ir paspaudė „Play".

Tai buvo „YouTube" vaizdo įrašas. Jo, neįgaliojo vežimėlyje skraidančio po dangų ir vežančio sužeistus žmones. Jo kėdė buvo kruvinai raudona, judėjo taip greitai, tarsi deganti dėmė. Buvo matyti jo balti sparnai. O tos juodos juostos kontrastas ant šviesių plaukų pabrėžė jo išvaizdą.

„Beats me", - pasakė E-Z, kraipydamas galvą ir neturėdamas jokio dalijamo paaiškinimo. Jis laukė, kol atvyks angelai ir ištrins jo draugams protą - jie neatvyko. Jis laukė, kad pasaulis visiškai sustotų - nesustojo. Jis svarstė, ar dar kada nors pamatys savo tėvus? Ar tai buvo išbandymas? Jis apvertė telefoną ir grąžino ragelį.

„Drauge, - pasakė Ardenas, kai jo motina įsuko į stovėjimo vietą.

„Skubėk, nes pavėluosi, - pasakė ji, atidarinėdama bagažinę.

„Iki pasimatymo", - pasakė Ardenas, kai motina nuvažiavo.

Trys draugai nekalbėdami nuėjo į mokyklą. Paskutinis įspėjamasis skambutis turėjo nuskambėti bet kurią akimirką.

E-Z riedėjo koridoriumi, šypsodamasis sau ir kartu nerimaudamas dėl to, kas dar pamatys klipą. Nors buvo nuostabu matyti save veikiantį. Tarsi atšiauresnis Supermenas. Tikras didvyris. Jis gelbėjo žmones. Gelbėjo gyvybes. Jis ir jo vežimėlis buvo nenugalimi. Jie buvo dinamiškas duetas. Jis stebėjosi, ar jiems išvis reikėjo dviejų norinčių tapti angelais pagalbos. Jis jautėsi gerai.

Kiekvieną akimirką. Gelbėjimas. Gelbėjimas. Sėkmingas dar vieno bandymo užbaigimas. Nuostabu. Jei tik galėtų į savo paslaptį įsileisti geriausius draugus.

„E-Z Dickens!" Ponia Klaus, jo mokytoja, sušuko.

„Taip, ponia", - pasakė E-Z ir atsivertė puslapį, kad perskaitytų pamoką. Jis susimąstė, kodėl švaistė laiką mokykloje. Jam to nebereikėjo.

Per pamoką **jis** stengėsi neatsimerkti. Ponia Klaus jį stebėjo labiau nei įprastai. Kiekvieną kartą, kai jis užsnūsdavo, ji pakeldavo balsą, tarsi būtų pastebėjusi.

Nuskambėjus skambučiui ir pamokai pasibaigus, mokiniai išsiskirstė, kad jis pirmas išeitų pro duris. Jis žvilgtelėjo į kelis bendraklasius, norėdamas padėkoti. Nedaugelis užmezgė akių kontaktą. Dauguma žvelgė į šalį. Jie dar nebuvo pripratę prie jo naujo statuso.

Koridoriuje laukė minia bendraklasių ir gerbėjų. Pasipylė blykstės, nes fotografavo fotoaparatai ir fotoaparatų telefonai. Jis tikėjosi, kad ten buvo ir mokyklos laikraštis. Jie net būtų išspausdinę straipsnį apie jį. Palaukite minutėlę. Jis daugiau niekada nebepamatys savo tėvų - ne, jei visi sužinos! Kaip tai atsitiko!? Jis stumtelėjo savo kelią. Jie toliau plojo, su laiku vis garsiau. Keletas sušuko: „Kalba!"

PJ priėjo prie jų ir paklausė: „Ar pastaruoju metu matėte ‚Facebook'?

E-Z gūžtelėjo pečiais.

„Pažiūrėk į naujausią", - pasakė PJ, rodydamas draugui antraštes.

„Vietos didvyris vežimėlyje". Jis nustojo judėti ir spustelėjo įrašą. Joje buvo parašyta, kad vietinis didvyris mokėsi Linkolno vidurinėje mokykloje Hartfordo mieste Konektikute. Netrukus E-Z suprato, kad mokiniai galvojo, jog jis yra didvyris - jis toks ir buvo, bet jie to negalėjo žinoti. Jiems nebuvo lemta nieko iš to žinoti. Jie turėjo būti išsitrynę protą, kaip kad padarė su dėde Semu. Bet tai buvo nesvarbu - jis negyveno Hartfordo Konektikute. Jie suklydo. Kodėl tada jo bendraklasiai plojo?

Jis prastūmė, jie pasitraukė iš kelio. Jis išėjo tiesiai į liūtį. E-Z susimąstė, ar galėtų panaudoti naujai įgytas kėdės galias savo asmeninei naudai. Nors nebuvo jokios krizės ar išbandymo, ar jis galėtų burti arba ritualiniu būdu grįžti namo? Apie tai jis galvojo toliau riedėdamas šaligatviu. Kartą jo kėdė padėjo jam išgelbėti mažą mergaitę, dar prieš tai, kai ji turėjo kokių nors ypatingų galių.

Jis galvojo apie tokius magiškus žodžius kaip bibbidi-bobbidi-boo ir expelliarmus. Jis išbandė juos abu savo vežimėlyje, bet nė vienas iš jų nieko nepadarė. Jis žvilgtelėjo per petį, išgirdęs už nugaros artėjančius žingsnius. Jis tikėjosi vieno iš savo draugų - vietoj to tai buvo jaunesnis mokinys, kuris paklausė: „Kur tavo sparnai?"

E-Z nusijuokė: „Aš neturiu sparnų." Jo sparnai išsiskleidė ir pakėlė jį į dangų. Iš pradžių jis pagalvojo, kad o ne, bet nutarė su tuo sutikti ir pamojavo vaikinui, grįžusiam ant šaligatvio. Vaikinas buvo toks susijaudinęs, kad net nepagalvojo išsitraukti telefono, kad užfiksuotų šią akimirką. „Namo!" - įsakė jis. Raudonos šviesos blyksnis nunešė jį per dangų, tiesiai prie pat jo namų, nes kėdė turėjo kur jiems būti.

Jie skrido toliau, kol atsidūrė tiesiai virš prekybos centro. Dabar jis jautė, kaip oras vibruoja, traukdamas jį arčiau tos vietos, kur jam reikėjo. Kėdė nusitaikė žemyn, nuleisdama jį į krantą, tada sustojo ore. Apačioje ir toliau šurmuliavo pirkėjai - jis buvo jiems nematomas. Jis vis dar nežinojo, kodėl čia atsidūrė.

Ar tai dar vienas teismo procesas? paklausė jis. Jis laukė, bet atsakymo nesulaukė. Jei tai buvo dar vienas bandymas, tai laiko tarp jų buvo vis mažiau ir mažiau. Kur buvo tie du angelai - argi jie neturėjo jam ginti nugaros? Jis pagalvojo apie kitus išbandymus. Dauguma jų vyko naktį. Tamsoje. O kas, jei norintys angelai negalėjo išeiti į šviesą, kaip vampyrai? Jis nusijuokė iš šios keistos sąsajos ir tikėjosi, kad tai tiesa. Kažkodėl jis neprieštaravo, kad šį kartą buvo tik jis ir jo kėdė. E-Z grįžo į šią akimirką. Prekybos centro viduje šūkavo klientai. Jis nuskrido į priekį, iš banko į netoliese esančią universalinę parduotuvę. Ši vieta buvo tuščia.

Prisilietus prie žemės, ratai pasisuko patys vesdami jį paskui save. E-Z pabandė perimti kontrolę. Tačiau jo vežimėlis taip pat norėjo kontrolės. Jis greitėjo, vis greičiau ir greičiau. Galiausiai jis leido jam dominuoti, bijodamas susižaloti pirštus.

Kėdė visiškai sustojo, kai ant žemės maždaug 4 pėdų atstumu priešais juos išsibarstė klientai. Dauguma jų buvo išsitiesę ir veidu į grindis. Kai kurie buvo užsidėję rankas ant galvų, kai kurie - už nugaros.

Įvairiose padėtyse jis pastebėjo apsaugos kameras, rodančias tik statinį vaizdą. Tai nebuvo geras ženklas.

Neįgaliojo vežimėlis vėl pašoko į priekį link jaunos moters. Ji buvo apsirengusi kamufliažine apranga, ant akių užsimaukšlinusi kepurę. Ji buvo šviesių bruožų, tikriausiai natūraliai šviesiaplaukė, mėlynų akių, modelio tipo. Vienoje rankoje laikė šautuvą, kitoje - medžioklinį peilį. Jos nejudrumas valdant ginklus jį trikdė. Be to, ji pernelyg dažnai dažėsi raudonu lūpdažiu. Jis buvo išteptas, paversdamas bauginančią šypseną grėsminga grimasa.

E-Z apsvarstė ant grindų esančius pavojuje. Kiek laiko jie ten buvo? Ko ji laukė? Ar ji reikalavo pinigų? Kas už parduotuvės ribų žinojo, kad vyksta ši įkaitų scena, nes kameros neveikė?

Vienas iš ant grindų sėdinčių vaikinų atkreipė jo dėmesį. E. Z. pridėjo pirštą prie lūpų. Vaikinas pasuko į kitą pusę, tuomet jis pastebėjo ant grindų gulintį telefoną, kuriame pulsavo raudona lemputė. Jis įrašinėjo garsą. Jis tikėjosi, kad mergina to nepastebėjo - atrodė, kad bet kurią akimirką gali pasimesti.

E-Z'o kėdė pakilo lyg iš patrankos šūvis ir netrukus jau buvo prie merginos. Jos ginklas skriejo į vieną pusę, o peilis - į kitą. Kėdės metalinis apvalkalas nukrito žemyn.

„Skambinkite 911", - sušuko E-Z. O ant grindų gulintiems klientams: „Eikite iš čia!" Jie bėgo neatsigręždami. Dabar jis liko visiškai vienas su pamišusia mergina. „Kodėl tai padarei?" - paklausė jis.

Ji ištarė jam anksčiau girdėtos dainos žodžius: „Nemėgstu pirmadienių." Tada nusišypsojo, nusuko akis ir pasakė: „Be to, tai tik žaidimas." Kelias sekundes užmerkusi akis ji vėl niūniavo dainą. Paskui jas atvėrė ir pašėlusiomis akimis bei juokdamasi tarė: „O jei tau reikia specialisto, kuris tinkamai nudažytų plaukus, aš pažįstu vieną žmogų."

„Ech, ačiū, - tarė jis, braukdamas pirštais per plaukus.

Jis prisiminė dainą, kurią dainavo jo mama. Tikra istorija, apie šaudymą. Grupė buvo pavadinta pelių, arba žiurkių, vardu.

Jis papurtė galvą. Mergina, stovinti priešais jį, priminė žaidimo, kurį jis buvo žaidęs kelis kartus, veikėją. Net iki pat išteptų lūpų dažų. Jis negalėjo prisiminti, kokio, bet buvo tikras, kad ji imituoja žaidėją. „Žaisti žaidimą yra viena - niekas nenukenčia. Tai tikras gyvenimas. Jei tau kas nors nepatinka - nustok tai daryti! Neskriausk kitų."

„Baik, - atsakė ji, - tarsi turėčiau kokį nors pasirinkimą."

Policija įsiveržė į vidų, ir jis turėjo išeiti.

Jie rado merginą surakintą ginklais, surištais mazgais apsaugos praėjime prie žaidimų konsolės.

Jis iškeliavo namo, laukdamas, kol jį ištiks baisus deginimas nuo sparnų. Jam pavyko nueiti visą kelią, kol kas viskas buvo gerai. Bet jis buvo toks alkanas, kad negalėjo sulaukti, kol suvalgys viską, ką tik galės gauti į rankas.

Šaldytuve buvo paruošta pusė vištienos, kurią jis suvalgė laukdamas, kol keptuvėje išsilydys sūris. Jis suvalgė keptą sūrį. Paskui pasigamino dar vieną, o pats kramtė obuolį. Kai baigė valgyti obuolį, iš vonelės šaukšteliu išsitraukė ledus. Skausmas taip ir nepraėjo, bet jei ir toliau taip maitinsis, turės rimtų svorio problemų.

„Dėdė Samas?" - pašaukė jis, tikrindamas, ar jis kur nors namuose - jo nebuvo. Jis nuėjo į savo kabinetą ir atliko keletą namų darbų, paskui sužaidė kelis žaidimus. Semo vis dar nesimatė. Jokių SMS. Jokių skambučių ar balso žinučių. Samas visada jam pranešdavo, kai grįždavo namo vėlai. Keista. Kur jis buvo?

SKYRIUS 17

Buvo jau po vidurnakčio, o dėdės Semo vis dar nebuvo matyti. Tai buvo pirmas kartas, kai jis praleido vakarienę, o ką jau kalbėti apie tai, kad nepasakė E. Z., kur yra. Jis žinojo, koks neramus tampa sūnėnas, kai dalykai tampa nekontroliuojami. Tokiomis akimirkomis paaugliui pašiurpdavo oda, tarsi jo kraujas virtų po paviršiumi.

Sėdėdamas neįgaliojo vežimėlyje jis darė žingsniavimui prilygstantį veiksmą. Riedėdamas kėde į viršų koridoriumi ir atgal žemyn. Sudėtingiausia buvo apsisukti, o tai jis darė savo kabinete. Grįždamas atgal į virtuvę jis įjungė televizorių, kad sukeltų baltąjį triukšmą. Prieš grįždamas į koridorių sustojo pažiūrėti ir jį užvaldė nekūniška patirtis.

Jis sėdėjo savo neįgaliojo vežimėlyje svetainėje ir stebėjo save per televizorių vežimėlyje. E-Z purtė galvą, bandydamas tai suprasti. Kodėl Hadzė ir Reikis nebuvo ištrynę savo prisiminimų? Tada tai įvyko - reporteris pasakė jo vardą ir tikrąjį adresą, įskaitant priemiestį. Šį kartą jis viską teisingai suprato - ir tuo neapsiribojo.

„Trylikametis E. Z. Dikensas, norėjo tapti profesionaliu beisbolo žaidėju. Ir jis turėjo tam įgūdžių. Tada nelaimingas atsitikimas atėmė iš jo tėvus - ir kojas. Našlaitis -

tapęs superherojumi - dabar gyvena su savo vieninteliu giminaičiu Samueliu Dikensu".

Jis norėjo kibti į televizoriaus ekraną. Jie tai pasakė, tiesiog taip. Tarsi visi superherojai turėjo būti našlaičiai. Tarsi tai būtų būtina sąlyga. Kai suskambo jo telefonas, jis tikėjosi, kad tai Samas - tai buvo Ardenas.

„Ar žiūri?" - paklausė jis. „Jie VISIEMS pasakė, kur tu gyveni!"

„Žinau", - pasakė EŽ. „Blogiausia, kad dėdė Samas yra savanaudis. Jis visada man skambina, kad ir kas nutiktų".

Ardenas persimetė žodžiu su tėvu. „Pasilik ten, tėtis ir aš tuoj ateisime. Tu gali likti su mumis, kol su Semu sugalvosite, ką daryti. Palik jam raštelį".

„Ačiū, bet man čia bus gerai."

„Tėtis sako, jokių „jeigu", „ir" ar „bet". Jis sako, kad žurnalistai prie tavęs kibs kaip prie ryžių - kad ir ką tai reikštų."

„Nepagalvojau, kad čia ateis žurnalistai. Gerai, pasiruošiu."

Jis nuėjo į savo kambarį, susikrovė naktinį krepšį, tada nuėjo į virtuvę parašyti raštelį ir pakabino jį ant šaldytuvo. Lauke staiga sustojo automobilis, girgždėdamas padangomis. Užsitrenkė durelės, paskui pasigirdo šūviai, pro langus išbyrėjo stiklo šukės. Priekinės durys išsiveržė iš vyrių, nes jo kėdė pakilo link šaulio, kuris priartėjęs palaikė ugnį.

„Jis tik vaikas", - pasakė E-Z, pasinaudodamas jo dvejone. Jis griebė pistoletą, surišo jį į mazgą ir numetė per veją.

Berniukas, kuris buvo jaunesnis už E-Z, išnaudojo tas sekundes, kai jis metė ginklą, kad pargriautų jį ant žemės.

„Negražu", - pasakė E-Z, kai jo kėdė jį nustūmė ir numetė metalinį narvą ant vaikino, kuris verkdamas prašė mamos. „Atsitrauk, - pasakė E-Z kėdei.

Vaikas buvo susmukęs vaisiaus padėtyje, drebėjo ir verkė. Kėdė atitraukė narvą: berniukas nejudėjo.

E-Z, dabar jau grįžęs į vežimėlį, paklausė: - Kas tave čia nuvežė? Ir kam tas šaudymas?"

„Nieko asmeniško", - paaiškino vaikas. „Aš turėjau tai padaryti. Balsas mano galvoje man sakė, kad turiu tai padaryti. Arba jie nužudys mane ir mano šeimą. Todėl pavogiau tėvo raktelius ir išmokau vairuoti - greitai".

„Tu niekada anksčiau nevairavai?"

„Tik žaidimuose."

Vėl žaidimai. „Apie ką tu kalbi? Kokie jų vardai?"

„Nežinau. Žaidžiu kelis žaidimus internete. Į žaidimą ateidavo moteris, sakydavo, kad nužudys mano seserį. Persijungdavau į kitą žaidimą; kita moteris sakydavo, kad nužudys mano tėvus. Žaidime, kurį žaidžiau šiandien, trečia moteris man pasakė, kad jei nenužudysiu šiuo adresu gyvenančio vaiko, bus baisių pasekmių." Vaikinas puolė bėgti į E-Z, bet toli nenubėgo. Kėdė jį pastūmė ir nuleido strėlę.

„Ištraukite mane iš čia!" - pareikalavo vaikinas.

E-Z nusijuokė; vaikinukas turėjo kiaušus. „Atsistok", - pasakė jis kėdei ir padėjo vaikinui atsistoti ant kojų. Vaikinas padėkojo jam spjaudydamas į veidą. Jis suspaudė kumščius ir svarstė, ar nenuplėšti vaikinui galvos, bet to nepadarė. Vietoj to jis jį apkabino. Vaikas vėl pradėjo verkti, jo ašaros krito ant E-Z pečių ir sparnų.

„Ačiū, Dude, - pasakė vaikas. Jis atsitraukė, uždėjo ranką ant širdies ir dingo.

Kai pagaliau atvyko policija, E-Z sėdėjo ant kėdės prie šaligatvio. Paskui jo nebebuvo. Jis vėl buvo bunkerio viduje, jausdamas klaustrofobiją visiškoje tamsoje.

$$***$$

Anksčiau , kai buvo metaliniame konteineryje, jis galėjo judėti. Dabar jis sėdėjo neįgaliojo vežimėlyje ir vos galėjo judėti. Jis bandė sukioti kojų pirštus į batus - jų nejautė. Jei čia jo kojos neveikė, tuomet jis džiaugėsi, kad sėdi neįgaliojo vežimėlyje. Jie buvo komanda: kaip Betmenas ir Batmobilis. Reaguodamas į jo mintis vežimėlis lingavo į priekį kaip mastifas ant pavadžio.

„Ištraukite mus iš čia", - įsakė E-Z.

Jis pajuto judesį virš savęs. Šviesos poslinkį, tarsi debesis, judantį per dangų. Jei tik galėtų pakilti ir pabėgti pro stogą, bet jo sparnai neturėjo kur išsiskleisti.

Jo oda ėmė burbuliuoti, ir jis ėmė niežėti. Kur dabar buvo tas raminantis levandų purškalas?

PFFT.

„Ech, ačiū, - tarė jis. Dabar net šis daiktas galėjo skaityti jo mintis.

Jo pečiai atsipalaidavo, kai jis suformulavo reikalavimų sąrašą:

Pirmas. Jis norėjo viską papasakoti dėdei Samui. Ir jis turėjo omenyje viską. Nieko nepalikti nuošalyje.

Antra. Jis norėjo, kad PJ ir Ardenas žinotų. Ne viską, kaip dėdė Samas. Bet pakankamai, kad jie suprastų, kokį spaudimą jis patiria. Pakankamai, kad jie galėtų jį palaikyti ir padrąsinti. Jis nekentė jiems meluoti. Jam reikėjo, kad jie žinotų apie išbandymus. Kodėl jis juos atlieka. Tarsi jis būtų turėjęs kokį nors pasirinkimą.

Trečias numeris. Jis norėjo, kad prieš jį pagrobdami jie paklaustų jo leidimo. Taip jis žinotų, ko tikėtis toliau. Jis nekentė, kai buvo įleistas į šį reikalą.

Ketvirtas skaičius. Jis norėjo žinoti, kur jis yra. Kodėl jį visada įmesdavo į tą patį konteinerį. Kodėl kartais jo kojos veikė, o kartais ne. Kodėl kartais jo kėdė buvo su juo, o kartais ne.

„Laukimo laikas - dvylika minučių", - pasakė moteriškas balsas. „Ar norėtumėte gėrimo?"

„Vandens", - pasakė jis, kai metalas dešinėje nuo jo išplukdė lentyną su stikline vandens. „Ačiū." Jis metė ją atgal. Stiklinė vėl prisipildė iki viršaus. Jis pastatė ją ant stalo vėlesniam laikui.

Dabar jis buvo labiau atsipalaidavęs, jo galvoje suskambo daina. Jo tėvas ją mėgo. Neįgaliojo vežimėlis suposi pirmyn ir atgal, o jis dainavo dainos žodžius. Kėdė įgavo pagreitį - tarsi bandytų išsilaisvinti.

Po kelių sekundžių jis jau buvo grįžęs namo, į savo miegamąjį, kuriame visur mėtėsi sudužęs stiklas. Ant sienų pulsavo mėlynos ir raudonos šviesos. Dabar prie išdaužto lango jis pažvelgė į lauką.

„Jis ten, viršuje!" - sušuko reporteris.

„**Tik ne**vėl!“ - sušuko jis, grįžęs į metalinį konteinerį. „Ištraukite mane iš čia!“ Jis spyrė koja į bunkerio sieną. „Au!“ - sušuko jis. Tada nusišypsojo, laimingas vėl pajutęs kojas, ir atsistojo. Jis pakėlė kumštį į orą: „Kas tu manai esąs, kad mane čia atvedei pagal kiekvieną savo užgaidą!“

„Laukimo laikas - šešios minutės, prašome likti sėdėti“.

Iš sienų priešais jį, už jo, abipus jo išlindo diržai. Jis buvo surištas į vietą. Jis stengėsi išsilaisvinti, bet odiniai diržai tik dar labiau įsitempė. Netrukus jis galėjo judinti tik galvą ir kaklą.

PFFT.

„Ach, levanda“, - tarė jis. Po juo vežimėlis ėmė virpėti ir drebėti. „Viskas bus gerai.“ „Ar jūs, bailiai, per daug bijote nusileisti čia ir susidurti su manimi?“

PFFT.

PFFT.

Jis nusiramino.

****

Jis ramiai miegojo, kol bunkerio stogas atsivėrė kaip Hjustono astrodomas. Ir kažkoks daiktas prarijo šviesą. Jis tai pajuto anksčiau, nei pamatė. Pasisavino šviesą iš jo pasaulio. Po juo drebėjo vežimėlis, nes virš jo esantis daiktas pradėjo laisvai kristi.

Jis visiškai sustojo, tarsi voras, pasibaigus jo virvei.

Liuciferis?

Šėtonas?

Jis laukė, pernelyg bijodamas kalbėti.

„Sveiki - o - o - o - o, - riktelėjo sparnuota būtybė, jos balsas atšoko nuo sienų.

Jis taip norėjo užsikimšti ausis.

Tas padaras nusišypsojo, atidengdamas į skustuvą panašius dantis ir tuo pat metu skleisdamas bjaurų pūvančios smarvės kvapą.

Jis duso, kosėjo ir norėjo užsidengti nosį.

Žvėris juokėsi riaumodamas, o tai dundėjo aukštyn ir žemyn jo metaliniame kalėjime, tarsi būtų spragsėję popkornai. Jis pasilenkė arčiau paauglio veido ir ištarė: „Ar aš nekalbu jūsų kalba, pone?".

E-Z neatsakė. Jis negalėjo. Jis jautėsi labai neherojiškai. Tai, kad po juo drebėjo neįgaliojo vežimėlis, nepadidino jo pasitikėjimo savimi.

„Ar tu manęs nesupranti?" - sušuko tas daiktas, sudrebindamas metalinį kalėjimą iki pamatų. Tas daiktas dar labiau priartėjo: „DO. JŪS. NE. GIRDI. MES?"

Tai buvo tarsi kalbantis debesis su galva centre, besiruošiantis pasipilti ant jo perkūnais ir žaibais. Įrėmęs nagus į porankius, jis rado drąsos ištarti: „Taip". Jis mintyse peržvelgė savo reikalavimų sąrašą.

Žvėris riktelėjo ir iš jo burnos išlėkė ugnis. E. Z. laimei, karštis kyla. Staiga jis pasijuto labai išalkęs - lašinių.

„Man patinka lašiniai, - prisipažino padaras.

E-Z susimąstė, ar jis garsiai pasakė apie lašinius. Netgi atsižvelgdamas į pagreitėjusį baimės lygį, jis žinojo, kad to nepasakė. Tai reiškė viena - visi galėjo skaityti jo mintis! Jis išsitiesė ir pabandė apsisaugoti užsidarydamas mintyse. Mintys bėgo apie maistą, blynus Anos kavinėje, tirštą šokoladinį kokteilį, sviestinį sirupą. Viskas, kas padėtų sulaikyti baimę ir sumažinti nerimą. Tai buvo kankinimas, tas daiktas galėjo perskaityti jo mintis ir įkalinti jį amžiams. Ar buvo Superherojų sąjunga, prie kurios jis galėtų prisijungti?

„Bah, ha, ha!" - iš juoko riktelėjo daiktas.

E-Z taip norėjo pasiekti jo ausis, bet kadangi negalėjo, guodėsi, kad bent jau turi humoro jausmą. „Kodėl aš čia?"

Daiktas iš karto neatsakė, todėl jis pabandė psichologiškai jį išgąsdinti žvilgsniu. Ypač sunku buvo išlaikyti akių žvilgsnį, nes kėdė vis bandė jį išmušti iš vėžių. Jis sugniaužė kumščius, raitydamas kraują.

Būtybė judėjo gyvatiškai vikriai, jos putotas liežuvis čiurkšlėmis lėkė pirmyn ir atgal, laižydamas E-Z kumščius.

„Fuuuu!" - sušuko jis. „Tai taip šlykštu!"

„Dar, prašau!" - pareikalavo padaras, o kraujas ant jo liežuvio virpėjo kaip lietaus lašai.

E. Z. ir anksčiau buvo išsigandęs, o dabar jis buvo gerokai labiau išsigandęs. Greičiau suakmenėjo - bet jis buvo superherojus. Jis turėjo iš kažkur pasisemti jėgų - net jei kėdė buvo nenaudinga.

„Nah, nah, nah, nah, nah, nah, nah, - dainavo tas daiktas, kai priplaukė arčiau, paskui užkliuvo toliau, paskui vėl arčiau. Jis atšoko nuo sienų.

Po kelių akimirkų padaras įsitaisė. Jis sukryžiavo kojas ore. Tada uždėjo ilgą kaulėtą pirštą ant skruosto. Atrodė, kad jis tikėjosi draugiškai pasikalbėti.

„Hadzė ir Reikis buvo pašalinti iš tavo bylos, - sušnabždėjo padaras. „Tie du buvo imbecilai. Mažiau nei nenaudingi. Aš esu tavo naujasis mentorius".

Tamsioji būtybė atsiduso. Jis šmurkštelėjo aukščiau, mostu atliko pusiau lanką ir pakilo aukščiau į konteinerį.

E-Z kelias sekundes pagalvojo prieš atsakydamas. Tos dvi būtybės buvo jam ištikimos. Jos jam padėjo ir juo rūpinosi - o svarbiausia, jos negėrė žmogaus kraujo.

„Ar galime tai aptarti?" E-Z paklausė. Jis pabandė nusišypsoti. Jis nežinojo, kaip atrodė iš kitos pusės.

„NE!" - pasakė tas daiktas, stumdamasis arčiau išėjimo.

E-Z stebėjo, kaip jis dreifuoja aukštyn. Bejėgis. Beviltiška.

„Palaukite!" - sušuko jis, daiktas buvo pusiau įėjęs, pusiau išėjęs iš konteinerio. „Įsakau tau laukti!" E-Z ištarė, kai stogas ėmė užsidarinėti, tada daiktas akimirksniu atsidūrė jam prieš veidą.

„Y-E-S?" - paklausė jis.

„Noriu pasikalbėti su tavo viršininku, apie tai, kaip susigrąžinti Reikį ir Hadžą. Jie labiau tinka mano, mano bandymams. Bandymų sėkmei."

„Tu manęs nemėgsti?" - iškošė būtybė balsu, panašiu į nagus ant kreidos lentos.

„Sustok! Prašau!"

„Apie tų dviejų idiotų susigrąžinimą negali būti nė kalbos." Būtybė sukosi lyg žiurkėnas rate.

„Atleisk! Nuo tavęs man svaigsta galva! Ištraukite mane iš čia!"

„Gerai", - pasakė jis, sukryžiavęs rankas ir užsimerkęs kaip moteris iš seno televizijos serialo ‚Aš svajoju apie Džeinę'.

Bunkeris dingo, o E-Z ir jo kėdė liko nukritę ant žemės.

„Ahhhhhhh!" - sušuko jis.

Tada jo vežimėlis išnyko.

Toliau krisdamas jis mosavo kumščiais prieš virš jo esančią būtybę. Jis pasiruošė kritimui.

„Beje, mano vardas Erielis."

„Arrggghhhhhhh!" - sušuko jis.

Jis vėl grįžo į vežimėlį ir kabojo ant jo dėl gyvybės. Jie vis dar krito.

SKYRIUS 18

CRASH!

Pro pat jo namo stogą. Neįgaliojo vežimėlis pakrypo į priekį ir numetė jį ant lovos. Tada nuvirto ant grindų. Jiems abiem viskas buvo gerai. Ne ką blogiau.

Virš jo esanti skylė, kurią jie padarė, pati užsitaisė.

„O, štai ir tu!" Samas pasakė. „Sveiki atvykę namo."

E-Z jo net nepastebėjo. Jis kietai miegojo ant kėdės kampe.

Samas išsitempė ir užsimerkė. Paskui nužingsniavo per kambarį, kur jo laukė ąsotis su vandeniu. Išgėrė stiklinę ir pasiūlė puodelį sūnėnui.

„O kaipgi ta piktoji būtybė Erielis!" tarė Samas.

E-Z vos neišpylė vandens.

„Kas? KAS?"

Samas tęsė. „Tas Erielis, tai bjauriausia, šlykščiausia peraugusi skraidanti būtybė, kokią niekada nesitikėjau sutikti!" Jis sugniaužė kumščius. „Tikiuosi, kad mane girdi, kad ir kur būtum! Aš tavęs nebijau!"

E-Z žandikaulis vos nenukrito ant grindų.

Samas tęsė. „Tas daiktas laikė mane metaliniame konteineryje. Dabar žinau, kodėl sapnavai blogą sapną. Tai tikrai buvo panašu į bunkerį. Jis man pasakė, kad turiu perduoti jam tavo globą, kitaip tave nušaus".

„O, tai", - pasakė E-Z. „Tikiuosi, kad matei visus sudaužytus stiklus. Tai buvo vaikas, jis bandė mane nužudyti".

„Aš viską žinau. Viską stebėjau iš bunkerio vidaus. Ar žinojai, kad ten buvo didelio ekrano televizorius? Ir gera garso sistema".

„Ką?" ‚Ką?' „Aš tik buvau ten, ir Erielis man nieko nesakė apie tave ar globos perėmimą. Jis perėjo kambarį, pažvelgė į lubas: „Ar tai bandymas, Eriel? Jei ką nors pasakysiu, ar atšauksi pasiūlymą? Duok man ženklą."

„Su kuo tu kalbi? Erielio čia nėra. Jei jis būtų, jo smarvę užuostume už kilometro. Ne, mes vieni, - nors ir pakėliau į jį kumščius. Nesitikėjau, kad jis mane išgirs".

„Jis tikriausiai visur turi akis ir ausis".

„Sakoma, kad dievas visur turi akis ir ausis. Jei jis egzistuoja."

„Ką dar jis tau pasakė apie mane?"

„Jis man pasakė, kad tau lemta mirti kartu su tėvais. Jis ir jo kolegos tave išgelbėjo, o dabar turi atlikti tam tikrus išbandymus."

„Teisingai. Buvau prisiekęs laikytis paslapties, todėl įdomu, kodėl jis atskleidė tau šią informaciją."

„Iš pradžių jis bandė mane įskaudinti, bet tu išsisukinėjai iš tos bėdos su vaiku. Jis mane parsivežė čia, į namus, ir aš niekur tavęs neradau".

„Taip, nes jie jis mane laikė konteineryje."

„Jis kelis kartus mane įkišo ir iškišo, bet aš atsisakiau atiduoti tavo globą. Po antro ar trečio karto jis pasakė, kad tu prašai man viską papasakoti ir..."

„Aš tikrai sugalvojau planą, kaip jo to paklausti. Nesakiau jam, koks jis buvo - bet jis, kaip ir dauguma kitų, pastaruoju metu gali skaityti mano mintis."

„Ką turi omenyje, visi kiti?"

„Ech, prieš Erielį buvo du norintys tapti angelais, vadinami Hadžiu ir Reikiu."

„O, jis paminėjo du imbecilus. Sakė, kad jie buvo pažeminti pareigose dirbti deimantų kasyklose".

„Danguje yra kasyklų?"

„Abejoju, kad tas daiktas buvo iš dangaus - jei toks daiktas yra".

„Neprieštaraujate, jei nueisime į virtuvę užkąsti?" E-Z paklausė. Jie nuėjo koridoriumi, Samas įjungė kepsninę ir paruošė duonos su sūriu ir sviestu. „Kol tu miegojai, atlikau keletą tyrimų apie Erielį. Teko šiek tiek pasikapstyti, kol jį radau, bet kai susiaurinau paieškas, pataikiau į aukso viduriuką." Jis apvertė sumuštinius į lėkštes ir nunešė prie stalo.

„Ačiū, negaliu sulaukti, kada galėsiu apie tai išgirsti. Gal galiu iškart įeiti į vidų?"

„Ne, pirmyn." Samas stebėjo, kaip sūnėnas suvalgo keturis kąsnius, o paskui sumuštinis dingo. Jis perdavė savąjį, nes nesijautė alkanas. „Paiešką pradėjau įvesdamas raktažodį Eriel. Nieko neatsirado. Taigi įvedžiau Archangelų ir vardas Urielas buvo pačiame puslapio viršuje."

„Manai, kad tai tas pats?" Jis dar kartą užkando.

„Iš pradžių taip ir pamaniau. Tada radau archangelų sąrašą ir vardą Raduerielis žydų mitologijoje. Kai patikrinau jo aprašymą, ten rašoma, kad jis galėjo sukurti mažesnius angelus vos ištaręs žodį."

„Turite omenyje tokius kaip Hadžius ir Reikis? Palauk, jei jis juos sukūrė, tai tikriausiai todėl ir galėjo juos pasiųsti į kasyklas."

„Būtent tokios mano mintys. Taigi, manau, kad remdamiesi šia informacija dabar žinome, jog Erielis, dar žinomas kaip Raduerielis, yra arkangelas."

E-Z linktelėjo galva.

„Taigi, toliau kasinėjau ir radau štai ką. „Princas, kuris žvelgia į slaptas vietas ir slaptas paslaptis. Taip pat didis ir šventas šviesos ir šlovės angelas".

„Oho, jis visiškas blogiukas!

„Jis taip pat gali ką nors sukurti iš nieko, apreikšti tai iš oro."

„Taigi, iš to suprantu, kad jis gali keisti savo išvaizdą ir kitų išvaizdą."

„Teisingai. Ir aš užrašiau keletą žodžių". Jis pastūmė popieriaus lapą per stalą. „Tačiau nesakyk jų garsiai. Jei tai padarytum, iškviestum jį." Ant popieriaus lapo buvo tokie žodžiai:

Ra-Du,EE,El.

„Įsiminkite žodžius ant šio popieriaus lapo, jei kada nors prireiktų jį išsikviesti pas save".

„Iš kur mes žinome, kad jie veiks?"

„Naudokitės jais tik tada, jei privalote. Neverta jo kviesti čia - nebent kraštutiniu atveju".

„Sutinku." Mintyse kartodamas juos vėl ir vėl, jis pajuto paguodą žinodamas, kad archangelas ne nuolat skaito jo mintis.

„Erielis sakė, kad turėčiau padėti tau su išbandymais. Spėju, kad išgelbėti tą mažą mergaitę buvo pirmasis, kurį turėjai atlikti?"

„Kol kas atlikau kelis. Pirmąjį, taip, tą mažą mergaitę. Antrąjį, išgelbėjau lėktuvą nuo sudužimo".

„Oho! Norėčiau sužinoti daugiau apie tai, kaip jums tai pavyko. Stebiuosi, kad tavęs nebuvo per žinias".

„Buvau, bet negalėjai pasakyti, kad tai aš. Trečiuoju atveju sustabdžiau šaulį ant pastato stogo miesto centre. Ketvirta, kitą šaulį prekybos centre su įkaitais, o penkta, lauke mane bandantį nužudyti vaikiną."

Samas pakėlė lėkštes ir nunešė jas į indaplovę. „Negaliu apsakyti, kaip tavimi didžiuojuosi. Visa tai vyksta, o aš neturėjau nė menkiausio supratimo".

„Buvau prisaikdinta laikytis paslapties. Jei kam nors papasakočiau, jie..."

„Užtikrinti, kad daugiau niekada nepamatysi savo tėvų, - taip, jis man pasakė. Man tai skamba šiek tiek įtartinai. Erielis nėra sentimentalus tipas, jis buvo tarsi didelis pykčio kamuolys, laukiantis taikinio."

„Aš įžeidžiau jo jausmus, kai jis manė, kad man nepatinka".

Samas nusišypsojo. „Įsivaizduok tą daiktą, turintį jausmus." Jis atsistojo. „Ar norėtum kavos?"

„Norėčiau kakavos." Jis užsimerkė. „Diena buvo tikrai ilga."

„Daugiau apie tai galime pasikalbėti ryte, bet kaip jautiesi dėl termino? Per kiek dienų atlikai penkis bandymus?"

„Jie buvo atsitiktiniai. Nieko nežinau apie tvirtą terminą".

„Erielis man sakė, kad per trisdešimt dienų turite atlikti dvylika bandymų. Jei jau esi dvi savaites, tada jie turės paspartinti - labai."

„Pirmą kartą tai girdžiu."

„Jis sakė, kad jei jų neįvykdysi laiku - mirsi".

„Ką?"

„Taip pat, kad visi, kuriuos išgelbėsi, žus. Samas stabtelėjo, mintis, kad gali jo netekti dabar, kai jie dar tik pradėjo. Jo gyvenimas vėl būtų tuščias, tik darbas, namai, darbas, darbas, namai. E-Z žiūrėjo į jį, laukė. „Atsiprašau, tiesiog galvojau apie tai, kiek daug tu man reiškia, vaikeli. Bet dar kai ką jis man pasakė; sakė, kad tu mirsi kartu su savo tėvais. Tai reikštų, kad viskas, ką mes padarėme, visas laikas, kurį praleidome kartu, išnyktų. Ir aš nesakau, kad galėčiau ar kada nors galėčiau užimti tavo tėvų vietą, bet tu juk supranti, ką noriu pasakyti, tiesa? Aš tave myliu, vaikeli!"

„Tuojau pat į tave", - atsakė E-Z. Jis norėjo apkabinti Semą, o Semas norėjo apkabinti jį, jis galėjo tai pasakyti, ir vis dėlto jų judesiai pajudėjo. Jis giliai įkvėpė: „Tai šiurkštu. Tačiau skamba labiau kaip Erielis".

„Dar vienas dalykas, jis sakė, kad kaskart, kai baigi bandymą, tavo siela padidėja. Kai pasieksi dvylika, ji bus optimalios vertės. Sielos valiuta, kurią galėsi panaudoti, kad vėl pamatytum ir pasikalbėtum su savo tėvais".

E-Z kėdė pati atsitraukė nuo stalo, kai priekinės durys išlėkė iš vyrių ir jis iššovė į dangų.

„Arrgghhhhhhhh!" Samas sušuko jam iš paskos. Jis buvo įsikibęs į kėdę ir sūnėno sparnus kaip paklydęs aitvaras.

„Laikykis!" E-Z pasakė. „Manau, kad Erielis skambina".

Toliau jie skrido.

SKYRIUS 19

„Laikykitės- nusileidžiame.“ Jo vežimėlis nusileido žemyn.

„Norėčiau, kad ir aš turėčiau saugos diržą!“ Samas sušuko, apglėbdamas sūnėną aplink kaklą.

„Nesijaudink, nusileidimas bus saugus.“

„Jei prieš tai nepaleisiu! Arrgghhhhh!“

Jiems leidžiantis žemyn, E-Z pastebėjo statulų ratą. Neturėdamas ką veikti, jis jas suskaičiavo - jų buvo šimtas su kažkuo viduryje. Keista, jis daugybę kartų buvo buvęs miesto centre, bet šios betoninių blokų grupės neprisiminė. Kėdės ratai palietė žemę, bet Samas vis dar laikėsi ant jų.

„Dabar jau viskas gerai, - pasakė E-Z. „Gali atverti akis.“

Jis taip ir padarė. „Kitą kartą, kai pamatysiu tą Erielį, užmušiu jį!“

„Šššššš. Tai gali įvykti greičiau, nei manai.“ Tai, ką jis pastebėjo statulų centre, buvo Erielis žmogaus pavidalu, fiziniais bruožais, bet ne dydžiu. Maža to, jis sėdėjo neįgaliojo vežimėlyje, kuris pakibo tarsi stebuklingas sostas.

Jo plaukai buvo juodi kaip sruoga, jie plaikstėsi per pečius ir nusileido iki juosmens. Jo akys buvo tarsi anglis, o veido oda - kaip alabastras. Jo smakrą dengė ražiena, tarsi šešių valandų šešėlis, nors buvo arčiau vidurdienio. Jo lūpos buvo labai raudonos, tarsi jis būtų pasidažęs jas šviežiais lūpų dažais. O jo nosis atrodė tarsi futbolininko, kuriam ji ne kartą buvo sulaužyta. Aprangai jis vilkėjo baltus marškinėlius, juodus džinsus, o ant kojų avėjo džinsinius sandalus.

E-Z pasisuko ratu, vėl žvelgdamas į šimtą dešimt vyrų. Visi jie buvo apsirengę šiuolaikiškais drabužiais. Dauguma buvo su akiniais ir jėgos kostiumais. Tada jis sužinojo tiesą: Erelis šimtą dešimt gyvų, kvėpuojančių vyrų pavertė statulomis.

Ir tai dar ne viskas. Jis suprato, kad, nors jie buvo centriniame verslo rajone, nesigirdėjo jokių įprastų garsų. Įprastą dieną spūstyje įstrigę automobiliai kauktelėtų klaksonais, o orą pripildytų išmetamosios dujos.

Tyla trikdė, bet gaivus švarus oras privertė jį giliau įkvėpti. Tai jį nuramino. Jis žinojo, kad tai ramybė prieš audrą.

Jis pažvelgė į dangų. Keleivinis lėktuvas buvo sustojęs ore. Šalia jo skrido nustoję skraidyti paukščiai. Fone - debesys. Nejudantys. Nejudantys.

Tada viskas virš jo iš mėlynos spalvos pasikeitė į juodą.

Ir kažkada buvusi šiurpi tyla išsisklaidė.

Ją pakeitė dejonės. Stenėjimai. Kaip medžių šaknys buvo išrautos iš žemės. O oras sutirštėjo ir apsivijo gerklę. vogdamas jų kvėpavimą.

Po jų kojomis ėmė drebėti žemė. Ji plačiai prasivėrė. Žemės drebėjimas. Plyšimas. Plėšymas.

Saulė, mėnulis ir žvaigždės nušvito visi kartu, bet tik sekundę. Paskui jos sprogo ir sudužo į milijoną gabalėlių.

„Kodėl pavertėte žmones statulomis? Ir kodėl bandote sunaikinti pasaulį?" E-Z paklausė. „Ir kodėl tu ten plūduriuoji neįgaliojo vežimėlyje?"

„O ne", - sušuko Samas, mosuodamas kumščiais į orą.

Erielis nusijuokė: - Pats laikas tau čia ateiti protežė. Kaip drįsti su manimi kalbėtis, uždavinėti man klausimus. Aš esu didi ir galinga, bet esu tikra, o ne netikra kaip OZ burtininkas. Tu egzistuoji tik todėl, kad nusprendžiau tave išgelbėti".

„Kai Ophaniel kalbėjo su manimi Angelų bibliotekoje, ji net neužsiminė apie tave".

Eriel nusijuokė ir parodė kaulėtą pirštą, kuris nusitęsė žemyn ir palietė E-Z nosį. „Tavo byla buvo perduota man po to, kai tie du idiotai Hadžis ir Reikis neatliko savo pareigų."

„Neliesk manęs!" Pirštas pasitraukė. „Dar kartą klausiu, ką tu veiki čia, mano teritorijoje, ir kodėl sėdi invalido vežimėlyje?"

„Viskas bus paaiškinta", - pasakė Erielis. Jis pakėlė kojas į viršų ir nusišypsojo. „Man patinka šie batai, jie labai patogūs."

„Tai ne batai, o sandalai", - pasakė Samas, žengdamas arčiau pakibusio krėslo.

„Palaukite, dėde Samai, eikite už manęs".

Erielis atmetė galvą atgal ir nusijuokė. „Tiesa šuniui reikia šunį vedžioti", - tai Šekspyro citata, reiškianti, kad tavo dėdę reikia sutramdyti."

„Kodėl tu!" Samas šūktelėjo, iškėlęs kumštį į orą.

„ Sunku nugalėti žmogų, kuris niekada nepasiduoda" - tai vieno garsiausių visų laikų beisbolo žaidėjų Babe'o Ruth citata." E-Z kėdė pakilo nuo žemės ir nuskrido arčiau Erielės.

„Beisbolas - tai pusiausvyros žaidimas, - pasakė Erielis. „Tai rašytojo Stepheno Kingo citata". Jis suabejojo, tada nusišypsojo tokia didele šypsena, kad jo skruostai, galėjo susigūžti, nes E-Z kėdė nukrito, tarsi būtų pagaminta iš švino. „Ups, - pasakė Erielis, kai jis riktelėjo iš juoko.

Neilgai trukus E-Z vėl suvaldė kėdę ir ji pakilo kaip liftas. Jis stengėsi suvaldyti situaciją sparnais. Bet nebuvo laiko, nes jis virto besisukančia viršūne ir sukosi ratu.

„Arrgghhhhhhhhh!" - sušuko jis, įsirėmęs nagais į kėdės porankius. Sukimasis sustojo, kėdė vėl nukrito kaip švininis balionas, tada sustojo.

Jis vėl pabandė įjungti sparnus. Jie nenorėjo bendradarbiauti, ir kitą akimirką jis vėl ėmė suktis. Bet šį kartą sukosi prieš laikrodžio rodyklę.

„Hhhhhgggrrraaa!" - sušuko jis.

Erielis taip garsiai nusijuokė, kad sudrebino žemę.

Apačioje Samas rinko nuo grindinio akmenis ir mėtė juos į Erielį, kuris daugumos jų išvengė ir nusisuko. Tačiau vienas didelis akmuo pataikė būtybei į nosį. „Rinkis ką nors artimesnio savo amžiui!" Samas sušuko.

Jam per veidą tekant kraujui, Erielis pastatė E-Z dėdę į vietą.

„Neeeeee!" E-Z šaukė toliau sukdamasis. Kai jis sustojo žemyn galva, to, ką pamatė apačioje, negalėjo nesupainioti. Dėdė Semas dabar buvo viena iš statulų ratu: ten stovėjo šimtas vienuolika vyrų. Jam taip svaigo galva, kad vis tiek atėjo į galvą citata, ir kadangi tai buvo viskas, ką jis turėjo, jis kuo garsiau ją sušuko: „„It isn't over 'till it's over!

POP.

POP.

Hadžė atsisėdo ant vieno paauglio peties, Reikis - ant kito.

„Tai Džogio Berros citata, o tai - mano ir dėdės Semo!"

Rankose jis dabar laikė didžiausią pasaulyje lazdą, Babe'o Ruth'o 54 ouncerio kopiją, ir ji blizgėjo deimantų dulkėmis. Jis net neįsivaizdavo, kokia sunki buvo ši lazda, kai smogė į Erielį, sėdintį neįgaliojo vežimėlio soste, ir pasiuntė jį į šalį. Jis ištarė: „Pasisveikink su žmogumi mėnulyje, kai jį sutiksi!"

Tolumoje aidintis Erielio balsas pasakė: „Bandymas baigtas!"

Hadžė ir Reikis plojo. Taip pat kaip ir šimtas vienuolika žmonių, kurie grįžo į savo žmogiškąjį pavidalą, įskaitant dėdę Semą.

„Žinoma, žinai, kad jis sugrįš, - pasakė Hadžas. „Ir jis bus labai įsiutęs!"

„Ačiū už pagalbą!" E - Z pasakė, kai jis ir Semas išskrido namo.

Rikis ir Hadžė ištrynė šimtas dešimties žmonių protus, tada tęsė darbą kasyklose ir tikėjosi, kad niekas nepastebės, jog jie sugalvojo, kaip pabėgti.

Erielis ir toliau sukosi nevaldomas, o jis kūrė keršto planą.

EPILOGAS

Pokeleto įtemptų dienų E-Z pagaliau gerai išsimiegojo. Jis svajojo žaisti beisbolą, o kitą dieną Ardenas ir PJ užsuko pasiimti jo į rungtynes. „Šiandien man nesinori žaisti, bet dėl moralės eisiu kartu", - pasakė jis.

„Žinoma, kad taip", - atsakė jo draugai.

Išvedę E-Z į aikštelę, jie primygtinai reikalavo, kad jis žaistų. Jiems reikėjo, kad jis gaudytų, ir jis sutiko. Kai atėjo pirmas kartas būti prie lazdos, jis norėjo pataikyti pats. Jis paėmė savo mėgstamiausią lazdą ir nuvažiavo prie aikštelės. Pirmasis metimas buvo aukštas, ir jis jį praleido. Jo metimo zona buvo labai sutrumpėjusi, nes jis sėdėjo.

„Pirmas smūgis", - sušuko teisėjas.

E-Z nusisuko nuo aikštelės. Jis atliko dar porą treniruočių metimų, tada vėl grįžo atgal. Kitą metimą jis sujungė su juo, ir šis atšoko.

„Antrasis smūgis", - sušuko teisėjas.

„Nėra batsiuvio, nėra batsiuvio", - burbtelėjo lauke buvę vaikinai.

Padavėjas metė kreivą kamuolį, o E-Z pasilenkęs prie jo, prisijungė. Jis skriejo, išlėkė iš lauko. Virš tvoros. Už parko ribų.

„Užimkite bazes", - pasakė teisėjas. „Tu to nusipelnei, vaikine."

E-Z apsisuko aplink bazes, sulaikydamas kėdę nuo skrydžio. Kai jo kėdė prisilietė prie namų aikštelės, komandos draugai susibūrė aplink jį džiūgaudami. Jis mėgavosi tuo, kol tai truko.

Kol vėl nusileido atgal į metalinį konteinerį, tik šį kartą susuktą į kamuolį, ir liko be kėdės. Kaip naujagimis jis giliai kvėpavo, nes tai buvo vienintelis dalykas, kurį jis galėjo padaryti. Palaukite. Kūdikiai galėjo apsiversti. Jam tereikėjo susikaupti, susitelkti.

Taip, jis tai padarė. Vienintelė problema buvo ta, kad jam nebuvo nė kiek geriau. Jis vis dar buvo suvyniotas, tamsoje. Uždarytas erdvėje be šviesos ir galimybės beveik nejudėti. Tiesą sakant, metalinio konteinerio forma šį kartą buvo kitokia. Viename gale jis buvo plonesnis, kulkos formos.

Tai žinodamas nepadėjo, nes jo klaustrofobija ir nerimas įsibėgėjo. Jis svarstė, kiek ilgai galės kvėpuoti šioje uždaroje erdvėje. Neilgai. Greitai pritrūks oro ir jis mirs. Jis giliai įkvėpė, stengdamasis sumažinti nerimo lygį.

Viena buvo aišku, Erielis niekaip negalėjo tilpti į šį daiktą kartu su juo. Nebent jis plačiai išdaužtų sienas - o tai gal ir nebūtų tokia jau bloga mintis.

E - Z daužė sienas ir lubas. Jis sušuko. Rėkė. Jis prisiminė savo telefoną. Ar galėtų jį pasiekti? Jo ten nebuvo. Jis buvo įsidėjęs jį į sportinį krepšį, kad laikytųsi taisyklės, jog aikštelėje draudžiama naudotis telefonais.

Už konteinerio ribų pasigirdo nerimą keliantys garsai. Braižymas. Žiurkės? Ne, ne žiurkės. Jis galėjo susidoroti su daugeliu dalykų, bet ne su žiurkėmis. „Išleiskite mane!" - sušuko jis.

Įsijungė variklis. Senesnės transporto priemonės, panašios į sunkvežimį. Grindys po juo ėmė virpėti ir džeržgėti, nes kulka riedėjo į priekį ir šokinėjo aplink.

Lauke konteineris atšoko nuo sienų. Viduje jis buvo tokioje uždaroje erdvėje, kad nebuvo daug judesio. Tai buvo vienas iš privalumų, kad buvo įkalintas kulkosvaidžio.

Transporto priemonė į kažką atsitrenkė, ir E-Z galva susilietė su to daikto viršumi. Jis sušuko, bet garsas nutilo. Metalinis konteineris vėl pajudėjo, į šoną. Jis į kažką atsitrenkė, paskui grįžo į pradinę padėtį. Nuo smūgio jam skaudėjo petį.

E-Z pagalvojo, ar tai Erielės užduotis, bet nusprendė, kad taip negali būti. Jis ėmė daryti išvadą, kad buvo pagrobtas ir laikomas nelaisvėje. Bet kodėl dabar?

„Ei!" - šūktelėjo jis, kai metalinis daiktas apsisuko ir nusileido ant plokščio dugno - ten, kur buvo jo užpakalis. Dabar svoris pasiskirstė tolygiau. Jam buvo patogu. Arba taip patogiai, kaip tik galėjo būti tokiomis aplinkybėmis. Taigi jis išliko labai ramus, kol automobilis visiškai sustojo ir jis apsivertė ant galo.

Jis giliai įkvėpė, nurimo ir garsiai ištarė žodžius,

„Roch-Ah-Or, A, Ra-Du, EE, El."

Laukdamas jis paklausė: „Kur esi, Eriel?

Roch-Ah-Or, A, Ra-Du, EE, El?"

„Tu mane iškvietei?" Erielis atsakė. Jo balsas buvo aiškus ir aiškus, bet jo nebuvo matyti.

„Taip, Eriel, manau, kad mane pagrobė. Esu konteineryje. Ar galite man padėti?"

„Aš visada žinau, kur tu esi", - pasakė Erielis. „Klausimas, kurį turėtum užduoti, yra, ar aš tau padėsiu".

„Nežinojau, kad mane stebite 24 valandas per parą!" E - Z sušuko, su kiekviena akimirka vis labiau pykdamas. Jis kelis kartus giliai įkvėpė ir nusiramino. Jam reikėjo Erielio pagalbos, o arkangelas neketino jam to palengvinti. „Nematau šio daikto vairuotojo ir negaliu išskleisti sparnų. O kur mano kėdė? Man čia trūksta oro. Jei norite, kad baigčiau tuos bandymus už jus, geriau išveskite mane iš čia ir greitai".

„Iš pradžių mane įžeidinėji, klausdamas, ar esu angelas, ar ne, o paskui maldauji, kad tau padėčiau. Žmonės iš tiesų yra labai nepastovūs padarai."

„Aš žinau. Atsiprašau. Prašau, padėk man."

„Ar nesvarstėte, - pasiūlė Erielis. „Kad tai TIKRAI yra išbandymas? Kažką, ką turi įveikti pats?"

„Nori pasakyti, kad tai tikrai yra išbandymas?"

„Nesakau, kad taip. Ir nesakau, kad tai nėra, - šyptelėjo Erielė.

E - Z buvo užsimerkusi. Jam taip trūko Hadžos ir Reikės.

„Taip liūdna, kad vis dar galvoji apie tuos du idiotus. Dabar E-Z, jei tai būtų teismas, tai kaip tu pats iš jo išsisuktum?"

„Visų pirma, jie man pasitarnavo, kai tu vos nenužudei žemės. Antra, tai negali būti išbandymas, nes man nėra kam padėti".

Erielis nusijuokė. „Tu save laikai niekieno?" - ‚Niekas'. Erielis padarė pauzę. „Šiandien tu gelbsti save ir tik save. Naudokis turimomis priemonėmis". Jis suabejojo, tada vėl nusijuokė. „Mąstyk už metalinio konteinerio ribų". Jo juokas metalinėje kulkoje buvo toks garsus, kad E. Z. skaudėjo ausis. Jis jas užsidengė. Tada jis daugiau nebegirdėjo Erielio.

E-Z užmerkė akis ir susikaupė. Jis nusprendė sugniaužti kumščius ir pabandyti išjudinti sienas. Kad ir kaip jis stengėsi, jos nepajudėjo. Planas B - išsikviesti savo kėdę, ką jis ir padarė. Jis įsivaizdavo, kad ji yra netoli. Ar ji pakibo virš jo ir laukė, kol E-Z ją iškvies? Jis taip susikoncentravo į kėdės iškvietimą, kad nepastebėjo, jog kažkas vaikšto lauke. Pėdos ant grindinio. Vienas vyras, kaukšėjo batai. Vyras ėjo aplink automobilį, į galą. Įkišo raktą. Durelės prasivėrė.

„Jis čia sukinėjosi, - pasakė vyras.

Pasigirdo juokas. Ne Erielės juokas. Kito vyro juokas.

Paskui riksmas.

Paskui dar daugiau riksmų.

Tada bėgimas. Bėgimas tolyn.

Dar daugiau riksmų.

Tada judesys. Konteineris juda. Pakeliamas į neįgaliojo vežimėlį.

Tada kyla aukštyn, vis aukščiau ir aukščiau. Į saugią vietą.

„Ačiū“, - pasakė E-Z savo kėdutei. „Dabar nuvežkite mane namo pas dėdę Semą.“

E-Z žinojo, kad dėdė Semas galės jį ištraukti iš konteinerio. Jam reikės milžiniško skardinių atidarytuvo, bet jei toks būtų, dėdė Semas jį surastų.

Jo neįgaliojo vežimėlis vis dėlto pajudėjo priešinga kryptimi.

ANTROJI KNYGA:

Į TRYS

SKYRIUS 1

Toli, toli nuo E. Dikenso gyvenamosios vietos šoko maža mergaitė. Jos baleto pamokos vyko mažoje studijoje Nyderlandų centriniame verslo rajone.

Ji buvo gražus vaikas auksiniais plaukais, o per nosį ir skruostus driekėsi strazdanų linija. Labiausiai įsimintini jos bruožai buvo lazdyno žalumo akys. Jos buvo lygiai tokios pat spalvos kaip ir jos močiutės. Jos svajonė buvo vieną dieną tapti garsiausia Nyderlandų baleto šokėja.

Jos rausva suknutė buvo pasiūta iš tiulio. Tai buvo tinklinis, lengvas, panašus į tinklą audinys, kurį dizaineriai naudojo profesionaliems šokėjams. Tiuletą jai sukūrė ir pasiuvo auklė. Kostiumas - pats savaime meno kūrinys - toks, kad kiekvienas klasės vaikas norėjo tokio pat.

Hannah, Lijos auklė, sulaukė daugybės kitų tėvų prašymų pasiūti jų dukroms tokį pat tutu. Ji tvirtai pasakė vaikams, jų tėvams, mokytojams ir daugeliui kitų, kad neturi laiko imtis papildomo darbo. Nors jai būtų pravertę pinigai.

Viską, ką Hana darė, darė, nes mylėjo savo globotinę Liją. Lia, kurią ji vadino savo kleintje, kas išvertus reiškia mažylė.

Kai baletai (išvertus - baleto pamokos) beveik baigėsi, Lia susikrovė batus. Ji trynė skaudamas kojas.

Visi baletdanseriai (išvertus - baleto šokėjai) - net septynmečiai, tokie kaip Lia, turėjo treniruotis mažiausiai dvidešimt valandų per savaitę.

Šis papildomas darbas, be visos mokyklos programos, reikalavo atsidavimo ir pasiaukojimo. Visiems vaikams, kurie negalėjo suspėti, buvo greitai parodytos durys. Nesvarbu, kiek pinigų tėvai siūlydavo sumokėti, kad jie liktų programoje.

Lia tikėjosi vieną dieną sutikti savo stabą Igonę de Jongh, garsiausią visų laikų Nyderlandų baleto šokėją. Kadangi jos idolė išėjo į pensiją, Lia stebėjo jos pasirodymus per televiziją.

Darbo dienomis Lia rūpinosi Hana. Lia motina Samanta savaitės metu keliaudavo verslo reikalais.

Už šokių studijos ribų Hana ir Lia įsėdo į „Volkswagen Golf". Netrukus jos turėjo grįžti namo.

„Ar turi namų darbų?" Hana paklausė.

Lia linktelėjo galva.

„Goed" išvertus reiškia gerai. „Eik ir pradėk, kai paruošiu vakarienę", - pasakė Hana.

„Oke", išvertus reiškia gerai, - atsakė Lia.

Lia iškart nuėjo į savo kambarį, kur pakabino baleto aprangą, tada kibo į darbą prie rašomojo stalo.

Mokykloje jie mokėsi legendos apie Raganų medį. Jų užduotis buvo nupiešti medį ir sukurti apie jį ką nors stebuklingo. Ji ketino kreida nupiešti kontūrą. Tada šaknims panaudoti vamzdžių valiklius, o lapams suteikti magišką elementą - blizgučius.

Nors ji turėjo prigimtinį talentą menui, jai nepatiko jį kurti. Pirmenybę ji teikė šokiui. Ji nesiskundė ir neatmetė užduočių, kurios jai nelabai patiko. Nebuvo jos prigimtyje būti nepaklusnia ar trukdančia.

Nors Lia gyveno Zumberte, Nyderlanduose, ji lankė tarptautinę mokyklą. Jos anglų kalba buvo puiki. Pats Zumbertas visame pasaulyje garsėjo kaip Vincento Van Gogo gimtinė. Lia viską žinojo apie Van Gogą, nes jos ir jo gyslomis tekėjo tas pats kraujas.

Baigusi namų darbus, ji atsidarė kompiuterį. Ji įsijungė ir žaidė žaidimą. Pasiekti kitą lygį užtruks tik kelias akimirkas. Netrukus Hana pakvies ją avondeteno (vakarienės).

Niekas niekada neturi sužinoti,- tarė mažytis balselis jos galvoje. Lija įsiklausė į balsą, bet norėdama būti tikra, kad niekas nesužinos, uždarė miegamojo duris.

Kai jos pirštai spustelėjo klaviatūrą, virš rašomojo stalo esanti lemputė su trenksmu užgeso. Ji uždarė nešiojamąjį kompiuterį ir vėl atidarė duris. Ji pažvelgė į koridorių, kur stovėjo atsarginės halogeninės lemputės. Auklė laikė jų atsargas patalynės spintoje laiptų viršuje. Lijai tereikėjo išeiti, pasiimti vieną, grįžti ir pačiai pakeisti lemputę. Tada ji turėtų daugiau laiko žaisti savo žaidimą.

Grįžusi į savo kambarį ji įvertino situaciją. Jai teko atsistoti ant darbo kėdės, kuri buvo ant ratukų. Ji tvirtai prispaudė ją prie lovos, kad pritvirtintų. Taip, tai pavyktų.

Kėdę pritvirtinusi po šviestuvu ji užlipo ant jos. Laikydama naująją lemputę po smakru atsuko senąją. Perdegusią lemputę ji numetė ant lovos. Paėmusi kitą lemputę iš po smakro, ji ją įsuko.

KREPŠT!

Naujoji lemputė sprogo.

Iš jos išsiveržė stiklo šukės, dažniausiai smulkios. Į mergaitės veidą ir akis.

Lia neiškentė iš karto, nes kambarį užliejo mėlyna šviesa, dėl kurios laikas sustojo. Šviesa apsupo ją, kai pakilo į jos veido lygį.

ŠVIESA!

Pasirodė mažytė angeliška būtybė, kuri apžiūrėjo mergaitės akis. Tada nusprendusi, kad jos nepataisomai pažeistos, sušnabždėjo: „Ar tu būsi, viena iš trijų?"

„Ja", - išvertus reiškia ‚taip', ištarė Lija. laikas sustojo.

Atvyko angelas, kurio vardas buvo Hanielis. Ji dainavo Lijai raminančią lopšinę, o pati nuėmė stiklą.

Angliškai dainos žodžiai buvo tokie:

„Liūdna liūdna mergaitė atsisėdo

Ant upės kranto.

Mergaitė verkė iš sielvarto

Nes abu jos tėvai buvo mirę".

Olandų kalba dainos žodžiai buvo tokie:

„Asn d'oever van de snelle vliet

Eeen treurig meisje zat.

Het meisje huilde van verdriet

Omdat zij geen ouders meer had."

Laimei, mažoji Lia miegojo, todėl jos negalėjo išgąsdinti lopšinės žodžiai.

Kai Hanielis baigė tvarkyti baisiausias Lijos žaizdas, uždėjo rankas ant klubų ir nustojo dainuoti. Užduotis beveik įvykdyta, dabar jai beliko tik pakloti pamatus naujoms savo globotinės akims.

Dvi mažos Lijos rankos buvo susisukusios į kamuoliukus. Tvirti maži kumšteliai. Hanielė leido savo sparnais švelniai paglostyti sugniaužtus pirštus, įkalbinėdama juos atverti.

Kai Lijos delnai atsivėrė, angelas Hanielis rodomuoju pirštu ant abiejų delnų nubrėžė akies formą. Ant pirštų ji nubrėžė po vieną liniją, vedančią nuo delno iki piršto galo. Atlikusi užduotį, angelas Hanielis švelniai pabučiavo Liją į kaktą, tada

ŠVIESĄ!

išnyko.

Laikas prasidėjo iš naujo, o mūsų drąsioji mažoji Lija vis dar nekvėpavo. Šokas taip veikia kūną kaip gynybinis mechanizmas, o sustabdžius laiką sustojo ir skausmas. Kai Lia pagaliau sušuko, ji nebegalėjo sustoti. Nei tada, kai atvažiavo greitoji pagalba. Arba kai ją ant neštuvų kėlė į automobilį, sirenai prisijungus prie jos šauksmų choro. Arba kai ją ant neštuvų stūmė į ligoninę. Nei tada, kai jai į veidą švietė didele šviesa, kurią ji jautė, bet nematė.

Ji nustojo rėkti, kai jai suleido raminamųjų. Tada jie naujausiomis technologijomis pašalino likusį stiklą. Tačiau kiekvienas stiklo gabalėlis jau buvo pašalintas. Chirurgai nuėjo toliau ir užrišo jai akis, tada nuvedė ją į kambarį atsigauti.

Po operacijos atvyko Lijos mama Samanta. Ji atskrido raudonuoju reisu iš Londono. Ji susitiko su chirurgu, o dukra miegojo toliau.

„Man gaila, bet ji daugiau niekada nebepamatys", - pasakė jis.

Lijos motina suspaudė kumštį burnoje, kovodama su noru verkti.

Gydytojas pasakė: „Ji gali išmokti Brailio rašto ir lankyti mokyklą silpnaregiams. Ji yra puikaus amžiaus mokytis ir ji pasisems žinių. Netrukus pasirašymas jai taps antrąja prigimtimi".

„Bet mano dukra nori būti baleto šokėja. Ar kada nors matėte ar girdėjote apie aklą profesionalų šokėją?"

„Alicia Alonso buvo iš dalies akla. Ji neleido, kad tai ją sulaikytų.“

Lijos motina paglostė miegančios dukters ranką. „Ačiū, internete surasiu apie ją išsamią informaciją. Septyneri metai yra per maži, kad būtum priversta atsisakyti svajonės“.

„Sutinku. Dabar ir tu pailsėk. Netrukus Lia turėtų pabusti ir jai reikės, kad būtum stipri dėl jos. Dėl to, kai jai pasakysi. Jei norėtum, kad ir aš būčiau čia, pranešk man.“

„Ačiū, daktare, pirmiausia pasistengsiu susitvarkyti pats.“

Užsidarius durims, Lijos motina palietė žymes ant dukters veido. Palikti įspaudai atrodė kaip pikti lietaus lašai. Tada ji pažvelgė į miegančią Lijos auklę Haną. Praeidama pro ją pasiimti vandens, ji netyčia tyčia spyrė jai į kairįjį batą, kad pažadintų. „Lauke!“ - pasakė ji, kai Hana žiovavo.

Dabar koridoriuje Lijos mama Samanta nesulaikydama emocijų leido joms lietis. „Kaip galėjai leisti, kad taip nutiktų mano kūdikiui? Kaip tu galėjai!? Vieną akimirką buvau verslo susitikime - kitą turėjau nutraukti savo verslo kelionę ir spėti į pirmą skrydį iš Londono! Kas atsitiko? Kaip tai atsitiko?“

„Ką tik grįžome iš baleto pamokos. Aš ruošiau vakarienę, o Lia baiginėjo namų darbus. Turbūt perdegė lemputė. Ji paėmė kitą iš koridoriaus spintos, bandė pati ją pakeisti ir ji sprogo. Kai ji ėmė šaukti, aš per kelias sekundes buvau šalia, o ziekenwagen (greitosios pagalbos automobilis) atvyko akimirksniu. Meldžiausi, kad jos akys būtų sveikos, kad jai viskas būtų gerai“.

„Tu meldiesi per miegus, ar ne?“ Samanta paklausė nelaukdama atsakymo. „Artsen (gydytojai) sako, kad ji daugiau niekada nematys", - pasakė Samanta su negailestingu nuodais veide.

$$***$$

Tuo tarpu Lia sapne skraidė su angelu. Ji buvo apkabinusi jo kaklą ir prisiglaudusi prie jo krūtinės. Vežimėlio judėjimas ore ją supo ir guodė.

Tada jos mintys apsisuko ir ji iš viršaus žvelgė į metalinį konteinerį. Konteineris sėdėjo ant neįgaliojo vežimėlio sėdynės su sparnais. Jis buvo gabenamas nežinia kur.

Ji pakėlė dešinę ranką, paskui čia pat kairę, ir jomis pamatė, kad jo viduje įkalintas angelas / berniukas. Jis buvo malonaus veido, mėlynesnėmis už dangų akimis su aukso taškeliais, dėl kurių jos spindėjo, nors buvo tamsoje. Jo plaukai buvo daugiausia šviesūs, išskyrus šiek tiek žilus ties smilkiniais. Tačiau keisčiausia buvo juoda sruoga per vidurį. Dėl jos berniukas atrodė vyresnis.

Konteineryje ant vežimėlio sėdynės važiavęs angelas / berniukas priartėjo prie mažos mergaitės sapne. Ji palietė konteinerį, o tai padariusi pajuto ir išgirdo viduje esančio angelo / berniuko širdies plakimą. Ji ne tik tai, bet ir galėjo skaityti jo mintis ir emocijas.

Lija pabudo ir sušuko: „Mama! Hana! Greitai ateik!"

„Aš čia, brangioji", - pasakė motina, grįždama prie dukters lovos.

Hana nušluostė akis ir vėl įėjo į kambarį.

„Dabar ne laikas tau, mama, kaltinti Haną. Tai buvo nelaimingas atsitikimas. Be to, reikia mūsų pagalbos. Prašau surasti man popieriaus ir pieštukų - DABAR".

„Ji blaškosi!" Samanta sušuko. Ji patikrino dukros kaktą, ar nėra temperatūros. Atrodė, kad viskas gerai.

Hana iš savo krepšio ištraukė prašomus daiktus ir padavė juos Lijai į rankas.

Nieko nelaukdama Lija ėmė piešti. Ji braižė popierių kaip įkvėpta dailininkė. Samanta ir Hana smalsiai stebėjo.

Pirmasis jos nupieštas piešinys buvo berniukas metaliniame kulkos formos konteineryje. Konteineris gulėjo ant neįgaliojo vežimėlio sėdynės, o vežimėlis turėjo sparnus. Angelo sparnus. Lia pasuko puslapį ir nupiešė antrąjį paveikslėlį, kuriame iš visų pusių buvo pavaizduotas viduje esantis berniukas / angelas. Iš visų pusių. Po pirmojo paveikslėlio ji maniakiškai nupiešė dar daugybę kitų, o tada juos išmetė į orą.

Paveikslėliai, tarsi pagauti vėjo gūsio, - šoko po kambarį, kildami tai aukštyn, tai žemyn, tai visur aplinkui. Tarsi juos būtų apėmęs stebuklingas burtas. Vienas iš paveikslėlių persekiojo auklę, todėl ji šaukdama išbėgo iš kambario.

Lija stipriai sugniaužė kumščius, paskui sumurmėjo kažkokius negirdimus žodžius.

„Gal iškviesti daktarą?" - paklausė jos isteriška mama. „Mano kūdikis, o ne, mano vargšas kūdikis!"

Hana sugrįžo drebėdama ir žiūrėjo, kaip Lia vėl užmigo.

Abi moterys sėdėjo prie vaiko lovos. Jos stebėjo, kaip ji ramiai miega, kol galiausiai ir jos užmigo.

Lia nematė lazdyno spalvos akimis, kuriomis gimė. Jas pakeitė akys ant jos delnų.

Jos naujose delnuose esančiose akyse buvo visos įprastos akių dalys. Tokias kaip vyzdys, rainelė, skleros, ragena ir ašarų kanalas. Kiekviena delno akis turėjo voką. Viršus prasidėdavo ten, kur baigdavosi pirštai. Apatinė baigėsi ten, kur prasidėjo riešas.

Kalbant apie blakstienas, ant kiekvieno piršto buvo ištatuiruota plaukų linija. Nuo voko viršaus iki ten, kur prasideda nagas, kaip ir nykštys.

Tai buvo gerai, nes nė viena jauna mergina nenorėtų, kad ant pirštų augtų plaukai.

Ypač ne tokiai mergaitei kaip Lija, kuri tikėjosi vieną dieną tapti puikia baleto šokėja.

SKYRIUS 2

Kaiji pabudo, jai labai niežėjo delnus. Tiesą sakant, juos niežėjo labiau nei kada nors anksčiau. Tai jai priminė kažką, ką kartą pasakė jos senelė. Senelė sakė, kad kai niežti dešinę ranką, tai reiškia, kad gausi pinigų, ir jų bus daug. Jei niežėjo kairė ranka, tai reiškė, kad pinigus prarandi. Ji niekada nepasakė, kas nutiks, jei abu delnus niežės vienu metu.

Konteineryje įkalinto angelo / berniuko blyksnis grąžino ją į realybę. Ji išskėtė delnus, ruošdamasi draskytis. Vietoj to buvo sukrėsta išvydusi, kad juose atsispindi ji pati. Ji nusišypsojo, tarsi pozuotų asmenukei.

Vis dar nebūdama šimtu procentų tikra, ar sapnuoja, ji atsuko abu delnus nuo savęs. Ji ketino apžvelgti panoraminį kambario vaizdą.

Ji buvo pasipuošusi taip, tarsi plaukiotų akvariumo viduje. Žuvytės klounai ir auksinės žuvelės buvo užsiėmusios viena kitos uodegų gainiojimu. Ji toliau judino rankas po kambarį, kol surado Haną. Tada ji surado savo motiną. Ji iš džiaugsmo sušvokštė.

Lijos mama Samanta pašoko, kaip ir Hana.

„Kas nutiko, mažyli?"

„Mama? Aš tave matau.“

„Žinoma, kad matai, mano brangiausioji.“

„Ar tu manimi tiki?“

„Taip, žinoma, kad tikiu. Bet pasakyk man kai ką, kodėl prieš tai nupiešei vežimėlį su sparnais? Neįgaliųjų vežimėliai neturi sparnų“.

Ji nemato mano naujų akių, pagalvojo Lija. „Aš tave myliu, mama, bet kai kurie neįgaliųjų vežimėliai turi sparnus, o kai kurie angelai skraido vežimėliuose su sparnais“.

„Aš irgi tave myliu, vaikeli“, - atsakė ji. „Koks berniukas / angelas? Ar sapnavai sapną?“

„Yra berniukas angelas“, - pasakė Lija.

„Berniukas / angelas? Kur kūdikis?“

Lia išskleidė delnus ir pagalvojo apie berniuką angelą. Ji taip įtemptai mąstė, kad mintyse jį matė, girdėjo, jautė jo buvimą. „Angelas / berniukas ateina čia pas mane“, - pasakė ji.

„Čia, mieloji?“ - paklausė jos mama, žvilgtelėjusi auklės, kuri gūžtelėjo pečiais, link.

„Taip, angelui berniukui reikia mano pagalbos. Jis atvyksta pas mane net iš Šiaurės Amerikos“.

„Kai piešei paveikslėlius, - paklausė Hana, - ar piešei iš prisiminimų apie angelą / berniuką?“

„Ar iš sapno?“ - paklausė jos mama.

„Iš pradžių tai buvo sapnas, bet dabar jį matau ir pabudusi.“

„Jei matai mane, vaikeli, ką aš dėviu?“

„Aš tave matau mama, bet ne savo senomis akimis. Bet savo naujomis. Tu vilki raudoną suknelę, o ant kaklo kabo perlai“.

Pagyvenęs pacientas, eidamas pro jos kambarį, sustojo, kai pamatė vaiką, laikantį priešais save išskėstus delnus. *Tai ji*, pagalvojo jis, ir kad tai patvirtintų, nereikėjo ilgai laukti. Mat Lija, pajutusi kito žmogaus buvimą, pasuko kairįjį delną durų link. Senis pamatė, kaip jos delnas užsimerkė, tada pasitraukė iš jos akių.

„Ji spėlioja, - pasiūlė Hana, nukreipdama Lijos dėmesį nuo durų angos.

Priėjo slaugytoja ir Lija, niekada anksčiau jos nemačiusi, tarė: „Sveiki, sesele Vinke".

„Ar mes jau buvome susitikusios?" Paklausė slaugytoja Heidi Vinke.

Lia nusikvatojo. „Ne, bet galiu perskaityti jūsų vardinę etiketę".

„Ji sako, kad gali matyti, savo naujomis akimis", - pasakė Lijos mama.

„Štai taip, štai taip, - atsakė slaugytoja Vinke, rūpindamasi ne mergaite, o motina. Vaikas neprieštaravo, kai slaugytoja Vinke išsivedė motiną į lauką pasikalbėti su ja privačiai.

„Normalu, kad jūsų dukra tokiomis aplinkybėmis naudojasi vaizduote, ji neteko regėjimo. Ji yra laiminga mažylė, nors jai nutiko baisus dalykas".

Samanta linktelėjo galva ir abi grįžo pas Liją.

„Turbūt esi pavargęs vaikas", - pasakė slaugytoja Vinke, matuodama mergaitės pulsą.

„Nesu", - tarė Lia. „Ką tik pabudau ir nenoriu vėl užmigti. Jei dabar užmigsiu, galiu jį praleisti".

„Kam?" Vinke paklausė, paguldžiusi mergaitę į lovą.

„Ogi berniuką / angelą", - atsakė Lia. „Jis dabar artėja. Jau beveik čia - ir jam reikia mano pagalbos. Negaliu sulaukti, kada galėsiu su juo susitikti. Jis nukeliavo ilgą, ilgą kelią, kad tik mane pamatytų.“

„Štai, štai, vaike,“ - sušnabždėjo Vinke. Ji įspaudė Lijai į ranką adatą su miegą sukeliančiais vaistais.

Lia protestavo, bet tuoj pat užmigo.

„Naktį, naktį, vaikeli, - kūkčiojo motina.

***

Pagyvenęs**vyras**grįžo į savo kambarį ir pakėlė telefono ragelį. Tada jis pareikalavo išorinės linijos.

„Ji čia", - sušnabždėjo jis į telefoną. „Pats ją mačiau - čia, ligoninėje, koridoriuje prie mano kambario."

Įsivyravo tyla, paskui kitame gale pasigirdo spragtelėjimas. Senukas atsigulė į lovą. Jis nuotolinio valdymo pulteliu įjungė televizorių.

Jo mėgstamiausia programa: Dabar arba Neverlandas (dar žinoma kaip Baimės faktorius) kaip tik prasidėjo. Jis norėjo pamatyti, ką tie bepročiai kvaileliai iškrės šios savaitės epizode.

SKYRIUS 3

Vis darprispaustas sidabrinės kulkos viduje, E-Z nebesijautė toks vienišas. Nes mintyse jis kalbėjosi su maža mergaite.

Ji atėjo į jo mintis kartu su šviesos blyksniu ir riksmu. Ji buvo sužeista. Jis stebėjo, kaip angelas Hanielis jai padėjo. Jis klausėsi, kai Hanielis dainavo mergaitei dainą, o ji šalino stiklą.

Tai, kas buvo toliau, buvo netikėta. Angelas Hanielis nubrėžė linijas ant mergaitės delno ir pirštų. Hanielis padovanojo vaikui naują regėjimo rūšį. Ir delnų akis.

Jis iš karto suprato, kad mergaitės likimas susijęs su jo likimu.

Iš pradžių, nors ir matė ją mintyse, negalėjo su ja bendrauti. Jis tarsi mintyse žiūrėjo televizijos programą be garso. Paskui, kai vaikas užsimanė, ji priėjo prie jo ir uždėjo rankas ant kulkos, kurioje jis buvo įstrigęs. Tada jis žinojo, ką ji žino, o ji žinojo, ką jis žino, ir jie buvo susiję.

Pirmieji žodžiai, kuriuos ji jam ištarė, buvo: „Nemėgstu tamsos".

E-Z atsakė: „Nebijok. Aš esu čia. Mano vardas E-Z. O koks tavo vardas?"

„Mano vardas Sesilija", - atsakė vaikas. „Bet mano draugai mane vadina Lia. Galite mane vadinti Lia. Man septyneri metai. Kiek tau metų?"

E-Z manė, kad vaikas jaunesnis. „Man trylika", - atsakė jis. „Aš esu iš Šiaurės Amerikos."

„Aš gyvenu Nyderlanduose", - pasakė Lia.

Abu tylėjo, kai Lia delnų akimis pažvelgė į jį plieninės kulkos viduje.

„Ką tu ten veiki?" - paklausė ji.

Prieš atsakydamas E-Z pagalvojo. Jis nenorėjo išgąsdinti vaiko, su tikra istorija, kad jis buvo pagrobtas archangelo kaip bandymas. Jis norėjo jai pasakyti tiesą, bet nebuvo tikras, ar ji galėtų ją ištverti, nes buvo tokia maža.

Jis pasakė: „Tikrai nežinau, kodėl buvau čia patalpintas, bet manau, kad taip ir buvo, kad buvau čia patalpintas tam, kad susitikčiau su tavimi". Jis suabejojo, pasikrapštė galvą ir paklausė: „Ar pažįsti Erielę?"

Lijai paguodė, kad jis atėjo pas ją, bet susirūpino, kad jis taip buvo perkeltas dėl jos naudos. „Labai atsiprašau, jei esi priverstas prieš savo valią keliauti šiuo keliu, kad susitiktum su manimi. O ir ne, šis vardas man nežinomas".

E-Z labai domėjosi Lija. Kadangi ji sakė esanti olandė, jį nepaprastai sužavėjo, kokia puiki jos anglų kalba.

„Aš tave jaučiau, bet negalėjau tavęs matyti, kol neišaugo akys, mano naujosios akys. Prieš tai galėjau skaityti tavo mintis. Ar galėtum perskaityti mano? O ir ačiū, dėl mano anglų kalbos".

„Mačiau, kas tau nutiko, tą avariją. Man labai gaila, kad buvai sužeistas. Dėl šio dalyko negalėjau tau padėti". Jis trenkė kumščiais į sienas. Jis užsidengė ausis, nes atsispindėjo daužymo garsas. „Kai sapnavai, buvai su manimi. Mano galvoje.“

Lija sugniaužė dešinį kumštį, o kairįjį paliko atvirą ir palietė išorinę sieną. Jos delnas užsimerkė, atsivėrė ir užsidarė, atsivėrė ir užsidarė. Ji nieko nesakė, tik žvelgė į priekį kaip įnikusi į transą.

Tuo metu E-Z nusprendė papasakoti jai savo istoriją.

„Mano tėvai žuvo automobilio avarijoje. Aš praradau galimybę naudotis kojomis.“

Jis sustojo. Svarstė, kiek daug jai turėtų papasakoti.

Ši dvejonė priėmė sprendimą už jį.

Ji kietai miegojo.

SKYRIUS 4

Ligoninėjebudėjo naujas gydytojas. Jis trumpai pažvelgė į Lijos kortelę. Pamatęs, kad Ceselija vis dar miega, jis pašnibždėjo jos motinai.

„Reikia nuvesti jūsų dukrą į antrąjį aukštą, kad būtų atliktas dar vienas skenavimas.“

„Ar tai skubu?“ paklausė Lijos motina. „Ji taip ramiai miega, būtų gėda ją pažadinti.“

Gydytojas, kurio vardinę etiketę dengė medicininės striukės apykaklė, nusišypsojo. „Nereikia jos žadinti. Galime įkišti ją į aparatą, kol ji miega. Kai kuriems pacientams, ypač jaunesniems, taip labiau patinka.“

Samanta pažvelgė į laikrodį. „Žinoma, nueisiu su ja“.

„Nereikia“, - pasakė gydytojas. „Netrukus atvyks mano padėjėjai. Pasinaudokite laiku ir nusipirkite sau sumuštinį arba puodelį ramunėlių arbatos - mano žmona prisiekinėja ja. Jai padeda atsipalaiduoti ir užmigti.“

„Ačiū, - tarė Samanta, kai priėjo du padėjėjai. Du stambūs vyrai, apsirengę gatvės drabužiais, pakėlė Liją nuo lovos ir paguldė ant neštuvų su ratukais. Gydytojas iš po neštuvų ištraukė antklodę ir uždengė Liją. „Palaikysime ją šiltai ir tuoj pat grįšime. Nepamirškite pasinaudoti šiuo laiku ir pasimėgauti arbata ar kava".

Kol Hana miegojo toliau, Samanta stebėjo, kaip prižiūrėtojai ir gydytojas stumia jos dukrą koridoriumi. Dabar, laukdama prie lifto, ji stebėjo atidžiau. Kai lifto durys užsidarė, ji žingsniavo koridoriumi nepaisydama ją kankinančios nuojautos. Ji jį nuslopino, pasakydama sau, kad yra alkana, ir nuėjo į valgyklą. Kavinė buvo labai užimta. Daugiausia darbuotojų, dėvinčių chalatus.

Kai ji ruošėsi ir gurkšnojo arbatą, jai pasirodė, kad nė vienas darbuotojas nedėvi gatvės drabužių.

„Atsiprašau, - kreipėsi ji į vieną iš gydytojų. „Kas yra antrame aukšte? Ar ten daromos rentgeno nuotraukos ir kūno skenavimas?"

Jis papurtė galvą: „Antrame aukšte yra gimdymo skyrius."

Samanta pakilo nuo kėdės, nuvertė karštą arbatą ir išpylė ją ant kelių. Jai sušukus, iš visų pusių atskubėjo pagalbininkai.

„Mano dukra!" - sušuko ji. „Gydytojas su dviem padėjėjais ką tik ant neštuvų išsivežė mano dukrą Liją. Jie sakė, kad veža ją į antrą aukštą atlikti kažkokių tyrimų. Jei antrasis aukštas skirtas gimdyvėms, kodėl jie ją išvežė?

Jos išdykavimas pritraukė per daug dėmesio. Taigi gydytojas, į kurį ji kreipėsi pirmiausia, įkalbėjo ją išeiti į lauką.

Jie grįžo į Lijos kambarį. Samanta viską paaiškino išsamiau. Gerai, kad ji pažvelgė į laikrodį, kad galėtų pasakyti tikslų laiką, kada visa tai įvyko.

„Tai rimtas reikalas, - pasakė daktaras Braunas. „Palikite jį man. Visoje ligoninėje įrengtos apsaugos kameros. Galbūt neteisingai išgirdote apie antrąjį aukštą? Galbūt ji yra septintame aukšte, kur dabar, kai mes kalbamės, atliekama skenavimo procedūra. Palikite tai man. Sėdėkite čia ramiai, o aš kuo greičiau grįšiu pas jus".

Samanta atsisėdo ir viską paaiškino Hanai. Jos pasidalijo sumuštinį su tunu ir iš visų jėgų stengėsi nesijaudinti.

KolLia miegojo, vyras, kuris iš tikrųjų nebuvo gydytojas, ir stažuotojai, kurie nebuvo stažuotojai, išėjo iš pastato. Jie nuėjo prie laukiančio automobilio. Paliko neštuvus automobilių stovėjimo aikštelėje.

Daktaras Braunas sušaukė susitikimą su administratore. Naudodamiesi vaizdo stebėjimo sistema jie tapo Lijos pagrobimo liudininkais. Jie įspėjo policiją, pateikdami automobilio aprašymą. Deja, kameros neužfiksavo automobilio valstybinio numerio duomenų.

„Truputį palaukime, - pasakė ligoninės administratorė Helena Mičel. Vos po kelių dienų ji išeidavo į pensiją. „Prieš atnaujindami informaciją apie mergaitės motiną. Nenorime jos jaudinti".

„Aš negaliu to padaryti", - pasakė daktaras Braunas.

„Policija gali greitai atvesti vaiką atgal".

„Tikiuosi, kad esate teisus. Vis dėlto tai kelia nerimą. Tikėkimės, kad jie toli nenukeliaus".

Suskambėjo telefonas, tai buvo policija. Jie paskelbė visų punktų biuletenį (APB) apie mažą mergaitę. Jie paprašė pateikti naujausią jos nuotrauką.

„Jie nori naujausios nuotraukos, - sakė Helen Mitchell.

„Vienintelis būdas ją gauti - paprašyti jos motinos, - pasakė daktaras Braunas.

Helena linktelėjo galva, o Braunas pasuko išeiti.

„Pasakykite jiems, kad kuo greičiau atsiųsime ją faksu".

„Pasiųsiu ką nors iš traumatologų komandos", - pasakė Helen. Tada į policijos telefoną: „Ji akla ir tik septynerių metų. Kodėl, po velnių, šie trys vyrai ėmėsi tokių įmantrių priemonių, kad šitaip išvežtų ją iš ligoninės?"

„Negaliu pasakyti, - atsakė pareigūnas kitame gale.

SKYRIUS 5

E-Z iš karto suprato, kad kažkas su jo naująja drauge Lija negerai. Ji turėjo miegoti savo ligoninės lovoje, bet jos lova judėjo. Kas nutiko?

Jis svarstė galimybę ją pažadinti, bet ką ji galėtų padaryti, net jei jis tai padarytų? Ne, geriausia, kad ji miegotų toliau - kol jis galės ją surasti ir išgelbėti. Kaip bebūtų, ji buvo užsiėmusi sapnuodama save, atliekančią baleto šokį. Anksčiau jis niekada nebuvo kreipęs dėmesio į baletą, bet jam atrodė, kad ši mergaitė yra talentinga. Ir judėdama per sceną ji šoko naudodamasi rankose esančiomis akimis.

E-Z mintyse be didelių pastangų persikėlė į jos buvimo vietą. Ten ji buvo, kietai įmigusi ant galinės važiuojančios transporto priemonės sėdynės. Ji atrodė tokia rami, nes mintyse buvo išvykusi ir darė tai, kas jai patiko - šoko.

Jis išplėtė žvilgsnį ir pamatė tris galvas. Ta, kuri vairavo, buvo normalaus dydžio ir ūgio. Tuo tarpu kiti du vyrai atrodė kaip futbolininkai.

„Greičiau!" E-Z įsakė savo kėdei, bet ji tai jau buvo padariusi.

Kaip jis ketino jai padėti, kai vis dar buvo įkalintas sidabrinės kulkos viduje? Jam reikėjo ją sudaužyti į šipulius

- ir kuo greičiau, o ne vėliau. Iki šiol visos pastangos ją sudaužyti nepadėjo.

Jis svarstė, kodėl vyrai ją pagrobė. Ar jie žinojo apie jos galias? Iš kur jie galėjo žinoti? Daugumoje ligoninių buvo įrengtos vaizdo stebėjimo kameros, ar jie galėjo ją stebėti? Tačiau tai neturėjo jokios prasmės. Ji buvo septynerių metų akla mergaitė. Ko jie iš jos norėjo?

Kai E-Z greičiu degė danguje, jis negalėjo nesusimąstyti, kodėl jie ją pagrobė. Ar jie ketino reikalauti išpirkos?

Bet kokiu atveju, jei jie to siekė, jam tai atrodė prasmingiau. Geriau, nei jiems žinoti, kad ji buvo pastebėta. Be to, su ypatingomis galiomis. Vis dėlto svarbiausias jo prioritetas buvo ištrūkti iš kulkosvaidžio.

Jis sušuko. Kaip ir daugybę kartų anksčiau: „Gelbėkit!"

POP.

„Sveiki", - pasakė Hadzė, sėdėdamas ant E-Z peties. „Ką, po velnių, tu čia veiki? Ši vieta tau per maža". Hadzė nusuko akis.

E-Z buvo daugiau nei šiek tiek susijaudinusi matydama Hadž. Jis sugriebė mažą būtybę ir stipriai priglaudė ją prie krūtinės.

„Ech, žiūrėk į sparnus, - pasakė Hadzė.

E-Z paleido padarėlį. „Ačiū, kad atvykote ir atsiliepėte į mano kvietimą. Man būtinai reikia, kad padėtum man išsiaiškinti, kaip ištrūkti iš šito daikto. Žinau, kad tave pašalino iš mano bylos, bet yra maža mergaitė, vardu Lia, ir jai gresia pavojus, jai reikia manęs. Tu tiesiog privalai padėti. Esu tikra, kad Erielis supras".

„Aha, vadinasi, tu nenori dalyvauti šiame reikale?" paklausė Hadzė.

„Ne, aš nenoriu čia būti. Noriu išeiti, bet kaip?"

„Tiesiog padaryk tai", - pasakė Hadzė.

„Aš jau viską išbandžiau. Šonai nepajuda. Išsikviečiau į pagalbą Erielį, bet jis pasakė, kad šitoj vietoj esu vienas".

„Ak, jam tai nepatiks. Aš neturiu padėti, bet galiu tau pasakyti viena: atsižvelk į aplinką".

„Tai nepadeda", - pasakė E-Z, stengdamasis visiškai neprarasti savitvardos. „Paprašiau kėdės, kad nuvestų mane pas dėdę Semą. Jis tikrai mane ištrauktų iš šito daikto. Bet kėdė nepaisė mano norų. Dabar maža mergaitė pateko į bėdą, ir jai reikia mano pagalbos. Jei negaliu ištrūkti, tuomet negaliu padėti sau, o jei negaliu padėti sau, tuomet negaliu padėti jai. Prašau. Pasakyk man, kaip iš čia ištrūkti. Išveskite mane ar dar ką nors."

Būtybė papurtė galvą, tada pakilo į kulkos viršų. Palietė viršūnėlę. „Atsižvelk į fiziką. Jei esi kulkos viduje, į kurią šis daiktas panašus, turi būti iššautas. Iššauti. Teisingai?"

E-Z apsvarstė savo galimybes. Jis galėjo liepti kėdei jį nuleisti, paleisti į žemę. Žemė nutrauktų jo kritimą. Ar ji perskeltų kulką? Jis nusprendė, kad verta rizikuoti. „Gerai, - tarė E-Z, - turiu liepti kėdei mane numesti, ar ne?"

Būtybė nusijuokė. „Tu juokingas, E-Z. Jei nukristum iš tokio aukščio, šis daiktas būtų įsirėžęs į žemę. Tai su sąlyga, kad jis nesprogtų nuo smūgio. Ir su tavimi jame." Ji vėl nusijuokė. „Arba tu nenumirtum krisdamas. Jei žūtum, negalėtum išgelbėti mažos mergaitės. Ei, apie kokią mergaitę tu apskritai kalbi?"

„Jos vardas Cecelia, Lia, ir ji yra Nyderlanduose, netoli tos vietos, kur mes dabar esame."

Hadzė apčiuopė konteinerio galą, kurio E-Z nematė ir negalėjo pasiekti. Būtybė jį pastūmė. Cilindras atsilaisvino ir išsisklleidė kaip tulpė. Hadzė padėjo E-Z išlipti iš sviedinio ir netrukus jis jau sėdėjo kėdėje, laikydamas daiktą ant kelių. E-Z sparnai išsiskleidė. Buvo malonu juos ištiesti.

E-Z pakilo per dangų, nešdamas cilindrą, kurį numetė į Šiaurės jūrą.

Trijulė, E-Z, kėdė ir Hadžis, skriejo dideliu greičiu ir nuskrido Šiaurės Olandijos link, kur važiavo automobilis.

„Ačiū, - tarė E-Z.

„Nėra už ką", - atsakė Hadžas. „Pasiliksiu šalia, jei manęs prireiktų".

„Nuostabu!"

SKYRIUS 6

E-Z pasivijo automobilį, kuris jau artėjo prie Zaandamo. Jis patikrino, ar Lia vis dar miega ant galinės sėdynės. Tačiau ji nebemiegojo, todėl jis nerimavo, kad netrukus gali pabusti.

Jo vežimėlis pakeitė kursą, padidino greitį ir nuliniu tašku priartėjo prie automobilio, tada pakibo virš jo. Vairuojantis netikras gydytojas šoniniame veidrodėlyje pastebėjo už jų važiuojantį vežimėlį.

„Wat is dat vliegende contraptie?" - paklausė jis. (Išvertus: „Neįgaliojo vežimėlis: (Kas yra tas skraidantis įtaisas?)" (angl.

Abu banditai pasuko galvas.

Vienas iš jų tarė: „Ik weet het niet, maar versnel het!" (Išvertus: „Ik weet het niet, maar versnel het!"): (Nežinau, bet pagreitink jį!)"

Antrasis banditas nusijuokė, tada ištraukė pistoletą iš prietaisų skydeliokastje. (Išvertus: pirštinių dėžutė.) Jis patikrino, ar nėra kulkų. Užsegė ją ir spustelėjo užraktą.

E-Z neįgaliojo vežimėlis su trenksmu nusileido ant automobilio stogo.

Vairuotojas smarkiai stabdė, todėl vežimėlis nuslydo į priekį. Jis nuslydo priekiniu stiklu į priekį, paskui per kapotą.

E-Z pakilo, pakibo ir atsisuko į juos.

„Kas tas?" - sušuko vairuotojas, nes prarado automobilio kontrolę, dėl to jis slydo ir zigzagavo.

E-Z ir neįgaliojo vežimėlis pakilo, atsitraukė ir sugriebė už automobilio bamperio, priversdami jį visiškai sustoti.

Akimirksniu keleivis atsiduso ir pasigirdo šūviai.

Ant galinės sėdynės knarkė Lia.

Grasintojas su ginklu išlindo pro dureles, tada ant kelių pasiruošė paleisti šūvį į E-Z.

Iš niekur atsiradęs Hadžas išmušė ginklą banditui iš rankų. Tada ji surišo jam rankas už nugaros ir kojas už nugaros, tarsi jis būtų veršis rodeo varžybose.

Antrasis banditas puolė tiesiai į E-Z, kuris jį sučiupo diržu. Plėšikas pargriuvo, todėl jis galėjo lengvai apvynioti diržu jo kojas.

Vaikinas bandė pasprukti, bet toli nenubėgo. Dabar, kai jis buvo sulaikytas, jie puolė prie gydytojo, pasinaudodami kėdės narvo mechanizmu. Gydytojas buvo sugautas ir imobilizuotas.

Lija visą tai miegojo, net kol Hadžas ją iškėlė iš automobilio ir nunešė į saugią vietą.

E-Z pasodino tris vyrus vieną šalia kito ant galinės automobilio sėdynės.

„Kam jūs dirbate?" - pareikalavo jis.

Hadzas pravirko: „Jie nesupranta angliškai". Vyrams ji išvertė E-Z klausimą. Kai netikrasis gydytojas atsakė, Hadz išvertė. „Jis sako, kad jie nežino, kam dirba".

„Tai juokinga. Jie pagrobė vaiką iš ligoninės. Paklausk jų, kur jie tada ją vežė? Ir kaip jie apie ją sužinojo?"

Hadzė išvertė. Netikras gydytojas vėl atsakė: „Mums liepė nuvežti ją į prieplauką, o ten jos kažkas lauks. Tai viskas, ką žinome."

E-Z jais nepatikėjo, bet Hadz patvirtino, kad jie iš tiesų sako tiesą. „Ką norite su jais daryti?" - paklausė ji.

„Ar galite ištrinti jų protus? Ir tų, su kuriais jie susiję, protus, Šie trys yra mašinos sraigteliai. Mes norime ištrinti žmogaus, esančio dokuose, protą. Kad jie visi pamirštų apie ją - visiems laikams".

„Atlikta, - pasakė ji.

„Oho, tu greitas!"

E-Z ir Hadžis kėdėje grįžo į ligoninę, kaip tik tuo metu, kai Lija ėmė prabusti. Ji pajudino galvą, pajuto, kaip vėjas pučia plaukus, ir prisiglaudė prie E-Z krūtinės. Ji atvėrė dešinį delną ir pažvelgė į savo draugą, berniuką / angelą. Ji nusijuokė ir stipriai jį apkabino. Pastebėjusi mažą į fėją panašią būtybę ant E-Z peties, ji delne esančiomis akimis pažvelgė į ją.

„Tu toks mažas ir mielas, - pasakė ji.

„Malonu man tave matyti", - tarė Hadžis. „Ir ačiū."

Jie skrido ligoninės link.

„Dabar tu esi saugi", - pasakė E-Z.

„Ir tavęs nebėra tame daikte", - pasakė Lija.

„Hadžas padėjo man išlipti", - pasakė E-Z, plasnodamas sparnais.

„Iš kur juos gavai?" Lia paklausė. „Ar galiu jų gauti?"

E-Z nusišypsojo. Jis nebuvo tikras, kiek daug turėtų jai pasakyti. Jis nerimavo, ką pasakys Erielė, jei atskleis per daug. „Aš juos gavau po tėvų mirties."

„Bet kodėl?" - pasiteiravo mažoji Lia.

„Pradėjau gelbėti žmones, - pasakė E-Z.

„Nori pasakyti, kad aš ne pirmas žmogus, kurį išgelbėjai?" - "Ne.

„Ne, nesi."

Hadzė pravėrė gerklę, o tai buvo signalas E-Z, kad jis liautųsi kalbėjęs.

Jie skrido toliau tylėdami. Mergaitė apkabino E-Z krūtinę. Neįgaliojo vežimėlis žinojo, kur jai reikia važiuoti. Hadz vėl jautėsi reikalinga.

E-Z buvo paskendęs savo mintyse. Jis galvojo, ar Lijos išgelbėjimas buvo pagrindinis išbandymas. Ar ištrūkti iš kulkos buvo baigtas uždavinys. Gal tai buvo du už vieną! Kiek tada jų būtų buvę? Jam teko juos užsirašyti, kad galėtų sekti. Tą jis ir darė savo dienoraštyje, bet pastaruoju metu neturėjo daug laiko užsirašinėti.

„Girdžiu, kaip tu galvoji, - pasakė Lija. Ji buvo atkišusi abu delnus. Ji stebėjo E. Z. išorę ir tuo pat metu klausėsi, ką jis galvoja viduje. „Noriu daugiau sužinoti apie šiuos bandymus. Ir noriu sužinoti, kodėl matau rankomis, o ne akimis. Ar manai, kad šis Erielis tai sužinos?"

POP

Hadzė nelaukė atsakymo.

„Ligoninė yra apačioje", - pasakė E-Z.

Kėdė lėtai nusileido ir jie įėjo į ligoninės vidų. E-Z ir kėdės sparnai dingo. Jis stumtelėjo koridoriumi ir surado Lijos kambarį. Ten laukė jos motina.

„Suimkite šį berniuką, - sušuko Lijos motina.

E-Z buvo apstulbęs. Kodėl ji norėjo, kad jis būtų suimtas? Jis ką tik išgelbėjo jos dukrą.

„Bet mama, - pradėjo Lia.

Įėjo policija. Jie užkliuvo už E-Z ir uždėjo jam antrankius.

Prieš jiems juos uždedant, Lia sušuko. Tada ji atkišo delnus ir ištiesė juos priešais save. Iš jos delnų akių išsiveržė akinamai balta šviesa, privertusi visus kambaryje, išskyrus ją ir E-Z, laiku sustoti. Mažoji Lia sustabdė laiką.

„Šaunu! Kaip tu tai padarei?" E-Z sušuko, kai antrankiai su trenksmu nukrito ant grindų.

„Aš, aš nežinau. Norėjau tave apsaugoti. Išgelbėti tave." Ji sustojo, įsiklausė. „Kažkas ateina, tu turi iš čia dingti. Jaučiu, kad kažkas ateina, o tu turi dingti".

„Kas nors?" E-Z paklausė. „Ar žinai kas?"

„Nežinau. Žinau tik tiek, kad kažkas kitas ateina, o tu turi eiti - nedelsiant".

„Ar būsi, gerai? Ar jie ketina tave sužeisti?"

„Man viskas bus gerai - jie ateina dėl tavęs - ne dėl manęs. Eikite iš čia, dabar."

„Kada vėl tave pamatysiu?" E-Z paklausė, kai išdaužęs ligoninės langą išskrido laukan ir laukė, kol ji atsakys.

„Tu visada mane matysi, E-Z. Mes esame tarpusavyje susiję. Mes esame draugai. Tu išeik iš čia, o aš pasirūpinsiu likusiu". Ji pabučiavo jį.

Lia atsigulė į lovą, užsitraukė antklodę iki kaklo ir apsimetė, kad kietai miega, kol vėl išjudino pasaulį.

„Kas atsitiko?" - paklausė jos mama.

Viskas vėl buvo gerai. Lija gulėjo lovoje nesužeista.

Pasaulis ir toliau gyveno taip, kaip anksčiau, o E-Z vėl sparnuotai grįžo namo.

„Ačiū, Hadz, kad padėjai, - pasakė E-Z, nors ji jau buvo išėjusi. Kažkodėl jis žinojo, kad kur ji bebūtų, ji jį girdi.

SKYRIUS 7

Skrisdamasper dangų E-Z suprato, kad badauja. Žemiau jo buvo Big Benas. Jis nusprendė nusileisti ir nusipirkti angliškos žuvies su traškučiais.

Nusileidęs ant kėdės, jis pastebėjo keliu greitai judantį baltą furgoną. Jis važiavo lygiagrečiai mokyklai. Jis matė automobiliuose ir pėsčiomis einančius tėvus, laukiančius pasiimti savo vaikų.

Pasukęs už kampo mikroautobusas padidino greitį.

Jo neįgaliojo vežimėlis pajudėjo į priekį ir atsiliko nuo transporto priemonės. Artėjant prie mokyklos, automobilis važiavo vis neatsargiau. Iš jos ėmė išlipti vaikai.

E. Z. griebėsi už furgono galo. Panaudojęs visas jėgas, jis su ūžesiu patraukė jį iki visiško sustojimo.

Vairuotojas spustelėjo gazą, bandydamas pasitraukti. Jam visiškai nesisekė. Nematė, kas ar kas juos stabdo.

E-Z išlaužė bagažinės užraktą, pasiekė vidų ir ištraukė džemperio laidus. Kėdė nulėkė į priekį ir nusileido ant automobilio stogo. E-Z panaudojo laidus kabinos durelėms prirakinti. Vairuotojas negalėjo išlipti.

Ore pasigirdo sirenų garsai.

E-Z pakilo į orą ir pastebėjęs, kad keli žmonės fotografuoja jį telefonais, skrido vis aukščiau ir aukščiau.

Jo skrandis gurgtelėjo ir jis prisiminė žuvį su bulvytėmis. Neturėdamas britiškos valiutos, jis vis tiek negalėjo už juos susimokėti, todėl patraukė namo.

Pagalvojęs apie dėdę, kuriam įdomu, kur jis yra, jis pagalvojo, kad paliks žinutę, ir ėmė tai daryti: „Važiuoju namo".

Spustelėkite.

„Kur esi?" Dėdė Samas paklausė.

E-Z džiaugėsi, kad tai nebuvo žinutė!

„Aš kaip tik skrendu virš Britanijos. Maloni diena skraidyti, ar nemanote?"

„Ką? Kaip?"

„Tai ilga istorija, paaiškinsiu, kai grįšiu".

„Ar tu skrendi lėktuvu?"

„Ne, tik aš ir mano kėdė".

Apačioje E-Z matė jį fotografuojančius žmones. Pastebėjęs į jo pusę artėjantį vietinio vežėjo 747-ąjį lėktuvą, jis suprato, kad pateko į bėdą. Jam dar nespėjus pakilti aukščiau, fotoaparatai darė nuotraukas ir skelbė jas visoje socialinėje žiniasklaidoje.

„Atsiprašau, Eriel", - pasakė jis, kildamas aukščiau. „Žinai posakį, kad bet kokia reklama yra gera reklama? Na..." E-Z nusijuokė. Jei Erielis galėjo jį matyti kiekvieną dieną ir kiekvieną valandą, tai kodėl jis turėjo kviestis jį į pagalbą? Kažkas ne visai sutapo. Ne I archangelai norėjo, kad jis užbaigtų bandymus.

Per jį perėjo šaltis, kai dangus pasikeitė - aplink jį suvirpėjo ir pulsavo juodi debesys. Jis skrido toliau, stengdamasis padidinti tempą, bet tada prasidėjo žaibai, ir jam reikėjo jų vengti. Tada jis prisiminė lėktuvą. Jis matė, kad jis sėkmingai leidžiasi, o žmonės nenukentėjo. Jis tęsė kelionę namų link.

Po audros pasirodė žvaigždės. Jo kėdė vis plasnojo sparnais, o E-Z snaudė.

„E-Z?" Lia tarė jo galvoje. „Ar esi ten?"

Jis trūkčiodamas atsibudo, pamiršo, kad sėdi kėdėje, ir iškrito. Jis pradėjo kristi, bet jo sparnai suveikė ir netrukus jis vėl grįžo į kėdę.

„Ar viskas gerai, mažyli?" - paklausė jis.

„Taip. Jie mano, kad visa tai buvo sapnas, kad aš kalbėjau su tavimi. Piešiau tavo paveikslus. Mama žino tiesą, bet nenori jos pripažinti".

„O, ar tau tai kelia nerimą?"

„Ne. Mano galios didėja. Aš jas jaučiu ir žinau, kad kažkas artėja. Kažkas, su kuo tau reikės mano pagalbos. Netrukus grįšiu namo. Ketinu paklausti mamos, ar galime tave aplankyti. Netrukus."

„Ką? Tavo mama turėtų paskambinti mano dėdei Samui ir jie galėtų pasikalbėti?"

„Taip, tai protinga idėja. Mama yra mačiusi nuotraukas ir yra tave mačiusi, bet neprisimena. Tarsi jos protas būtų išvalytas arba jos prisiminimai apie tave miega".

„Ar esi tikras, kad tai teisinga?"

„Esu tikras. Man reikia būti ten, kur esi tu. Turiu tau padėti."

E. Z. galvoje pasidarė tuščia. Lia buvo dingusi.

Paauglys galvojo apie Liją, atvykusią į Šiaurės Ameriką. Ji buvo maža mergaitė, reginti rankomis, taip, bet kaip ji galėjo jam padėti? Ji padėjo jam pabėgti, bet jis buvo sutrikęs dėl jos dalyvavimo. Jis nenorėjo kelti jai pavojaus. Jis vėl pašaukė Erielę. Jis iššaukė giesmę, bet nieko neįvyko.

Jis apžvelgė gamtovaizdį, akimirkai atitraukdamas mintis nuo mažos mergaitės. Jis jau buvo beveik namuose. Ačiū Dievui, kad jo kėdė buvo modifikuota ir jis galėjo keliauti F-A-S-T!

SKYRIUS 8

PriekyjeE-Z pastebėjo pakrantę. Jis su palengvėjimu atsikvėpė, kol pastebėjo didelį paukštį, skrendantį tiesiai į jį. Jam artėjant suprato, kad tai gulbė. Bet ne įprasto dydžio gulbė. Ji buvo didžiulė, kaip ir jos sparnų plotis, kurį jis įvertino daugiau nei šimtu penkiasdešimčia centimetrų. Tai buvo ta pati gulbė, kuri kalbėjo su juo anksčiau. Ir ne tik tai - jis pastebėjo, kad ant paukščio peties žybsi ryški raudona šviesa.

Gulbė nuskrido ir tada sunkiai nusileido jam ant pečių. Ji buvo užklydusi.

„Na, sveiki atvykę, - tarė E - Z, žvilgtelėjęs į gražųjį padarą, kai šis nusistovėjo.

„Hū-hū", - tarė gulbė. Tada ji papurtė galvą, atkišo snapą ir tarė: „Sveikas, E-Z".

„Manau, kad turiu tau padėkoti, - tarė jis.

„Oi, nėra už ką. Ir tikiuosi, kad neprieštarausi, jog užklydau pasivažinėti", - tarė gulbė ir papurtė plunksnas.

„Ech, jokių problemų", - atsakė E-Z.

„Tai mano globėjas Arielis", - pasakė gulbė.

WHOOPEE

Raudoną šviesą pakeitė angelas.

„Sveiki, - pasakė ji, atsisėsdama ant E-Z kelio.

„Malonu susipažinti", - pasakė jis.

„Kuo galiu būti naudingas?" - paklausė jis.

„Tikiuosi, kad jūs ir čia esanti mano draugė gulbė galėsite užmegzti partnerystę".

„Kaip taip?" - paklausė jis.

„Mano protežė daug išgyveno. Jis galės jus supažindinti su detalėmis, kai jausis pasiruošęs, bet kol kas man reikia, kad jūs jam padėtumėte, leisdamas jam padėti jums atlikti bandymus. Jums gali praversti pagalba, taip?"

„Mano supratimu, - pasakė jis, nukreiptas į Arielį. Paskui į gulbę: „Nieko prieš tave, bičiuli." Dabar į Arielį: „Tai, kad niekas negali man padėti išbandymuose. Tai atėjo tiesiai iš Erielės ir Ophanielio".

„Aš tai su jais išsiaiškinau. Taigi, jei tai vienintelis tavo prieštaravimas, - tada ji padarė pauzę.

WHOOPEE

ir ji dingo.

Po to E-Z ir gulbė tęsė kelionę per Atlanto vandenyną į Šiaurės Ameriką. Jis visada norėjo pamatyti Didijį kanjoną. Jam teks jį pamatyti kitu metu. Gulbė knarkė ir prisiglaudė prie E-Z kaklo.

E-Z įkišo ranką į kišenę ir išsitraukė telefoną. Jis pasidarė asmenukę su gulbe. Laikydamas telefoną rankoje, jis planavo įrašyti gulbę, kai ji prabils kitą kartą. Jam reikėjo įrodymų, kad jis nepraranda proto.

Kiek vėliau E-Z nulėkė prie savo namų. Buvo mokyklos diena, bet jis buvo gerokai per daug pavargęs, kad eitų. Kai kėdė pradėjo leistis, gulbė pabudo. „Ar mes jau ten?"

„Taip, esame mano namuose", - pasakė E-Z ir paspaudė įrašymo mygtuką telefone. „Nori, kad kur nors tave išlaipinčiau?"

„Ne, ačiū. Aš liksiu su tavimi, - pasakė gulbė, pailgindama kaklą, kad apžiūrėtų namą, kuriame jis apsistos. „Mums su tavimi reikia pasikalbėti".

E. Z. paspaudė „play", bet pasigirdo tyla. Gulbė negalėjo būti įrašyta. Keista.

Jie nusileido prie lauko durų. E-Z įkišo raktą į spyną, bet jam nespėjus atidaryti, prie jų jau stovėjo dėdė Semas. Jis stipriai apkabino sūnėną ir pasakė: „Sveiki atvykę namo". Jis pasikrapštė smakrą ir šiek tiek sunerimo, kai pamatė E-Z kompanioną - itin didelę gulbę.

„Džiaugiuosi sugrįžęs", - pasakė E-Z ir nuėjo į vidų.

Gulbė sekė jam iš paskos, o jos tinklinės kojos lingavo iš paskos.

„O kas tavo, eee, plunksnuotasis draugas?" paklausė dėdė Samas.

E-Z suprato, kad net nežino gulbės vardo.

Gulbė atsakė: „Alfredas, mano vardas Alfredas".

E-Z oficialiai prisistatė.

Tada gulbė nuskrido koridoriumi į E-Z kambarį ir užskrido ant jo lovos užmigti užtarnauto miego.

E-Z nuėjo į virtuvę su dėde Semu ant ratų.

„Ką, po velnių, ta gulbė čia daro?" Jis stabtelėjo, paėmė iš šaldytuvo pieno. Įpylė sūnėnui pilną stiklinę. „Ji negali čia pasilikti. Turėtume ją įkelti į vonią. Kad jei ji tilptų. Jis didžiausia gulbė, kokią esu matęs. Kur ją radai ir kodėl ją čia atsivežei?"

E-Z išgėrė pieno. Jis nusišluostė pieno ūsus. „Ne aš ją radau, ji mane susirado. Ir ji gali kalbėti. Jis, jis, buvo ten, kai išgelbėjau tą mažą mergaitę ir kai išgelbėjau lėktuvą. Jis sako, kad mums reikia pasikalbėti."

Dėdė Semas nieko neatsakęs nuėjo į koridorių. E-Z sekė iš paskos nekalbėdamas.

„Kalbėk!" Dėdė Samas pareikalavo.

Gulbė Alfredas atmerkė akis, užsimerkė ir vėl užmigo, neišleisdamas nė garso.

„Sakiau, kalbėk, - dar kartą pabandė dėdė Semas.

Gulbė Alfredas atvėrė snapą ir sušnibždėjo.

„Viskas gerai, Alfredai, - pasakė E - Z. „Tai mano dėdė Semas."

„Jis negali manęs suprasti. Ir nemanau, kad kada nors galės. Aš čia dėl tavęs ir tik dėl tavęs, - pasakė gulbė Alfredas. Jis krūptelėjo, tada įsisupo į antklodę ir vėl užsnūdo.

Dėdė Semas žiūrėjo, o gulbė buvo pagyvėjusi ir įdėmiai žvelgė į E-Z.

Išeidami jie su dėde Samu uždarė duris ir grįžo į virtuvę pasikalbėti.

E-Z buvo toks pavargęs, kad vos galėjo išlaikyti akis atmerktas.

„Ar tai negali palaukti iki ryto?" - paklausė jis.

Samas papurtė galvą.

„Gerai, štai taip. Pirma, išmušiau beisbolo kamuoliuką iš parko. Ir bėgau arba sukinėjau ratus aplink bazes. Paskui buvau įkalintas kulkos formos konteineryje be jokios išeities. Tada galėjau kalbėtis su maža mergaite Nyderlanduose. Nuvykau ten jos gelbėti. Jos vardas Lia, ir jos mama jums paskambins. Londone, Anglijoje, sustabdžiau transporto priemonę, kad nenukentėtų vaikai.

Tada sutikau gulbę trimitininkę Alfredą. O dabar tu jau esi susipažinęs - ar galiu eiti miegoti?"

„Ką turėčiau sakyti, kai ji paskambins?" paklausė Samas. „Mes tų žmonių net nepažįstame, bet turėtume leisti jiems apsistoti čia, namuose, kartu su mumis. Mes ir gulbė Alfredas?"

„Taip, prašau, sutikite su tuo. Čia yra planas, ir aš dar nežinau visų detalių. Lija turi galių, akis delnuose, ji gali skaityti mano mintis ir sustabdyti laiką. Gulbinas Alfredas taip pat turi galių, jis gali skaityti mano mintis ir gali kalbėti. Manau, kad mes trys esame kažkaip susiję, galbūt dėl išbandymų. Aš nežinau. Visko gali nutikti, kai Erielis šnipinėja mane 24 valandas per parą, - pasakė E-Z.

Eidami koridoriumi, jie išgirdo, kaip gulbė šlepsėjo kojomis. „Aš per daug alkanas, kad miegočiau, - pasakė gulbė Alfredas.

„Ką tu valgai?"

„Gerai tinka kukurūzai, arba galite mane išleisti į lauką ir aš prisirinksiu žolės."

„Ar turime kukurūzų?" E-Z paklausė.

„Tik šaldytų", - atsakė dėdė Samas. „Bet aš galiu paleisti grūdus po šiltu vandeniu, ir jie bus paruošti akimirksniu."

„Pasakykite jam ačiū", - pasakė gulbinas Alfredas. „Tai labai malonu iš jo pusės."

Dėdė Samas padėjo kukurūzus į lėkštę ir Alfredas suvalgė, kas buvo pasiūlyta. Tačiau jis vis dar buvo alkanas ir jam reikėjo eiti ištuštinti šlapimo pūslę, todėl vis dėlto paprašė išeiti į lauką. Būdamas lauke jis dalijosi su veja.

E-Z ir dėdė Samas kelias sekundes stebėjo gulbę.

„Tikiuosi, kad kaimynų čihuahua neužsuks į svečius, - pasakė dėdė Samas. „Ta gulbė tokia didelė, kad išgąsdins jį iki gyvo kaulo".

E-Z nusijuokė. „Įsivaizduok, ką ji padarytų, jei šuo ją suprastų taip, kaip aš?"

Gulbė Alfredas įsitaisė kaip namie. Jis jautėsi tikras, kad čia bus laimingas.

SKYRIUS 9

Vėliaugulbinas Alfredas paprašė privačiai pasikalbėti su E-Z.

„Čia gali sakyti viską, ką nori", - atsakė E-Z. „Dėdė Semas tavęs nesupranta, pameni?"

„Taip, aš žinau. Bet tai manierų reikalas. Negalima kalbėti su žmogumi, kai šalia yra kitas, ypač kai esi svečias kito namuose. Tai būtų, na, gana nemandagu. Tiesą sakant, labai nemandagu."

E-Z tik dabar suprato, kad gulbė Alfredas kalbėjo su britišku akcentu.

„Ar galėčiau atsiprašyti?" E-Z paklausė.

Dėdė Samas linktelėjo galva ir E-Z nuėjo į savo kambarį, o Alfredas gulbė nusekė paskui jį.

„Gerai", - tarė E-Z. „Pasakyk, kodėl Arielis tave čia atsiuntė ir ką konkrečiai ketini padaryti, kad man padėtum?"

Dabar, kai E-Z jau buvo savo lovoje, gulbė gūžtelėjo aplink, kai jis įsisupo į antklodę, bandydamas įsitaisyti patogiai.

„Gali miegoti lovos apačioje, - pasakė E-Z ir numetė ten pagalvę.

„Ačiū, - tarė gulbė Alfredas. Jis užlipo ant pagalvės ir trenkė ją savo voratinklinėmis kojomis, kol ji tapo patogi. Tada pritūpė.

„Dabar pradėkime, - tarė Alfredas.

E-Z, dabar jau su pižama, klausėsi, kaip Alfredas pasakoja savo istoriją.

„Kadaise aš buvau žmogus."

E-Z užgniaužė kvapą.

„Geriausia nepertraukinėti, kol nebaigsiu", - sušuko gulbė. „Kitaip mano pasakojimas tęsis ir tęsis, ir nė vienas iš mūsų neužmigs".

„Atsiprašau, - tarė E-Z.

Gulbė tęsė. „Gyvenau su žmona ir dviem vaikais. Buvome nepaprastai laimingi, kol praūžė audra, kuri sugriovė mūsų namą ir visus juos pražudė. Aš išgyvenau, bet be jų nenorėjau. Tada pas mane atėjo angelas Arielis, kurį tu sutikai, ir pasakė, kad galėsiu juos visus dar kartą pamatyti, jei sutiksiu padėti kitiems. Man patinka padėti kitiems ir tai, ką darau, suteiktų man prasmę. Be to, neturėjau kitų galimybių, todėl sutikau."

„Tu turi bandymų?" E-Z paklausė. Jis klaidingai manė, kad Alfredo pasakojimas jau baigtas.

„Mano istorija dar nesibaigė", - ganėtinai piktai tarė gulbė Alfredas. Tada jis tęsė. „Tai mano istorijos esmė. Aš neturiu išbandymų, nes nesu besimokantis angelas. Mano sparnai ne tokie kaip jūsų. Aš esu gulbė, nors ir didesnė nei įprasta gulbė. Mano veislės pavadinimas - Cygnus Falconeri, kuri dar vadinama milžiniška gulbe. Mano rūšis seniai išnyko. Mano paskirtis buvo neapibrėžta. Buvau įstrigęs tarp ir tarp, dreifavau laike, nes padariau klaidą. Bet dabar nenoriu apie tai kalbėti. Kai pamačiau, kad išgelbėjai tą mažą mergaitę, paskambinau Arieliui ir paklausiau, ar galėčiau tau pasitarnauti. Ji išbarė mane už pabėgimą, ir aš buvau išsiųstas atgal į tarpukarį. Vėl iš ten pabėgau ir padėjau tau su lėktuvu, o Ariel paprašė Ophanielio suteikti man dar vieną šansą. Dabar turiu tikslą - padėti tau".

„Ir Ophanielis sutiko? O kaipgi Erielis?"

„Iš pradžių jie nesutiko. Taip buvo todėl, kad Hadzė ir Reikis pranešė, jog padėjau tau iškviesdami savo draugus paukščius. Kai išgirdau, kad jie buvo išsiųsti į kasyklas ir vėl pabėgo, Arielis pasiūlė mano bylą, o Ophanielis sutiko. Apie Erielį nieko nežinau. Ar jis yra tavo globėjas?"

„Taip, jis pakeitė Hadžą ir Reikį. Jie tai užsukdavo, tai išsukdavo, o jis sako, kad visada mato, kur esu ir ką darau."

„Tai skamba kaip persistengimas. Vis dėlto vieną dieną norėčiau su juo susitikti. Kol kas mes esame komanda. Galiu tau padėti, kad vieną dieną ir aš vėl būčiau su savo šeima. Taigi, kur eini tu, E-Z, ten einu ir aš."

E-Z padėjo galvą ant pagalvės ir užmerkė akis. Jis jautėsi dėkingas už bet kokią pagalbą. Juk gulbė praeityje padėjo jam su lėktuvu.

„Aš tau netrukdysiu", - pasakė gulbė Alfredas. „Žinau, tu galvoji, kad mes esame nelogiška pora, o kai atvyks Lija, būsime dar nelogiškesnė trijulė, bet..."

„Palaukite, - tarė E-Z. „Tu žinai apie Liją? Iš kur?"

„O taip, aš žinau viską apie tave ir žinau viską apie ją, taip pat žinau ir daugiau. Kad mes trys esame susiję. Mums lemta dirbti kartu." Jis ištiesė žandikaulius, kurie atrodė taip, tarsi bandytų žiovauti. „Esu per daug pavargęs, kad šįvakar daugiau kalbėčiau". Neilgai trukus Alfredas, gulbė knarkė tolyn.

E-Z mintyse perkratė viską, ką žinojo apie gulbes. O tai nebuvo daug. Ryte jis atliks keletą tyrimų apie Alfredo rūšį.

Jam buvo įdomu, kaip PJ ir Ardenas jausis dėl Alfredo. Ar jam reikėjo juos supažindinti, ar Alfredas galėtų būti paslaptis?

Jis kumščiais išpureno pagalvę ir pasiruošė eiti miegoti.

Jis pažadino Alfredą, ir šis dėl to buvo irzlus.

„Ar tu turi tai daryti?" Alfredas paklausė.

„Atsiprašau", - tarė E-Z.

SKYRIUS 10

Kitą **rytą** E-Z pabudo išgirdęs, kad į jo duris beldžiasi dėdė Samas. „Atsibusk, E-Z! PJ ir Ardenas jau pakeliui, kad nuvežtų tave į mokyklą.“

E-Z žiovavo ir išsitempė. Jis apsirengė ir įsitaisė ant kėdės. Kadangi Alfredas vis dar miegojo, jis pasišalino ir pasimatė su juo po pamokų.

„Tu negali niekur eiti be manęs!“ Alfredas pasakė. Jis papurtė visas plunksnas ir nušoko ant grindų.

„Tu negali eiti su manimi į mokyklą. Su naminiais gyvūnais negalima“.

„E-Z, eik, berniuk!“ Dėdė Samas sušuko iš virtuvės. „Kitaip praleisi pusryčius“.

E-Z skrandyje kunkuliavo skrandis, kai jo link pasklido skrebučių kvapas. „Einu!“

Neturėdamas laiko ginčytis, E-Z atidarė duris. Jis nuėjo į virtuvę kaip tik tuo metu, kai atėjo Ardenas ir PJ. Lauke pasigirdęs garsinis signalas leido jam suprasti, kad jie jau čia.

„Gerai, gerai!“ E-Z sušuko griebdamas skrebučio gabalėlį. Jis ėjo koridoriumi, o jo naujasis draugas su voratinkliu ėjo iš paskos.

PJ išlipo iš automobilio, kad padėtų E-Z įlipti, ir pritvirtino jo vežimėlį bagažinėje. Ją uždarydamas pastebėjo Alfredą, bandantį įlipti į automobilį.

„Ech, tas padaras negali įlipti į automobilį", - sušuko PJ.

Ardenas pravėrė langą.

„Kas tai, po velnių, yra? Ar aš praleidau atmintinę, kad šiandien rengiame „ Parodyk ir pasakyk"? Jis šyptelėjo.

„Ar tai gulbė?" Pasiteiravo ponios Rankų PJ motina.

„O gal tai tavo gerbėjų klubo prezidentas?" PJ paklausė šypsodamasis.

Įlipęs į automobilį, E-Z atsakė. „Mes per seni, kad galėtume parodyti ir papasakoti", - nusijuokė jis. „Gulbė yra mano projektas. Eksperimentas, tarsi aklasis šuo aklam žmogui. Jis yra mano palydovas neįgaliojo vežimėlyje". Jis prisisegė Alfredą saugos diržu.

PJ nuėjo atsisėsti priekyje šalia mamos.

Alfredas gulbės paklausė: „Ar neketini manęs supažindinti?".

Ponia Rankelė ištraukė automobilį ir jie nuvažiavo į mokyklą.

„Alfredai, - E-Z žvilgtelėjo į draugus, - susipažink su ponia Handle. Ir mano dviem geriausiais draugais PJ ir Ardenu. Visi, tai Alfredas, gulbė trimitininkė". E-Z sukryžiavo rankas.

Alfredas tarė: „Hū-hū." E-Z jis tarė: „Man nepaprastai malonu su jumis susipažinti. Tu gali man versti".

„Iš kur žinai jo vardą?" PJ paklausė.

„Tu juk netapai, kaip buvo jo vardas, tuo vaikinu, kuris galėjo kalbėtis su gyvūnais, ar ne E-Z dabar? Prašau, pasakyk man, kad nesi. Nors jis galėtų virsti tikra melžiama karve. Galėtume prekiauti tavo talentu. Užduoti klausimus ir skelbti atsakymus savo „YouTube" kanale. Galėtume jį pavadinti „E-Z Dickens the Swan Whisperer".

„Puiki idėja!" PJ pasakė, kai jo mama sustojo prie perėjos. „Prieš kelerius metus internete tikriausiai būtume uždirbę milijonus. Šiais laikais uždirbti pinigų internete yra sunku. Jie labai susigriebė."

„Nebūk nemandagus", - pasakė ponia Rankelė, važiuodama toliau.

„Asmuo, apie kurį jis kalba, yra daktaras Dolitlis, - pasiūlė Alfredas. „Tai buvo dvylikos knygų romanų serija, kurią parašė Hju Loftingas. Pirmoji knyga buvo išleista 1920 m., o kitos sekė iki pat 1952 metų. Hju Loftingas mirė 1947 m. Jis taip pat buvo britas. Gimęs ir užaugęs Berkšyre."

„Žinau, apie ką jie kalba, - tarė E-Z Alfredui. „Ir ne, aš nesu."

Ardenas tarė: „Tikiuosi, kad tavo gulbės palydovas šiandien iš mūsų nepavogs visų merginų. Juk žinai, kaip mergaitės mėgsta plunksnuotus daiktus".

Ponia Rankelė pravėrė gerklę.

„Savo laiku buvau tikras damų žudikas", - pasakė Alfredas, po to dar kartą: ‚Hūūūū!', kurį nukreipė į PJ ir Ardeną.

PJ pasakė: „Tavo draugė gulbė tikrai mane prajuokino."

Ardenas paklausė: „Koks filmas apie paukštį laimėjo Oskarą?"

PJ atsakė: „Sparnų valdovas".

Ardenas paklausė: „Kur paukščiai investuoja savo pinigus?"

PJ atsakė: „Erškėčių turguje!"

„Tavo draugus lengva prajuokinti", - pasakė Alfredas. „Jie yra du plunksnuočiai, pasiūti iš to paties audinio. Suprantu, kodėl jie tau patinka. Man patinka ponia Rankelė. Ji rami ir puiki vairuotoja".

E-Z nusijuokė.

„Džiaugiuosi, kad tau patinka rytinis humoras, - pasakė PJ.

„Nelabai, - pasakė Alfredas. „Be to, jūs abu esate tikri plunksnagraužiai".

Ardenas ir PJ dukart apsidairė.

E-Z taip pat padarė dvigubą jų dvigubą dublį. „Ką?"

„Ar negirdėjote?" - vienbalsiai ištarė abu. „Gulbė gali kalbėti - ir su britišku akcentu. O, žmogau, merginoms jis tikrai patiks".

Ponia Rankelė papurtė galvą. „Nevaidinkite kvailų elgetų, jūs du!"

E-Z pažvelgė į gulbę Alfredą, kuris atrodė sutrikęs.

Alfredas pabandė savaip pajuokauti, norėdamas įsitikinti, ar jie tikrai jį supranta. „Kodėl kolibriai dūzgia?" - paklausė jis.

Trys berniukai žiūrėjo, buvo aišku, kad ir Ardenas, ir PJ dabar jį supranta.

Alfredas ištarė pokštą: „Žinoma, todėl, kad jie nežino žodžių".

PJ ir Ardenas savotiškai nusijuokė, bet labiausiai buvo išsigandę.

„Kaip tai, kad jie dabar ir tave supranta?" E-Z paklausė. „Iš pradžių jie negalėjo, o dabar gali. Aš maniau, kad tu sakei, jog tai tik man. O kodėl dėdė Semas negalėjo tavęs suprasti?"

Dabar, kai jie galėjo jį suprasti, Alfredas pasijuto nejaukiai. Jis sušnabždėjo E-Z: „Tiesą sakant, nežinau.

Nebent tai, dėl ko aš čia esu, taip pat turi kažką bendro su jais".

„Ir neapima dėdės Semo? Arba ponios Rankelės?"

„Galbūt ne", - atsakė Alfredas.

„O kur radai šią kalbančią gulbę?" "O kur? Ardenas paklausė.

„Ir kodėl atsinešei ją į mokyklą?" PJ paklausė.

Ponia Rankelė krūptelėjo. „Jūs visi elgiatės labai kvailai. E-Z sako, kad jis yra gulbė draugė. Jis negali kalbėti".

„Visų pirma, jis ne šiaip gulbė, jis yra Cygnus Falconeri. Taip pat žinomas kaip didžioji gulbė ir jau kelis šimtmečius išnykusi rūšis."

„Tikrame gyvenime nesu matęs daug gulbių, - pasakė Ardenas. „Tačiau tos, kurias mačiau per gamtos kanalą, neatrodė tokios didelės kaip jis. Jo kojos milžiniškos! O kas atsitinka, jei jam reikia, žinai, nueiti į tualetą?"

„Vidutinės gulbės milžinės ilgis nuo snapo iki uodegos buvo 190-210 centimetrų, - pasiūlė Alfredas. „O jei taip nutiks, pasinaudosiu žole - sporto aikštelė turėtų suteikti man pakankamai erdvės pasimaudyti ir atlikti savo reikalus, jei ir kai to prireiks."

„Nori pasakyti, kad maitiniesi žole ir tada eini ant žolės?" PJ pasakė.

„Fui!" Ardenas ištarė: „Žolė yra žolė.

Dabar jie buvo siaubingai arti mokyklos, todėl EŽ paaiškino. „Negaliu tau papasakoti detalių, nes jų tikrai nežinau. Tikrai žinau tik tiek, kad Alfredas yra čia, kad man padėtų, ir jūs jį daug matysite".

„Nemanau, kad jį įleis į mokyklą, - pasakė Ardenas.

„Tai nebus problema, nes esu tavo palydovas, - pasakė Alfredas.

PJ, Ardenas ir Alfredas nusijuokė, kai automobilis sustojo prie mokyklos.

„Paskambinkite man, jei norite, kad po pamokų jus pasiimčiau, - pasakė ponia Rankelė.

„Ačiū", - atsakė jie.

Iš bagažinės išėmusi E-Z kėdę, ponia Handle nuvažiavo nuo šaligatvio bortelio.

Draugai padėjo jam į ją įlipti, o Alfredas atlėkė ir atsisėdo jam ant peties. Jie nuėjo link mokyklos priekio, kur direktorius Pearsonas varė mokinius į vidų.

„Labas rytas, berniukai, - tarė jis su didžiule šypsena veide. Kol nepastebėjo gulbės Alfredo. „Kas tai per daiktas?" - paklausė jis.

„Jis - gulbė draugė", - atsakė E-Z.

„Tiksliau, Cygnus Falconerie", - pasakė Ardenas.

„Jis su mumis", - pasakė PJ.

Direktorius Pirsonas sukryžiavo rankas. „Tas padaras, Cygnus koksamakalys, čia neateis!"

Alfredas pasakė: „Viskas gerai, E-Z. Nekelkime scenos. Aš būsiu čia, kai baigsis tavo pamokos. Iki pasimatymo." Alfredas pakilo ir nusileido ant pastato stogo. Prieš nuskrisdamas į futbolo aikštę, jis apžvelgė vaizdą. Ten buvo daug žolės, kurią buvo galima kramtyti. Kai pasisotins, jis susiras pavėsingą vietą po medžiu ir išsimiegos.

Direktorius Pearsonas papurtė galvą, tada prilaikė E-Z ir jo draugams duris. Viduje nuskambėjo penkių minučių įspėjamasis skambutis.

Ši diena mokykloje E-Z ir jo draugams buvo nelengva.

Iš Erielio vis dar nebuvo jokių žinių apie naujus bandymus.

SKYRIUS 11

Alfredasįsitvirtino naujoje rutinoje. Vaikai mokykloje jį pažino, nors tik E-Z ir jo draugai žinojo, kad jis moka kalbėti.

Tą dieną prie mokyklos Alfredas laukė E-Z ir paklausė: „Ar galime pasikalbėti?"

E-Z apsižvalgė; jis vis dar nenorėjo, kad kiti mokiniai išgirstų, kaip jis kalbasi su gulbe. Jis sušnabždėjo: „Ar tai gali palaukti, kol grįšime namo?"

„O, suprantu", - pasakė Alfredas. „Tu vis dar jautiesi nesmagiai, kai mes kalbamės. Tai suprantama, bet vaikai mane čia myli. Jie išsirikiuoja į eilę, kad mane paglostytų, pamaitintų. Be to, ar dėdė Samas nebus namie? Man reikia pasikalbėti su tavimi vienam".

„Kadangi jis vis dar nesupranta tavęs, tu kalbiesi su manimi viena net tada, kai esame namie."

„Bet juk tai gana rūpimas klausimas ir gana jautrus laiko atžvilgiu", - pasakė Alfredas.

PJ privažiavo prie šaligatvio šalia jų. Ardenas paklausė, ar jie nori važiuoti namo.

„Ech, vaikinai. Atsiprašau, bet šiandien ketinu eiti namo pėsčiomis su Alfredu. Jis turi man perduoti svarbios informacijos".

PJ ir Ardenas papurtė galvas. Ardenas pasakė: „Tikėjomės, kad vieną dieną būsime permesti per merginą - ne per paukštį". Jis šyptelėjo.

„O kaip dėl žaidimo?" Ardenas paklausė.

„Šiandien yra šiandien, o žaidimas bus tik rytoj. Atsiprašau, vaikinai." E-Z padidino tempą. Automobilis šliaužė šalia jo, paskui su padangų girgždesiu pajudėjo tolyn.

„Plonkepuriai, - tarė Alfredas.

„Jie nori gero. Kas čia tokio svarbaus?"

„Ar pastaruoju metu ką nors girdėjai iš Lijos? Aš nerimauju dėl jos." Alfredas šliaužė šalia E-Z, eidamas nubraukė pienės galvutę.

„Kodėl tu nerimauji? Jokia naujiena yra gera naujiena, ar ne?"

„Na, tiesą sakant, girdėjau apie ją ir įvyko, eee, na, na, naujas painus įvykis."

E-Z sustojo. „Papasakok man daugiau."

„Eik toliau", - pasakė Alfredas, dabar nuplėšdamas margainio galvutę. „Lia ir jos motina jau pakeliui čia. Jos turėtų atvykti kažkada rytoj."

„Kodėl taip skubama? Turiu omenyje, taip, tai staigmena. Mes žinojome, kad jie netrukus atvyks. Kas čia glumina?"

„Ne tai glumina."

„Nustok vilkinti laiką ir išsipasakok!"

„Lijai jau nebe septyneri - jai dabar dešimt metų".

„Ką? Tai neįmanoma."

„Ar manai, kad ji meluotų?"

„Ne, nemanau, kad ji meluotų, bet - tai visiškai beprasmiška. Žmonės neužauga nuo septynerių iki dešimties per kelias savaites".

„Ji sakė, kad nuėjo miegoti. Kitą rytą ji įėjo į virtuvę pusryčiauti ir auklė pradėjo rėkti. Taip ji sužinojo, kad per naktį paseno trejais metais".

„Oho!" E-Z sušuko.

„Ir dar daugiau."

„Dar daugiau. Nieko daugiau negaliu įsivaizduoti."

„Ji sugebėjo įtikinti motiną, kad nėra reikalo jai pasilikti čia viso vizito metu. Ji užimta verslininkė. Prireikė nemažai įtikinėjimo. Lia sakė, kad jai būtų geriau, atsižvelgiant į Semo patirtį su tavimi ir išbandymus. Jos motina sutiko su keliomis sąlygomis".

„Pavyzdžiui?"

„Kad jai patinka dėdė Semas."

„Visiems patinka dėdė Semas."

„Taip pat, kad tu jai paaiškintum, kaip jos dukra galėjo taip pasenti per naktį."

„Ir kaip tiksliai aš tai turėčiau padaryti?"

„Tiesą sakant, - tarė Alfredas, - neturiu jokio supratimo. Štai kodėl norėjau pasikalbėti su tavimi vienas. Juk dėdė Samas žino, kad Lija atvyksta, tiesa?"

E-Z linktelėjo galva: „Manau, kad taip, jei jie jau pakeliui".

„Bet jis tikisi septynerių metų mergaitės, kai ant jo durų slenksčio pasirodys dešimtmetė".

E-Z vėl sustojo. Dėdė Samas. Jis net nepagalvojo, kad dėdei Samui teks susidurti su dešimtmete mergaite. „Nesu tikras, ar kada nors jam užsiminiau apie Lijos amžių!"

Alfredas susiraukė. „Esu girdėjęs, kad žmonės greitai sensta. Yra liga, vadinama progerija. Tai genetinė liga, gana reta ir gana mirtina. Dauguma vaikų nesulaukia trylikos metų, o Lijai jau dešimt, todėl turime tai išsiaiškinti."

„Kaip tas dalykas, kurį tu sakei,"

„Progerija."

„Taip, progerija, kaip ja užsikrečiama?" E-Z paklausė.

„Mano supratimu, ji pasireiškia per pirmuosius porą metų. Ir vaikai paprastai būna išsigimę".

„Lia yra išsigimusi dėl stiklo, o ne dėl ligos. Ar yra koks nors vaistas?"

„Jokio vaisto nėra. Bet E-Z, yra dar kažkas. Tai susiję su jos rankų akimis. Jos naujos, o liga nauja. Pernelyg didelis sutapimas, nemanai?"

E-Z tai apsvarstė ir nusprendė, kad Alfredas teisus. Tai buvo pernelyg didelis sutapimas. Bet ką jis ketino dėl to daryti? Ar jis turėtų paskambinti Erieliui? „Ar pažįstate Erielį?"

Alfredas sulėtino žingsnį ir E-Z taip pat. Jie jau buvo beveik namie ir jiems reikėjo tai išsiaiškinti prieš susitinkant su dėde Semu. „Taip, esu apie jį girdėjęs. Bet, kaip žinote, Erielis nėra mano angelas. Jūs susipažinote su mano globėja Ariel, o ji yra gamtos angelas, todėl ir esu retos gulbės būsenos. Ji gali padėti, bet tam reikės palaukti kito jos pasirodymo".

„Nori pasakyti, kad negali jos išsikviesti?"

Alfredas linktelėjo galva. „Ar gali savo noru išsikviesti Erielę?" - "Ne.

E-Z nusijuokė. „Ne visai savo noru, bet jis pasiekiamas. Nors jis, žinote ką, yra įkyrus ir nemėgsta, kai į jį kreipiamasi ar jis iškviečiamas." E-Z tyliai susimąstė ir Alfredas. Dabar jų namas jau buvo matomas ir dėdė Samas buvo namie, nes jo automobilis stovėjo ant važiuojamosios kelio dalies. „Manau, kad turėtume palaukti ir pažiūrėti, kas nutiks su Lija".

„Sutinku", - pasakė Alfredas, nulipęs nuo tako, ištraukė iš žemės žolę ir ją kramtė. E-Z stebėjo. „Aš mieliau nevalgau per daug žolės; turiu omenyje vejos žolę. Ją valgau visą dieną, kai tu būni mokykloje - išskyrus kelias gėles, kurias galiu rasti. Šiuo metu jaučiu, kad norėčiau suvalgyti šiek tiek šlapios medžiagos, augančios po vandeniu. Ji šviežesnė ir sultingesnė".

„Visiškai tai suprantu, - pasakė E-Z. „Mėgstu valgyti salotas, kai jos šviežios ir traškios. Man nelabai patinka, kai jos būna maišeliuose ir vienintelis būdas jas suvalgyti - apipilti salotų padažu."

„Man trūksta žmogiško maisto."

„Ko labiausiai pasiilgstate?"

„Be abejo, čeburekų ir keptų bulvyčių. Ir kečupo. Kaip mėgdavau tą tirštą, raudoną, lipnų padažą, kuris dedamas ant visko."

„Gal jis nebūtų toks blogas ant žolės?" E-Z nusijuokė, bet Alfredas susimąstė.

„Norėčiau pabandyti".

„Įrašykime tai į tavo kibirų sąrašą", - pasakė E-Z.

„Kas yra kibirų sąrašas?" Alfredas paklausė.

SKYRIUS 12

E-Z svarstė Alfredo klausimą. Alfredas nežinojo, kas yra kibirų sąrašas... o ši frazė buvo sukurta 2007 m. To paties pavadinimo Nicholsono ir Freemano filme. Jis paaiškino per daug nesileisdamas į detales.

„Tikrai įdomi mintis, - pasakė Alfredas, papurtydamas plunksnas. „Bet kokia prasmė vesti kibirų sąrašą? Juk tikrai prisimintum viską, ką tikrai norėtum nuveikti?"

„Žinai, Alfredai, nesu visiškai tikras. Spėju, kad tai gali būti susiję su amžiumi. Sensti ir prarandi atmintį."

„Prasminga."

Jie tęsė kelionę ir atvyko namo. Kai E-Z užvažiavo ant rampos, Alfredas įšoko į jį. Gulbė pliaukštelėjo sparnais, kad padėtų kilti aukštyn. Viršuje, kai E-Z atidarė duris, jie išgirdo nepažįstamą balsą.

„O ne, jie jau čia!" Alfredas pasakė.

„Galėjai mane įspėti!" E-Z atsakė, pakeliui į kambarį ant kabliuko pasikabinęs krepšį.

„Aišku, būčiau įspėjęs, jei būčiau žinojęs!"

Lia atsistojo.

Dešimtmetė Lia E-Zui atrodė nepaprastai kitokia, kol nepakėlė atvirų delnų.

Lia sušvokštė, pribėgo prie jo ir stipriai apkabino. Tada ji apkabino Alfredą ir pasakė, kad yra nepaprastai laiminga pagaliau jį sutikusi.

Lijos mama Samanta taip pat stovėjo ir stebėjo, kaip jos dukra apkabina berniuką, kuris išgelbėjo jai gyvybę. Angelas / berniukas neįgaliojo vežimėlyje. Jos dukra minėjo Alfredą, bet ne tai, kad jis buvo milžiniška gulbė.

Dėdė Semas atsistojo ir tarė: „O, E-Z! Ačiū Dievui, kad grįžai namo!" Jis priėjo arčiau sūnėno. Paskui nepatikliai pasiūlė jiems eiti į virtuvę parnešti užkandžių.

„Mums viskas gerai, - pasakė Samanta.

Samas primygtinai reikalavo, kad jie vis tiek eitų į virtuvę.

„Ech," - užkliuvo E. Z. „Norėčiau atsigerti".

Sam atsiduso.

„Nesivargink dėl mūsų", - pasakė Samanta.

„Jokių rūpesčių", - pasakė Samas ir pastūmė E-Z kėdę link išėjimo iš svetainės.

„Lia, tu esi labai graži, - pasakė Alfredas, palenkdamas galvą, kad ji galėtų jį paglostyti.

„Ačiū, - pasakė Lia, raudonuodama. Jiems išeinant iš kambario, ji žvilgtelėjo E-Z link, bet jis to nepastebėjo, nes jo akys buvo nukreiptos į dėdę.

Kai jie buvo virtuvėje, Samas pargriovė sūnėną. Jis atidarė šaldytuvą ir vėl jį uždarė. Nuėjo prie spintelės, atidarė dureles ir vėl jas uždarė.

„Kas atsitiko?" E-Z paklausė.

„Aš, nesitikėjau jų taip greitai, o ką apskritai valgo ir geria žmonės iš Nyderlandų? Nemanau, kad namuose turiu ką nors tinkamo. Gal turėčiau nueiti ir nupirkti ko nors ypatingo?"

„Jie tokie pat žmonės kaip ir mes, esu tikras, kad jie paragaus visko, ką tik turėsite. Per daug apie tai negalvokite."

„Padėk man čia, vaikeli. Ką turėtume patiekti? Sūrio ir krekerių? Ką nors karšto, sumuštinių su keptu sūriu? Turime vandens, sulčių ir gaiviųjų gėrimų".

„Gerai, kol kas pasiūlysime sūrio ir krekerių. Pažiūrėsime, kaip mums seksis. Ir padėklas su įvairiais gėrimais."

Samas atsiduso ir viską sudėjo ant padėklo. „O, servetėlės!" - pasakė jis ir iš stalčiaus ištraukė jų krūvą.

„Viskas paruošta?" E-Z paklausė.

„Ačiū, vaikeli, - pasakė Samas, paimdamas maisto ir gėrimų pilną padėklą. Jis nuėjo į svetainę, o sūnėnas sekė jam iš paskos. Samas viską padėjo ant stalo, tada pašoko ir pasakė: „Šoninės lėkštės!" ir išėjo iš kambario, netrukus grįžęs su minėtais daiktais.

E-Z žvilgtelėjo į Lijos pusę, kai šis gurkštelėjo gėrimo. Jis vis dar matė ją kaip mažą mergaitę, nors ji jau nebebuvo tokia. Jos plaukai buvo ilgesni.

Lijos mama atrodė dar nepatogiau nei dėdė Semas. Ji maigė krekerį, bet jo neįkando. Ji judino stiklinę su gėrimu pirmyn ir atgal, bet negėrė iš jos. Kartkartėmis žvilgtelėdavo į dėdės Semo pusę, bet neilgam. Paskui labai garsiai atsiduso ir vėl ėmė vartyti maistą.

„Kaip sekėsi skrydis?" E-Z paklausė.

„Buvo lengvas, palyginti su skrydžiu su tavimi", - atsakė Lija. Ji nusijuokė ir gaivusis gėrimas vos neišsiveržė jai iš nosies. Netrukus jie visi juokėsi ir jautėsi laisviau.

Alfredas laisvai šnekėjosi žinodamas, kad jį supranta tik Lia ir E-Z. „Dabar mes esame kartu, *Trys*. Kaip ir turėjo būti."

Lia ir E-Z apsikeitė žvilgsniais.

Alfredas tęsė. „Vis galvoju, kodėl mus suvedė. E-Z, tu gali gelbėti žmones ir esi itin stiprus, be to, gali skraidyti, kaip ir tavo kėdė. Lia, tavo galios slypi tavo veide. Tu gali skaityti mintis. Iš to, ką man pasakojo E-Z, tu turi šviesos galių ir gali sustabdyti laiką.

„Aš, aš galiu keliauti, skraidyti danguje ir kartais galiu pasakyti, kada kas nors įvyks, dar prieš tai, kai tai įvyks. Taip pat galiu skaityti mintis, bet ne visą laiką. Be to, dauguma žmonių mėgsta gulbes. Kai kurie sako, kad mes esame angelai. Yra net manančių, kad gulbės turi galią paversti žmones angelais. Nežinau, ar tai tiesa. Aš pats galiu padėti visiems gyviems, kvėpuojantiems daiktams pasveikti“.

Paskutinė dalis E. Z. buvo nauja. Jis norėjo sužinoti daugiau.

Alfredas pasisiūlė: „Pasidavimas yra pirmas žingsnis“.

E-Z ir Lia buvo paskendę mintyse apie Alfredo prisipažinimą.

„Ką dabar darysime?“ Lia paklausė.

„Kiekvienai komandai reikia lyderio, kapitono. Aš skiriu E-Z, - pasakė Alfredas.

„Aš pritariu šiai kandidatūrai“, - pasakė Lia.

Lia ir Alfredas pakėlė taures už E-Z. Prie tosto prisijungė dėdė Samas ir Lijos mama Samanta. Nors jie net neįsivaizdavo, už ką visi kėlė tostus.

E-Z jiems visiems padėkojo. Tačiau viduje jam kirbėjo klausimas, kaip visa tai pavyks. Kaip jis ketino vesti mažą mergaitę ir trimitininkę gulbę? Kaip jis ketino juos saugoti ir saugoti nuo pavojų?

Dėdė Semas ir Samanta pasisiūlė sutvarkyti, o trijulė grįžo į kambarį.

„Tai bus gera proga jiems šiek tiek geriau pažinti vieniems kitus", - pasakė Alfredas.

„Taip, mama dar niekada nebuvo tokia nervinga. Dirbdama savo darbą ji sutinka daugybę žmonių ir su jais, net su visiškai nepažįstamais, kalbasi taip, tarsi visada būtų juos pažinojusi. Manau, tai viena iš jos sėkmės paslapčių. Tačiau su Samu ji tyli kaip pelė ir nervinasi".

„Galbūt tai reaktyvinis vėlavimas", - užsiminė E-Z.

Alfredas nusijuokė. „Ne, jie traukia vienas kitą. Jūs abu per jauni, kad tai pastebėtumėte, bet ore tvyrojo vibracija".

„Tikrai, mano mama įsimylėjusi Samą?"

„Dėdė Semas irgi buvo nepatogus - bet pastaruoju metu jis nesusitinka su daug merginų, nes dirba iš namų ir didžiąją laiko dalį praleidžia padėdamas man. Balsuoju už tai, kad pakeistume temą."

„Aš irgi", - pasakė Lija.

„Jūs abu nesate linksmi."

„Manau, kad mums gali būti metas pasikviesti Erielį," - pasakė E-Z. „Jis turi būti tas, kuris mus visus subūrė. Reikia, kad mums būtų atskleistas planas. Kad žinotume, ko ir kada iš mūsų bus tikimasi".

„Kas yra Erielis?" Lia paklausė. „Prisimenu, kad anksčiau manęs klausėte, ar aš jį pažįstu".

„Jis yra arkangelas ir globojo mano bandymus. Na, bent jau keletą pastarųjų."

„Mano angelas, tas, kuris man suteikė rankų regėjimo dovaną, vadinasi Hanielis. Ji taip pat yra arkangelas. Ji yra žemės globėja".

Tai nustebino E-Z. Jei jie visi dirbo savo angelams, tai kodėl juos suvedė? Ar vienas angelas buvo galingesnis už kitą? Kas buvo vyriausiasis angelas? Kas kam atsiskaitydavo?

„Tikrai norėčiau sužinoti, kas vyksta, - tarė Alfredas.

„Žinau tik tiek, - pasakė Lija, - kad po nelaimingo atsitikimo manęs paklausė, ar norėčiau būti viena iš trijų. Ir dabar, voila, štai mes čia."

Į kambarį įėjo dėdė Semas ir Samanta. Jie dar kurį laiką šnekėjosi kartu, kol nuo skrydžio pavargusi Samanta nuėjo į savo kambarį. Dėdė Semas taip pat nuėjo į savo kambarį.

„Eime į mano kambarį ir pasikalbėkime, - pasakė E - Z.

Lia ir Alfredas nusekė paskui jį. Po kelių valandų diskusijų trijulė suprato, kad turi daug klausimų, bet mažai atsakymų. Lija nuėjo į savo kambarį, kuriuo dalijosi su mama. Alfredas miegojo ant E-Z lovos krašto. E-Z knarkė toliau. Rytoj buvo kita diena - tada jie viską išsiaiškins.

SKYRIUS 13

Kitą**rytą**Lia nešė dubenėlius su grūdais į galinį sodą. Danguje kilo saulė, diena buvo be debesų ir artėjo 10 val. ryto.

Lia padavė E-Z jo dubenėlį, tada atsisėdo po skėčiu terasoje ir įsidėjo šaukštą kukurūzų dribsnių.

„Šiaurės Amerikos kukurūzų dribsnių skonis skiriasi nuo tų, kuriuos turime Nyderlanduose".

„Kuo skiriasi?" E-Z paklausė.

„Čia viskas saldesnio skonio".

„Girdėjau, kad skirtingose šalyse naudojami skirtingi receptai. Ar norite ko nors kito?" Ji atsisakė papurtydama galvą. Praėjusią naktį negalėjau užmigti, - pasakė E-Z ir įsidėjo dar vieną šaukštą „Captain Crunch".

„Atsiprašau, ar aš per daug knarkiau?" paklausė Alfredas, stumdamas veidą į rasotą žolę.

„Ne, tau viskas buvo gerai. Turėjau daug minčių. Turiu omenyje, kad mes visi čia. Trys - ir aš jau seniai neturėjau teismo... Nuo tada, kai Hadžą ir Reikį pažemino pareigose, nežinau, kas vyksta. Po to paskutinio mūšio su Erieliu - kurį, beje, laimėjau - iš Erielio nieko negirdėjau. Tai mane nervina. Įdomu, ką jis sugalvojo, kad padarytų mano gyvenimą apgailėtiną".

Alfredas nužingsniavo tolyn į sodą, nes ant žolės nusileido vienaragis.

„Jūsų paslaugoms, - tarė mažoji Dorrit.

Vienaragis prisiglaudė prie Lijos, o ji atsistojo ir pabučiavo jį į kaktą.

Virš jų prasidėjo mėlyna dangaus raštų juosta. Joje buvo užrašyti žodžiai:

ŽODŽIAI: „SEKITE PASKUI MANE".

E-Z'o kėdė pakilo: „Nagi!" - sušuko jis.

Mažoji Doritė pasilenkė, leisdama Lijai ant jos užlipti.

Alfredas suplasnojo sparnais ir prisijungė prie kitų.

„Ar žinote, kur važiuojame?" Alfredas paklausė.

„Žinau tik tiek, kad turime skubėti! Vibracijos stiprėja, todėl turime būti arti".

„Žiūrėkite į priekį", - sušuko Lija. „Manau, kad esame reikalingi atrakcionų parke."

Iškart E-Z buvo aišku, kaip jų reikia. Kalneliai buvo nuvažiavę nuo bėgių. Vagonėliai kabojo pusiau ant bėgių, pusiau nuo jų. Įvairaus amžiaus keleiviai klykė. Vienas vaikas kabojo taip pavojingai persisvėręs kojomis per vežimėlio šoną, kad buvo aišku, jog jis nukris pirmas.

„Mes pagausime tą vaiką", - pasakė Lia ir nuvažiavo. Ji ir Mažoji Dorrit ėjo tiesiai prie berniuko. Jis paleido, nukrito ir saugiai nusileido priešais Liją ant vienaragio.

„Ačiū, - tarė berniukas. „Ar tai tikrai vienaragis, ar aš sapnuoju?"

„Tikrai taip", - atsakė Lija. „Jos vardas Mažoji Dorrit."

„Mano mama turi knygą tokiu vardu. Manau, kad ją parašė Čarlzas Dikensas."

„Teisingai", - pasakė Lija.

„Ar Mažojoje Dorritėje yra vienaragių? Jei taip, turėsiu ją perskaityti!"

„Negaliu tvirtai pasakyti, - pasakė Lija. „Bet jei sužinosi, pranešk man."

E-Z paeiliui griebė pasvirusius automobilius. Reikėjo šiek tiek pasistengti, kad išlaikytų pusiausvyrą, iš pradžių jis buvo šiek tiek panašus į slibiną, visas pakrypęs į vieną pusę. Tačiau patirtis su lėktuvu jam padėjo ir įkvėpė keliant vagonus atgal ant bėgių. Jis laikė juos stabiliai, kol visi keleiviai saugiai įlipo į vidų.

Alfredo pagalbos dėka šis procesas vyko sklandžiai. Alfredas, pasitelkęs savo sparnus, snapą ir dydį, sugebėjo juos pakelti į saugią vietą.

„Ar visiems viskas gerai?" E-Z sušuko ir sulaukė garsių visų keleivių plojimų.

Sėkmingai atlikęs užduotį, Alfredas nuskrido ten, kur buvo Lija ir kiti. Tai buvo puiki vieta stebėjimui.

„Ar galime dabar nuleisti berniuką?" Lia paklausė.

E-Z parodė jai į viršų pakeltą nykštį.

Apačioje buvo atvežtas kranas, kurį reikėjo pakelti gelbėjimo darbams. Jis dar nė iš tolo nebuvo paruoštas. Jis stebėjo, kaip darbininkai, užsidėję geltonas kietas kepures, dairėsi aplinkui.

E-Z švilptelėjo kalnelius valdžiusiam vaikinui, kad šis juos paleistų.

Kalnelių operatorius vėl užvedė variklį. Iš pradžių vagonėliai truputį pavažiavo į priekį, paskui sustojo. Keleiviai rėkė; bijodami, kad kalnelis vėl nuvažiuos nuo bėgių. Kai kurie laikėsi už kaklų, kurie buvo sužeisti per pirminį įvykį.

E-Z pasistatė savo vežimėlį vagonų priekyje ir stebėjo, kad jų padėtis nepasikeistų. Jis pastebėjo, kad pakilo vėjas, nes keleivių plaukai šiaušėsi vagonuose. Vienas pagyvenęs vyras pametė savo beisbolo kepuraitę „LA Dodgers". Visi stebėjo, kaip ji nukrito ant žemės.

„Bandyk dar kartą", - sušuko E-Z, tikėdamasis geriausio, bet tam atvejui sugalvojęs planą B.

Operatorius užvedė variklį. Kalneliai vėl pajudėjo į priekį. Šį kartą šiek tiek toliau, bet ir vėl visiškai sustojo.

E-Z sušuko įsakymą Mažajai Doritei: „Prašau, paguldykite Liją ant žemės. Tada paimk keletą grandinių su kabliais abiejuose galuose ir atnešk jas prie manęs".

Vienaragis linktelėjo galva ir nusileido žemyn, girdėdamas apačioje susirinkusios minios „oho" ir „ach". Vienas vaikinas bandė ją pagriebti ir pasivyti, ji nosimi jį atstūmė, o policija pajudėjo aptverti teritorijos.

„Čia!" - pasakė vienas statybininkas. Jis girdėjo, ko prašė E-Z. Jis įkišo dalį grandinėlės į Mažosios Dorrit burną, o likusią apvyniojo aplink kaklą.

„Ar ne per sunki?" - paklausė jis, kai Mažoji Dorrit be jokių problemų pakilo ir sparneliais nuskriejo iki tos vietos, kur dabar prie E-Z laukė Alfredas.

Alfredas, naudodamasis snapu, įkišo kabliuką į kalnelių vagonėlio priekį. Jis pritvirtino jį į vietą ir pritvirtino prie E-Z vežimėlio.

„Prašome likti sėdėti, - paragino E-Z. „Aš jus nuleisiu žemyn, lėtai, bet užtikrintai. Pasistenkite per daug nesikeisti, norėčiau, kad svoris būtų išdėstytas tolygiai. Ant trijų, riedėsime, - pasakė jis. „Vienas, du, trys." Jis traukė, atiduodamas visas jėgas, ir automobilis riedėjo kartu su juo. Leistis žemyn buvo lengva, kylant aukštyn jis turėjo užtikrinti, kad vežimėlis neįgytų per didelio greičio ir vėl neišslystų. Mažoji Dorita ir Alfredas skrido šalia automobilio, pasiruošę veikti, jei kas nors nutiktų ne taip.

Lia buvo tokia išsigandusi, nervinga ir susijaudinusi.

„Tu gali tai padaryti, E-Z!" - šaukė ji, pamiršusi, kad gali ištarti žodžius mintyse, ir jis juos išgirs.

„Ačiū", - pasakė jis, išlaikydamas lėtą ir tolygų tempą. Nors E-Z buvo pavargęs, jis privalėjo atlikti jam skirtą užduotį. Kai automobilis užsuko už kampo ir visiškai sustojo, jis grįžo į tunelį. Atgal ten, kur jo kelionė prasidėjo pirmą kartą.

„Ačiū!" - sušuko operatorius.

Ugniagesiai gelbėtojai, paramedikai ir slaugytojai pasiruošė keleivių antplūdžiui. Išlipantys tuo pačiu metu.

„E-Z! E-Z! E-Z!" - skandavo minia, pakeltais telefonais filmuodama visą incidentą.

„Kaip manote, ar turime laiko nusipirkti cukraus vatos?" Lia paklausė.

„Ir karamelinių kukurūzų?" Alfredas paklausė. „Nesu tikras, ar man patiks, bet esu pasiruošęs pabandyti!"

„Žinoma, - pasakė E-Z, - be rūpesčių nupirksiu tau abu! Galbūt net nusipirksiu saldainių obuolių."

Eidamas pirkti, jis pastebėjo, kad atvyko žurnalistai. Jie buvo susibūrę aplink žmogų, kuris buvo labai aukštas, juodais plaukais. Vyras priešais save laikė skrybėlę ir buvo panašus į Abraomą Linkolną. Geriau įsižiūrėjęs jis suprato, kad tai persirengęs Erielis. Jis priėjo arčiau, kad galėtų pasiklausyti.

„Taip, tai aš subūriau šią dinamišką trijulę. Lyderis yra E-Z Dikensas, jam trylika metų ir jis yra superžvaigždė. Be to, kad jis yra labiausiai patyręs *Trijulės* narys, jis yra ir lyderis. Kaip turėjote pastebėti, jis gali valdyti beveik viską. Jis puikus vaikas!"

E-Z pajuto, kaip jam įkaista skruostai.

„O kaip dėl mergaitės ir vienaragio?" - sušuko reporteris.

„Jos vardas Lia, ir tai buvo pirmasis jos žygis superherojų pasaulyje. Jos vienaragis yra Mažoji Dorrit, ir jiedu yra nuostabi komanda. Ji išgelbėjo tą berniuką, - jis sugriebė berniuką. Jis pastatė jį priešais kameras ir į jų centrą.

Kai visos akys buvo nukreiptos į jį, jis baigė sakinį. „Lengvai. Lia ir Mažoji Dorrit yra nuostabūs komandos papildymai, jie bus didžiulė pagalba E-Z visuose jo ateities siekiuose."

„Koks tai buvo įspūdis?" - paklausė berniuko reporteris.

„Lia buvo labai maloni, - atsakė berniukas.

Tamsaus gymio figūra atstūmė berniuką. Jis nusipurtė dulkes.

„Trimitininkas gulbinas vardu Alfredas. Tai buvo pirmoji jo galimybė padėti EŽ. Jis drąsiai, rizikuodamas save. Alfredas yra dar vienas puikus šios superherojų komandos „ Trys" narys. Ateityje jų dar daug pamatysite". Jis suabejojo: „O ir mano vardas Erielis, jei norėsite mane pacituoti savo straipsnyje."

Dabar E - Z norėjo, kad nebūtų sutikęs rinkti karnavalinių skanėstų. Jis nusisuko į šoną, tikėdamasis, kad jo nepastebės.

„Štai jis!" - kažkas sušuko.

Kiti, stovėję eilėje už jo, stūmė jį į eilės priekį.

„Tai ant namo", - pasakė pardavėjas, paduodamas jam po vieną iš visko.

„Ačiū", - pasakė jis, pakeldamas rankas.

„Tai jis! Berniukas vežimėlyje! Mūsų didvyris!" - šaukė kažkas iš apačios.

„Štai jis, nufotografuokite jį".

„Grįžkite atgal, kad padarytumėte asmenukę, prašau!"

E-Z žvilgtelėjo į tą pusę, kur buvo Erielis, bet dabar, kai jis buvo pastebėtas, niekas juo nesidomėjo. Kitas dalykas, kurį jis suprato, kad Erielis dingo.

„Eikime iš čia!" E-Z sušuko, svarstydamas, kur tiksliai jie turėtų eiti. Jei jie eitų į jo namus, žurnalistai ir gerbėjai greičiausiai sektų paskui jį. Tam tikra prasme jis pasiilgo dienų, kai Hadžis ir Reičelė visiems dalyviams išvėdino protus - tai tikrai nesudėtinga.

Grįždamas atgal E-Z negalėjo nesusimąstyti, ką Erielis veikia. Juk niekas neturėjo žinoti apie jo išbandymus. Tai buvo labai keista - bet jis buvo per daug išsekęs, kad apie tai kalbėtųsi su draugais. Vietoj to jis svarstė, kodėl nebebuvo svarbu slėpti savo išbandymų - ir kaip tai turėjo pakeisti padėtį. Gerai, kad jo sparnai nebedegė, o kėdė neatrodė suinteresuota gerti kraują.

„Na, tai buvo gana lengva, - pasakė Alfredas.

Lia nusijuokė: „Ir buvo visai smagu matyti tave veikiantį E-Z".

„Ei, o ką jau kalbėti apie mane, aš irgi padėjau!"

„Tu tikrai padėjai", - pasakė E-Z. „Ir mažoji Dorrit, ačiū tau! Be tavęs nebūčiau to padaręs!"

Mažoji Dorrit nusijuokė. „Džiaugiuosi, kad galėjau padėti."

„Tu buvai nuostabi!" Lija paglostė jai kaklą.

Tačiau kažkas juos neramino. Buvo akivaizdu, kad E-Z galėjo viską padaryti pats. Jam nereikėjo pagalbos.

Alfredas ypač jautė, kad, būdamas trimitininkas gulbinas, jis padarė viską, ką galėjo. Bet jis nelabai padėjo tokiame gelbėjime. Ne taip, kaip galėtų padėti tas, kuris turėjo rankas. Jis dėjo visas pastangas, bet ar to pakako? Ar jis buvo geriausias pasirinkimas būti *Trijų* nariu?

Lija galvojo, kad Mažoji Doritė galėjo nusileisti po berniuku ir jį išgelbėti ir be jos ant nugaros. Vienaragis buvo protingas ir galėjo sekti E -Z vadovu bei jo nurodymais. Ji jautėsi taip, lyg būtų nuėjusi visą šį kelią, ir dėl ko? Iš tikrųjų tai neturėjo jokios prasmės.

Jie vėl grįžo namo. Nors jie kartu nuveikė kažką nuostabaus, jų nuotaika buvo prislėgta.

Mažoji Doritė išėjo ir iškeliavo ten, kur gyveno, kai jos nereikėjo.

E-Z tuoj pat nuėjo į savo kabinetą, kur šiek tiek padirbėjo prie savo knygos. Jis norėjo atnaujinti bandymų sąrašą, kad matytų, kur jis yra. Nusprendė juos visus surašyti iš naujo nuo pradžių:

1/ išgelbėjo mažą mergaitę

2/ išgelbėjo lėktuvą nuo sudužimo

3/ sustabdė šaulį ant stogo

4/ sustabdė mergaitę parduotuvėje

5/ sustabdė šaulį prie savo namų

6/ susikovė su Erieliu

7. išsigelbėjo nuo tos kulkos

8/ išgelbėjo Lia

9/ sugrąžino kalnelius į trasą.

Jis nebuvo tikras, ar dėdės Semo išgelbėjimas buvo išbandymas, ar ne. Hadžė ir Reikis išvydo jo protą. E-Z nujautė, kad dėdės Semo išgelbėjimas nebuvo išbandymas.

Jis atsisėdo ant kėdės. Galvojo apie artėjantį galutinį terminą. Per ribotą laiką jis turėjo atlikti dar tris bandymus. Tam tikra prasme jis norėjo, kad jie būtų baigti. Kita vertus, baigti savo įsipareigojimus jį gąsdino.

Tuo tarpu Alfredas nusprendė nueiti išsimaudyti prie ežero.

O Lija su mama išėjo pasivaikščioti.

✳✳✳

„**Taigi,** koks jis buvo?" Samanta paklausė.

„Buvo labai įdomu ir kartu baisu. E-Z yra nepaprastas. Bebaimis, - paaiškino Lija.

„O koks buvo tavo indėlis?"

Jos pasuko už kampo ir kartu atsisėdo ant suoliuko parke. Vaikai žaidė, bėgiojo aukštyn žemyn ir šaukė. Ir motina, ir dukra prisiminė, kaip Lija taip nerūpestingai žaisdavo, kai jai buvo septyneri. Dabar, kai jai buvo dešimt metų, jos susidomėjimas žaidimais labai sumažėjo.

„Ar tau to trūksta?" Samanta paklausė.

Lia nusišypsojo. „Tu visada žinai, ką galvoju. Nelabai, bet kada nors netrukus norėčiau vėl pabandyti šokti. Pamatyti, kaip ir ar galėčiau prisitaikyti".

Jos sėdėjo kartu ir žiūrėjo, nieko nesakydamos.

„Kalbant apie mano indėlį, mažas berniukas kabojo ant automobilio ir be Mažosios Dorrit pagalbos galėjo nukristi."

„Galėjo?"

„Taip, manau, kad E-Z būtų jį išgelbėjęs, paskui susidorojęs su likusiais, jei mūsų nebūtų buvę šalia. Jis įpratęs pats atlikti bandymus."

„Nemanai, kad tavęs ar Alfredo reikėjo?"

„Mūsų buvimas ten dėl moralinės paramos buvo naudingas, nežinau. Archangelai daug vargo, kad mus surinktų. Kad nuskraidintų mus visą kelią iš Nyderlandų, mūsų namų. Kai, remiantis šiuo teismo procesu, nemanau, kad esame reikalingi".

Samanta paėmė dukters ranką į savo, jos pakilo nuo suolo ir pasuko namų link.

„Manau, kad turėti komandą, atsarginį variantą, yra geras dalykas, ir esu tikra, kad E-Z tai žino ir vertina. Jis neatrodo iš tų vaikų, kurie būtų vienišiai. Jis žaidė beisbolą, iš to, ką man pasakojo Samas, vis dar žaidžia. Jis žino, kad komandos gerai dirba kartu, remdamosi kiekvieno žaidėjo stipriosiomis savybėmis. Kalbant apie tave, nesijaudinčiau, kad nebuvai lemiamas veiksnys šiame procese. Ir niekada nenuvertink savo vertės".

„Ačiū, mama, - tarė Lija, kai jie užsuko už kampo į savo gatvę. „Dabar pakalbėkime apie Semą. Jis tau tikrai patinka, ar ne?"

Samanta nusišypsojo, bet neatsakė.

****

Tuo pat**metu**Samas tikrino E.Z. „Ar viskas gerai?" - paklausė jis, įkišęs galvą į sūnėno kabinetą.

„Nesu tikras. Ar galime pasikalbėti?"

„Žinoma, vaikeli."

„Uždaryk duris, prašau."

„Kas atsitiko? Ar pirmasis komandos bandymas nepavyko?"

„Pirmiausia noriu tavęs paklausti, kas vyksta tarp tavęs ir Lijos mamos?"

Samas kilstelėjo kojas ir nusivalė akinius. „Nesureikšminkime to dėl manęs ir Samantos. Tai tarp mūsų."

„O, vadinasi, yra JAV?" - šyptelėjo jis.

„Pakeisk temą", - pasakė Samas.

„Gerai, tada, ką pasakysi. Kalbant apie teismą, jis praėjo gerai, ir negalvok apie mane blogai. Sakau tai ne dėl to, kad esu didžiagalvis, bet būčiau galėjęs jį užbaigti ir be kitų".

„Papasakok man, kas tiksliai nutiko. Kokia buvo tavo užduotis? Ir turiu pasakyti, kad tai mane stebina, nes visada buvai komandinis žaidėjas".

„Aš žinau. Būtent tai mane irgi neramina. Tai buvo pramogų parke. Nuo trasos nuvažiavo amerikietiški kalneliai. Jo priekis kabojo nuo krašto, o keleiviai išsibarstė. Tik vienam iš jų grėsė tikras pavojus - vaikui, kurį Lia, padedama vienaragio mažosios Dorrit, pagavo."

„Panašu, kad tas gelbėjimas buvo naudingas."

„Buvo, nes vaikinukas buvo pavėlavęs, bet aš buvau šalia ir galėjau jį išgelbėti. Tada grąžinau vežimėlį į vėžes ir padėjau kitiems į vidų. Man atrodė, kad laikas sustojo - taigi, lengvai galėjau išspręsti šią situaciją be niekieno pagalbos."

„Atrodo, kad Alfredas, nebuvo jums labai naudingas. Ar norite pasakyti, kad galėjote apsieiti ir be jo?"

E-Z perbraukė pirštais per tamsų plaukų vidurį. Šerkšno pojūtis kažkaip jį išblaškė.

„Alfredas padėjo. Bet aš ieškojau būdų, kaip jis galėtų padėti. Jis taip stengiasi. Mes taip norime padėti, bet, tiesą sakant, jis pakankamai protingas, kad žinotų, jog aš jam pridariau darbo. Taigi, jis galėtų padėti, o aš dėl to nesijaučiu gerai".

„Taip elgiasi komandos žaidėjai. Jie rūpinasi vienas kitu. Padeda vienas kitam."

„Žinau, bet kai ant kortos pastatytos gyvybės, aš turiu užtikrinti, kad niekas nežūtų. Jei aš randu užduotis kitiems, kad jie jaustųsi reikalingi, tai yra kliūtis, o ne pagalba." Jis giliai atsiduso, spragsėdamas pirštais per klaviatūrą. Susigėdęs vengė akių kontakto su dėde.

Po kelių minučių tylos E-Z grįžo prie knygos, kad leistų dėdei viską apmąstyti. Jis peržvelgė dienos įvykių detales.

Kaip jis atpasakojo. Suskirstydamas viską į dalis. Išardydamas procesą ir vėl jį sudėliodamas, jis patyrė apreiškimą. To jis niekada anksčiau nebuvo daręs. Jis galėjo aptarti šį klausimą su savo komanda. Jie galėjo pasakyti, kaip jam sekėsi, pateikti pasiūlymų, kad jis galėtų tobulėti. Taip, buvimas vienu iš trijų turėjo daug privalumų. Žinodamas tai jis jautėsi atsipalaidavęs ir laimingesnis.

„Manau, kad prieš ką nors nuspręsdamas turėtum šiai komandinei situacijai skirti daugiau laiko. Tau turi būti naudinga žinoti, kad jie kiekvienas turi savo ypatingų galių, kad galėtų tau padėti. Šioje situacijoje jūsų įgūdžiai buvo svarbiausi. Tai nereiškia, kad taip bus visada. Atliekant kitą užduotį viskas gali pasikeisti. Viskas vyksta dėl tam tikros priežasties.“

„Tu galvoji taip pat, kaip dabar galvoju aš. Viskas visada geriau, jei su tuo susiduri ne vienas. Tu mane to išmokei.“

„Ar dar kas nors šiuose namuose badauja?“ Paskambino Alfredas, šlubčiodamas koridoriumi.

E-Z pastūmė kėdę ir atsakė: „Aš!“

Samas paklausė: „Tu ką?“

„O, Alfredas paklausė, ar kas nors alkanas“.

„Aš irgi!“ Samas sušuko.

„Aš irgi“, - pasakė Lia. „Kas bus vakarienei?“

Samanta pasiūlė užsisakyti picą. Visi apsidžiaugė, išskyrus Alfredą. Jis nemėgo sūrių su styrančiu sūriu.

Vakarą jie praleido drauge, pildami sau pilstuką ir žiūrėdami serialą apie zombius.

„Tau ne per daug baisu, ar ne, Lia?“ paklausė E-Z,

„Man per daug baisu!“ Samanta atsakė. Samas apkabino ją ranka, o Lija kikeno ir laikė mamą už rankos.

SKYRIUS 14

Ankstyvąkitos dienos rytą Alfredas prabudo su šauksmu. Jei niekada negirdėjote gulbės klyksmo, jums pasisekė. Jis buvo toks garsus, kad pažadino visus.

E-Z bandė Alfredą nuraminti. Gulbė tik dar labiau suplasnojo sparnais ir išleido baisų garsą. Atrodė, lyg jis būtų kankinamas. Arba tai, arba pasaulio pabaiga!

Dėdė Samas atvyko patikrinti, kas vyksta.

„Tai Alfredas, bet nesijaudink. Aš susitvarkysiu", - pasakė E-Z.

Netrukus Lija ir Samanta atėjo ištirti. Lia įtikino Samantą grįžti miegoti.

Lia liko, kad padėtų E-Z paguosti Alfredą. Šis tuoj pat priėjo prie lango, atidarė jį snapu ir išskrido į naktį.

Virš jų E-Z ir Lia klausėsi, kaip Alfredas tinklinėmis kojomis daužo stogą.

„Ko jūs abu laukiate!" - sušuko jis. „Mums reikia eiti - DABAR!"

Lija išlipo pro langą ir drebėdama atsistojo ant atbrailos. Ji palaukė, kol E-Z sugebėjo įlipti į savo vežimėlį ir manevruoti jį į pakibusią padėtį.

„Palauk, manau, vienaragis pagaliau pakeliui, - pasakė Alfredas. „Štai kodėl aš esu čia, viršuje. Kad pažiūrėčiau, ar ji atvažiuoja."

Mažoji Dorrit nusileido, pakišo nosį po Lija ir numetė ją ant nugaros.

Jie nuskrido, o Alfredas vedė juos pirmyn.

„Sulėtink!" E-Z sušuko. Alfredas nekreipė į jį dėmesio. Jis tęsė skrydį, didindamas aukštį ir greitį. E-Z kėdės sparnai ėmė plazdėti, kaip ir jo angelo sparnai. Jis turėjo dirbti greitai, kad išlaikytų Alfredą akyse.

Lia susiraukė. „Gaila, kad neturiu su savimi megztinio."

„Prisiglausk prie mano kaklo", - pasakė Mažoji Dorrit. „Aš tave sušildysiu."

E-Z padidino tempą, artėdamas prie jos, tada suprato, kad Alfredas lėtėja. Arba jam taip atrodė. Vietoj to jis išvydo vaizdą, kuris niekada neišdils iš jo atminties. Alfredas sustingo ore, išskleidęs sparnus ir kojas. Tarsi jis būtų modeliuojamas kaip X.

Tada visas jo kūnas ėmė drebėti, o šis virto drebėjimu. Atrodė, lyg jį būtų nutrenkęs elektros srovė. O jo veidas, ant kurio buvo matyti nepakeliamo skausmo išraiška, draugų akyse sužibo ašaros.

„Kas jam atsitiko?" Lia paklausė. „Aš nebegaliu į jį žiūrėti. Tiesiog negaliu", - verkė ji.

„Atrodo, lyg jis būtų sukrėstas. Kas galėtų taip pasielgti?" Kai tai pasakė, jis žinojo. Tik Erielis galėjo būti toks žiaurus. Erielis buvo juos iškvietęs. Naudojo šią elektros šoko techniką, kad priverstų juos sekti paskui savo draugą Alfredą. Tik kas, jei jis neišgyventų po elektros šoko? Jam taip sakant, sauja Alfredo plunksnų atsiskyrė nuo jo kūno ir pakilo į orą. Jis nustojo drebėti ir ėmė skraidyti. Per petį jis tarė: „Pirmyn, laikykitės, kol jis vėl manęs nesudavė".

„Ar tau viskas gerai?" Lia paklausė.

„Tai buvo trečias kartas, ir kaskart vis blogiau. Turime patekti ten, kur jie nori, ir greitai. Nežinau, ar galėsiu išgyventi dar vieną - ne blogesnį už paskutinį. Tai buvo baisu."

Jie skrido toliau, kalbėdamiesi.

„Atsiprašau, kad visus pažadinau, - tarė Alfredas, kai smūgiai liovėsi.

„Tai nebuvo tavo kaltė." E-Z atsakė. „Esu tikras, kad žinau, kas dėl to kaltas, ir kai jį pamatysime, aš jam duosiu į kailį."

„Ką turite omenyje?" Lija paklausė įsikniaubusi Mažajai Doritei į kaklą. Buvo taip tamsu ir šalta; ji negalėjo nustoti drebėti.

Alfredas pasakė: „Mes buvome iškviesti siunčiant elektros smūgius į visą mano kūną. Atrodė, tarsi mano plunksnos degtų iš vidaus. Toks grubus. Taip labai nemandagu, ir minutėlę pagalvojau, kad vėl grįžau į tarpuvartę".

Visas jo gulbės kūnas sudrebėjo apie tai pagalvojus. „Tiems, kas tai padarė, atiduosiu, ko jie nusipelnė, kai juos taip pat pamatysiu!"

Alfredas toliau skrido paskui kitus. „Anksčiau Arielė šnibždėjo man į ausį, kad mane pažadintų. Paskui kartu aptardavome planą. Ji tai darydavo net tada, kai aš būdavau tarpduryje. Ji visada buvo man švelni ir maloni. Šis iškvietimas buvo kitoks".

„Panašu, kad tai Erielės darbas, - prisipažino E-Z. „Jis nėra labai taktiškas, gali būti šiek tiek melodramatiškas ir gana nejautrus. Jau nekalbant apie tai, kad jis turi liguistą humoro jausmą".

„Šiek tiek melodramatiškas, net neprasilenkia su paviršiumi", - pasakė Alfredas.

„Turėsi kada nors papasakoti mums daugiau apie šį tarpuvaldį. Pavadinimas skamba mielai, bet turiu nuojautą, kad tai oksimoronas, - pasakė E-Z.

„Nemėgstu apie tai kalbėti, - atsakė Alfredas.

„Aš tikrai nekantrauju susitikti su šiuo Eriel žmogumi. NE." Lia prisipažino. „Tai tas pats, kas laukti susitikimo su Voldemortu. Jo reputacija jį lenkia".

„Ak, vadinasi, Hario Poterio gerbėja?" Alfredas paklausė.

„Tikrai, - prisipažino Lija.

Žvaigždės danguje viršuje siuntė įsivaizduojamą šilumą. Vis dėlto jie drebėjo nepasiruošę nakties ore.

„Ar mes jau beveik ten?" E-Z paklausė.

„Nežinau tiksliai, - atsakė Alfredas. „Šokas nepasakė, kur mus iškvietė, o aš negaliu užčiuopti jokių vibracijų ore. Vienintelis dalykas, kuris parodytų, kad nedarome to, ko iš mūsų tikimasi, yra dar vienas šokas. Deja."

„Mes nenorime, kad taip nutiktų. Didinkime tempą."

„Atrodo, kad vis dėlto artėjame." Alfredas sustojo viduryje oro; sparnai buvo visiškai išskleisti. „O ne!" - sušnabždėjo jis, laukdamas naujo smūgio. Jis laukė ir laukė, bet nieko neįvyko. „Spėju, kad jau beveik..."

Šį kartą gulbės kūnas ne tik virpėjo ir drebėjo. Alfredo kūnas virpėjo ir vėl ir vėl. Tarsi danguje jis būtų atlikęs salto.

Aplink jį skraidė išskleistos plunksnos, šokdamos vėjyje, kai gulbė leidosi į laisvąjį kritimą.

E-Z praskrido po gulbe trimitininke ir ją pagavo. „Alfredas? Alfredai?" Vargšė gulbė nusilpo. „Erielis! Tu!

Tu didelis plaukuotas grifas!" E-Z šaukė pakėlęs kumštį į dangų. „Tu neprivalai žudyti Alfredo. Pasakyk, kur esi, ir mes būsime ten, bet tik tada, jei sutiksi jį nušluoti elektros krūviais. Tai barbariška. Jis juk gulbė dėl gailesčio. Duokite jam pertrauką".

„Ką jis ir sakė, - atsakė Lija, atkišusi atvirus delnus į dangų.

Sekundę jie pakibo, vis dar vietoje.

Tada vežimėlį ištiko šokas. Paskui smogė vienaragiui Dorritui. Ir visi pasileido laisvu kritimu.

Erielės juokas pripildė orą aplink juos. Pasaulis buvo jo jausmų aplinka, ir jis tyčiojosi iš *Trijų* taip, kaip niekas kitas negalėjo. Arba norėtų.

SKYRIUS 15

Josdar kurį laiką smarkiai krito. Nė vienas iš jų nekontroliavo savo ypatingų galių ar savybių.

Jie pusiau tikėjosi, kad jų kūnai išsibarstys ant apačioje esančio grindinio. Grindinys kilo jų pasitikti.

Staiga nusileidimas baigėsi. Atrodė, tarsi jie visi būtų pririšti prie nematomo lėlininko.

Po kelių sekundžių judėjimas vėl prasidėjo Bet šį kartą jis buvo švelnus.

Vedė juos tol, kol jie galėjo saugiai nusileisti prie arkangelų Erielio, Arielio ir Hanielio kojų.

„Geros kelionės?" Erielis paklausė. Jis krūptelėjo iš juoko. Jo palydovai žiūrėjo nesijuokdami ir nekalbėdami.

Alfredas, dabar jau pabudęs, skrido ir nusileido, o paskui jį - vienaragis Mažasis Dorritas, nešinas Lija.

Vienaragis nusilenkė kitiems svečiams, tada pasitraukė į kitą kambario pusę.

Erielis buvo aukščiausias iš likusių trijų, stovėjo rankas susidėjęs ant klubų, įsitikinęs, kad niekam nekils abejonių, kas čia vadovauja.

Arielė, priešingai, buvo panaši į fėją.

Hanielis buvo statula, spinduliuojanti grožiu.

Erielis žengė į priekį, pakilęs nuo žemės, kad būtų virš jų. Jis riktelėjo: „Užtruko pakankamai ilgai, kol čia atvykote! Ateityje, kai įsakysiu jums atvykti, jūs būsite čia kaip mat!"

Hanielis nuskrido arčiau Alfredo. Ji palietė jam kaktą. Paskui ji atsisuko į E-Z ir padarė tą patį. Ji nusišypsojo. „Malonu su jumis abiem susipažinti." Ji atsisuko į Liją. Lia atvėrė savo delną ir abu apsikeitė atvirų delnų pirštų prisilietimais. Lia puolė į Hanielio rankas. Hanielė apglėbė ją sparnais, įsidėmėdama naują dešimtmetės mergaitės išvaizdą.

Arielė dirstelėjo šalia E. Z. Ji mirktelėjo jam ir nusišypsojo Lia. Ji nuskrido prie Alfredo ir atleido jam skausmą.

„Užteks nervintis!" Erielis įsakė tokiu griausmingu balsu, kad E-Z baiminosi, jog jis pakels stogą.

„Palauk, - tarė Alfredas, eidamas ir garsiai šlepsėdamas voratinklinėmis kojomis ant betoninių grindų. „Mane vos nenutrenkė elektra, todėl norėčiau atsiprašyti".

Erielis plačiai išskleidė sparnus, plačiau, kiek tik jie galėjo. Jis pakibo virš Alfredo, kuris virpėjo, bet laikėsi. Jų akys susikirto.

E-Z pajuto, kad gulbė trimitininkė Alfredas yra arba labai drąsus, arba labai kvailas. Bet kuriuo atveju jam reikėjo pagalbos.

E-Z pasisuko į priekį, pastatė kėdę tarp jų. „Kas padaryta, tas padaryta." Jis kreipėsi į Alfredą: „Atsistok." Alfredas taip ir padarė. Tada kreipėsi į Erielį: „Žinau, kad esi chuliganas ir tai, ką padarei mūsų draugui, buvo neatleistina ir žiauru. Dabar vidurnaktis, tad pereik prie reikalo - pasakyk, kodėl mes čia esame? Kokia didelė nelaimė?"

Erielis nusileido ir jo sparnai susiglaudė už kūno. Jis sumurmėjo: - Mano bandymai susisiekti su jumis asmeniškai, mano proteže, liko be atsako. Kad ir ką dariau, tavo knarkimas neleido tau pabusti. Pasiunčiau Hanielę pas Liją, bet ji nesugebėjo jos pažadinti nesutrikdžiusi šalia miegančios motinos. Todėl iškvietėme Alfredą, kuris taip pat kurį laiką neatsiliepė. Jo globėja bandė prie jo prieiti, kaip jai įprasta, - bet jos šnabždesiai nebuvo pakankamai galingi, kad jį pažadintų."

„Aš nerimavau dėl tavęs, - pasakė Arielė.

„Atsiprašau, - tarė Alfredas. „E-Z'o lova nuostabiai patogi, o jis gana garsiai knarkia. Jau seniai nebuvau miegojęs tikroje lovoje".

„TYLĖK!" Erielis sušuko.

Alfredas atsitraukė, o E-Z pasistūmė kėdę dar arčiau būtybės.

Erielis nuleido balsą. „Hanielis manė, kad esi miręs, gulbe. Ir todėl aš, pasinaudojęs šia proga, įvertinau mūsų naujausią technologiją".

„Anksčiau ji nebuvo atlikta su žmonėmis, - prisipažino Hanielis.

„Manėme, kad geriausia būtų išbandyti su kuo nors, kas nėra žmogus, - Alfredas tu tiko, ir tai suveikė kaip reikiant. Tiesa, jūs visi vėlavote atvykti, bet jūs atvykote. Kaip sakoma, geriau vėlai nei niekada."

„Jūs pasinaudojote manimi kaip bandomuoju triušiuku?" Alfredas, plačiai atkišęs snapą, kilstelėjęs kaklą pirmyn ir atgal, žengė per grindis.

E-Z vėl pastatė savo vežimėlį tarp jų. „Atsistok, - pasakė jis Alfredui.

Erielis, Hanielis ir Arielis sudarė puslankiu aplink trijulę.

„Tu teisus, E-Z. Kas padaryta, tas padaryta. Geriau jau jie tai išbandė ant manęs, nei ant jūsų dviejų. O dabar eikite toliau", - pareikalavo Alfredas.

„Taip, Eriel, - tarė E-Z, - dar kartą klausiu, kodėl mes čia esame?"

„Visų pirma, - ištarė arkangelas, - pagal planą jūs trys turėjote sudaryti savotišką trijulę".

„Mes jau patys tai išsiaiškinome, - tarė Lija. Ji laikė išskėstus delnus, kad galėtų aprėpti visą trijų arkangelų vaizdą vienu metu. Ji taip pat kartkartėmis apsidairydavo po kambarį, kad apžvelgtų juos supančią aplinką. Kambarys atrodė pažįstamas, jo metalinės sienos buvo panašios į tas, kuriose ji pirmą kartą susitiko su E-Z. Tik daug erdvesnis.

E-Z apsižvalgė ir pažvelgė į Liją. Jis galvojo apie tą patį. Kuo daugiau žiūrėjo į sienas, tuo labiau atrodė, kad jos artėja prie jo. Jis jautėsi šaltas ir klaustrofobiškas, nors erdvė buvo didžiulė. Jis norėjo, kad jo neįgaliojo vežimėlyje būtų mygtukas, kaip kai kuriuose automobiliuose, kuriuo būtų galima pašildyti sėdynę.

„Tylėk!" Erielis sušuko. Kadangi visi tylėjo, jis atrodė ne vietoje. Žinoma, jie neatsižvelgė į tai, kad jis taip pat galėjo skaityti jų mintis.

Alfredas nusijuokė.

Erielis uždarė tarpą tarp jų, o Alfredas atsitraukė. Erielis vėl uždarė tarpą. Ir taip toliau, ir taip toliau, kol Alfredas atsitrenkė į sieną. Alfredas pasileido bėgti. Erielis pakėlė jį savo į dilbius panašiomis kojomis. Laikė jį virš kitų.

„Eriel, prašau", - tarė Ariel. „Alfredas yra gera siela."

Erielis nuleido jį žemyn, tada pakėlė kumščius. Iš jų išskriejo žaibai ir rikošetu atsimušė į metalines konteinerio lubas. Visi, išskyrus Erielį, žaidė dodgemą su skriejančiais elektros krūviais. Erielis stebėjo. Juokėsi. Kol pavargo nuo pramogos.

*Trijulės*pasitikėjimas savimi buvo išbandytas.

Erielis gaudė likusius žaibus. Jis tai pademonstravo ir įsidėjo juos į kišenes.

„O dabar", - tarė jis gudriai šypsodamasis. „Jūsų laukia naujas išbandymas. Šiandien. Vienas iš jūsų mirs."

E-Z pakilo ant kėdės. Alfredas nevalingai sušuko „Hūūūūū!", o Lija išleido mažos mergaitės riksmą.

Erielis tęsė, nekreipdamas dėmesio į jų reakcijas. „Jūs esate čia tam, kad pasirinktumėte. Kuris iš jūsų šiandien mirs? Kai pasirinksite, paaiškinsiu, kokios pasekmės jūsų laukia dėl minėtos mirties". Erielis nuskrido per kelias pėdas, o kiti du angelai atsidūrė šalia jo, po vieną iš abiejų pusių.

Pirmiausia Arielis aprašė Alfredo mirtį:

„Negaliu jums papasakoti jokių šio teismo proceso detalių. Galiu pasakyti tik tiek, kad Alfredai, jei šiandien mirsi, neįvykdysi sutartyje numatyto susitarimo. Todėl daugiau nematysite savo šeimos nei dabar, nei kada nors. Tačiau jūsų mirtis būtų graži. Juk kaip ir gyvenime, gulbės mirtis visada yra graži. Didinga. Juk kai gulbė miršta, ji iš tiesų tampa angelu. Tavo transformacija būtų nauja tavo pradžia. Tavo tikslas būtų pagerinti žmonių ir gyvūnų gyvenimą. Jums būtų suteiktas naujas vardas ir naujas tikslas. Jūs būtumėte iš tiesų vertinami visais atžvilgiais. O tavo siela sugrįžtų į savo amžinojo poilsio vietą".

Alfredo gulbės trimitininkės skruostais riedėjo ašaros. Arielė paguodė jį apglėbdama savo sparnais.

Antra, Hanielis papasakojo apie Lijos mirtį:

„Vaike, netrukus tapsiantis moterimi, kaip ir Arielė, negaliu tau pasakyti jokios informacijos apie užduotį. Viskas, ką galiu pasakyti tau, brangioji Sesilija, dar vadinama Lia, yra tai, kad jei šiandien mirsi, tavęs nebebus. Jokiu pavidalu. Tavo mirtis bus tik mirtis. Galutinė. Bus taip, kaip būtų buvę, kai sprogo lemputė, tu būtum mirusi. Tuomet jūsų vargšas gyvenimas būtų pasibaigęs. Ir vis dėlto dabar esi čia ir gali daug ką pasiūlyti pasauliui. Jūs dar net neprasksleidėte jums prieinamų galių paviršiaus. Tačiau jei šiandien mirštumėte, tos galios liktų nepanaudotos. Jūs įeitumėte į žemę, dulkė į dulkę. Tik prisiminimas tiems, kurie jus pažinojo ir mylėjo. Tačiau tavo siela taip pat grįžtų į amžinojo poilsio vietą.“

Lia suspaudė rankas, kad sulaikytų iš jų besiveržiančias ašaras. Jos krito ir iš akių. Jos senųjų akių. Jos kūnas virpėjo, kai ji verkė. Ji buvo per daug persmelkta emocijų, kad galėtų kalbėti.

Mažoji Dorrit priėjo ir patapšnojo mergaitei per petį. Hanielis taip pat bandė ją paguosti pabučiuodamas į kaktą.

Ir tada Erielis pradėjo pasakoti E-Z istoriją:

„Nuo tada, kai mirė tavo tėvai, tu daug pasiekei. Tau buvo suteikta išbandymų. Kartais žmogui dažnai neįveikiamos užduotys. Tačiau tau pavyko juos įveikti. Jūs išgelbėjote gyvybes. Tu manęs nenuvylei. Tačiau mes jaučiame.“ Ji suabejojo žvilgtelėjusi į šalis. „Ypač jaučiu, kad sužlugdėte savo galias. Kartais net paneigdavai jas. Tu pasinaudojai mūsų tau duotu laiku, kad padarytum pasaulį geresnį, ir jį iššvaistei.“

E-Z pravėrė burną norėdamas prabilti.

„Tylėk!“ Erielis sušuko. „Nebandyk savęs teisinti. Mes stebėjome, kaip tu žaidi beisbolą ir švaistai laiką su draugais, tarsi turėtum visą pasaulio laiką užduotims atlikti. Ką gi, laikas baigėsi. Jei šiandien mirsi, tavo išbandymai bus neužbaigti".

E-Z gerai suprato, kas bus toliau, bet turėjo palaukti, kol tai pasakys Erielis. Ištarti žodžius, kad tai būtų tiesa.

Kaip jis numanė, Erielis dar nebuvo baigęs. „Palikdamas mus su nebaigtais išbandymais, dėl kurių buvo išgelbėta tavo gyvybė. Dabar tai būtų neatleistina. Jei šiandien mirštum, netektum sparnų. Tai pradžiai. Tų išbandymų, kurių dar negavote, - niekada nebūtų. Juk tu vienintelis galėjai įvykdyti užduotis. Vienintelė mūsų viltis.

„Todėl tų, kuriuos būtum išgelbėjęs, niekas ir niekuomet neišgelbėtų. Jie mirs dėl tavęs. Visi, kuriuos kada nors išgelbėjai per savo išbandymus, mirtų.

„Būtų taip, tarsi tavęs niekada nebūtų buvę. Jų mirtis būtų galutinė. Baigta. Nė vienam iš jų nebūtų jokios pomirtinio gyvenimo galimybės. Netgi nusiųsti juos į tarpą nebūtų galimybės. Tavo mirtis tada E-Z sukeltų chaosą ir įneštų sumaištį į pasaulį. Kaip tą dieną, kai mes su tavimi susikovėme. Prisimeni, koks pasaulis buvo tą dieną? Būtent tokia būtų Žemė - kiekvieną dieną". Erielis nusisuko. Jie stebėjo, kaip jis ištiesė sparnus, tarsi ruoštųsi išvykti.

Visi tylėjo. Apmąstydami savo likimus.

Po kurio laiko Erielis nutraukė tylą. „Arielis, Hanielis ir aš kol kas jus paliksime. Galite pasikalbėti tarpusavyje ir nuspręsti. Bet apsispręskite greitai. Neturime visos dienos."

Arkangelų trijulė išnyko pro lubas.

SKYRIUS 16

Arkangelams išėjus, *Trys* buvo pernelyg apstulbę, kad ką nors pasakytų. Kol E-Z nutraukė tylą.

„Man nėra jokios prasmės, kad jie mus visus čia suvedė. Jiems kankinti Alfredą. Kad mus čia atvežtų. Tada pasakyti, kad vienas iš mūsų turi mirti. Ir mes turime pasirinkti, kuris iš jų. Tai barbariška - net ir Erieliui."

Lia žingsniavo suspaudusi kumščius. Ji buvo per daug pikta, kad galėtų kalbėti, ir jai nerūpėjo, ar į ką nors atsitrenks. Tiesą sakant, kai tai atsitikdavo, ji ją spardydavo kojomis.

Alfredas susižvalgė. „Manau, kad jei kas nors turi mirti, tai turėčiau būti aš. Mano galios labai ribotos. Labiau tikėtina, kad būčiau paverstas gulbių sriuba, turint omenyje sudėtingus bandymus. Kaip ir per paskutinį bandymą. Žinau, kad tu man padėjai E-Z. Tai buvo malonu iš tavo pusės, bet aš žinojau, kad esu atsakomybė".

E-Z pabandė pertraukti, bet Alfredas tiesiog tęsė toliau. „Jau nekalbant apie tai, kad galėjau trukdyti. Kelti pavojų vienam iš jūsų. Gyvenau liūdną ir vienišą gyvenimą nuo tada, kai iš manęs atėmė šeimą. Kažkada vienatvė užvaldė. Buvimas *Trijų* nariu padėjo, bet...

„Net būdamas gulbė galėjau apie juos galvoti. Prisiminti juos, mylėti juos. Vien žinojimas, kad jie mirė kartu ir yra kažkur kartu, suteikia man ramybę. Net jei nesu su jais, Bet šiandien būsiu, jei būsiu tas, kuris mirs. Aš pasiruošęs rizikuoti. Be to, kai išeisiu, niekas žemėje manęs nepasiges".

„Mums tavęs trūks!" Lija pasakė.

„Žinoma, mes tavęs pasiilgsime!" E - Z pritarė, eidamas per grindis ir pastebėjęs stalą, kuris anksčiau buvo susiliejęs su siena. Jis priėjo arčiau jo, ant kurio aptiko krūvą popierių, kuriuos pervertė.

„Vertinu jausmus, - pasakė Alfredas. „Ei, ką tu darai, E-Z? Iš kur atsirado tas stalas?"

Lija ištiesė abi rankas priešais save, kad vienu metu matytų ir E-Z, ir Alfredą.

E-Z toliau vartydavo puslapius. Netrukus jie skraidė po visą kambarį. Sukosi ore, tarsi būtų patekę į tornado akį.

Trys susibūrė į grupę ir stebėjo popieriaus šuorą. Paskui vienu metu jie nukrito ant grindinio.

Lia paėmė vieną iš jų ir perskaitė, o E. Z. ir Alfredas žiūrėjo.

„Kas tai?" - sušuko ji. „Čia parašyti mūsų vardai. Jame pasakojamos istorijos. Mūsų istorijos. Apie mūsų mirtis."

„Ten parašyta, kad mes jau mirę!" E-Z pasakė skaitydamas vieną iš popierių, kurį buvo pasiglemžęs.

„O, - tarė Lija, skruostu riedėjo ašara. „Ten taip pat parašyta, kad mano mama mirusi, kaip ir tavo dėdė Samas".

E-Z papurtė galvą. „Tai negali būti tiesa. Tai netiesa. Jie žaidžia su mumis." Jis apsidairė aplinkui. Kažkas kambaryje buvo pasikeitę. Sienos. Dabar jos buvo raudonos. „Ar mes patekome į kitą dimensiją, ar ką nors panašaus? Pažvelk į sienas? Ar mes esame kažkur kitur, kur ateitis jau yra praeitis?"

Alfredas pakėlė dar vieną iš nukritusių puslapių. Jame buvo rašoma apie jo žmonos, vaikų ir jo paties mirtį. Ir vis dėlto, kai jis pažvelgė į save, pajuto save, jis buvo gyvas, su plunksnomis: gulbė trimitininkė. „Noriu išeiti", - pasakė jis.

Lia nusišypsojo. „Nori pasakyti, iš šio kambario ar iš šio gyvenimo? Aš irgi noriu išeiti, turiu omenyje iš šio baisaus metalinio konteinerio, bet nenoriu mirti. Matyti pasaulį per delnus yra keista ir kartu šaunu. Galimybė skaityti mintis - irgi šaunu. Tačiau kai sustabdžiau laiką, tai buvo nuostabu. Įsivaizduokite, kad galėčiau iškviesti tokią galią, pavyzdžiui, jei kam nors grėstų pavojus arba jei įvyktų nelaimė. Įsivaizduokite, kiek gyvybių būtų galima išgelbėti? O dabar man dešimt metų ir kas žino, kokių dar galių manęs laukia".

„Dieviškos", - pasakė E-Z. „Žinau, kaip tu jautiesi, Lia. Taip jaučiausi ir aš, kai išgelbėjau pirmąją mergaitę, kai išgelbėjau kitas ir kai išgelbėjau tave."

Trys susiformavo į ratą ir susikibę rankomis tarė žodžius: „Mes turime galią. Šiandien niekas nemirs. Nesvarbu, ką jie sakytų." Jie sukosi aplink ir aplink, skanduodami savo naująją mantrą. Tol, kol buvo pasirengę vėl iškviesti archangelus.

SKYRIUS 17

Erielispriėjo pirmas, pakėlęs antakius, o jo lūpos susiraukšlėjo į panieką. Paskui atvyko Arielis ir Hanielis. Abu liko jam už nugaros jo didžiulių sparnų šešėlyje. Erielis sukryžiavo rankas, o kiti du arkangelai pajudėjo aukštyn. Jie pakibo priešingose jo pečių pusėse.

„Mes nusprendėme, - tarė E - Z. „Šiandien niekas nemirs."

Erielio juokas nuaidėjo aplink metalinį aptvarą. Jis pakilo į orą, tada sukryžiavo rankas ant krūtinės. Arielė ir Hanielis tylėjo, o Erielės juokas vis stiprėjo, pakankamai aukštai, kad Alfredui skaudėtų ausis.

Alfredas apalpo, bet greitai atsigavo. Lia ir E-Z padėjo jam atsikelti. Jie laikė jį tol, kol atskrido Mažoji Doritė. Po akimirkos Alfredas sėdėjo aukštai virš jų ant vienaragio. Jis stovėjo akis į akį su Ereliu.

„Ačiū, bičiuli, - tarė Alfredas.

„Džiaugiuosi galėdamas padėti", - tarė Mažoji Dorrit.

„Užteks!" Erielis šūktelėjo, pakildamas aukščiau virš jų. Gąsdindamas juos savo dydžiu, liguistumu ir griausmingu balsu. „Manote, kad galite pakeisti tai, kas bus? Aš jums pasakiau, kas turi įvykti, ir jūs neturite kito pasirinkimo, kaip tik man paklusti. Tai nebuvo apklausa. Nei demokratija. Tai buvo tikrumas. Juk parašyta..."

Tada jis pastebėjo, kad grindys nuklotos popieriais. Jis nuskrido žemyn ir vieną jų pakėlė. Tada pakilo, kad atsidurtų akis į akį su Alfredu. Rankoje jis laikė Alfredo istoriją.

„Matau, kad perskaitei ateitį. Dabar žinai tiesą, kad gyveni paralelinėje visatoje. Tai, kas vyksta čia, sklinda po kitas visatas. Vietose, kur egzistuoja ir ateitis, ir praeitis".

Lija nuleido dešinę ranką ir pakėlė kairę. Jos rankos nebuvo stiprios, nes vis dar buvo pripratusios, kad jas reikia laikyti.

Erielis perskrido per kambarį prie raudonos sofos, ant kurios atsisėdo. Kiti angelai prisijungė prie jo, po vieną ant rankų. Erielis patogiai įsitaisė nei iki galo neįsitaisęs, nei išskleidęs sparnus.

Įsitaisęs patogiai, jis tęsė. „Viename iš pasaulių jūs visi trys jau esate mirę. Jūs perskaitėte tiesą. Šiame pasaulyje dar yra vilties. Viltis egzistuoja dėl mūsų, t. y. manęs, Arielio, Hanielio ir Ophanielio. Mes pasirinkome jus, tris žmones, bendradarbiauti su mumis. Mes nurodėme jums tikslus ir padėjome jums, kur ir kada galėjome. Kol esame su jumis, tik mes vieni leidžiame jūsų egzistencijai tęstis. Tik mes suteikiame jūsų gyvenimui tikslą. Atsisakykite eiti mūsų jums pasirinktu keliu, ir jūs taip pat nebeegzistuosite čia, šiame pasaulyje. Būsi ištrintas, kaip niekada nebuvai ir niekada nebūsi".

E-Z sugniaužė kumščius, o jo kėdė pasislinko į priekį. „Tame dokumente, dokumente apie mano kitą gyvenimą, buvo parašyta, kad dėdė Samas irgi miręs. Jis nebuvo avarijoje su mano tėvais. Jis nėra šio sandėrio dalis. Ar tu jį nužudei, Erielis, kad mane čia išlaikytum?"

Nelaukdama atsakymo Lija įsiterpė. „Mano dokumente parašyta, kad mano motina mirusi. Kaip tai gali būti tiesa? Prašau, pasakyk man, kad tai netiesa!"

Alfredas, dabar pasijutęs geriau, nušoko nuo Mažosios Dorrit nugaros. Jis priklaupė arčiau sofos ir vėl susidūrė akis į akį su Ereliu.

E-Z išdidžiai žvelgė į savo draugą Alfredą, bebaimę gulbę trimitininkę.

„Ir dokumentuose mano maldos išklausytos. Aš jau esu miręs. Miriau su savo šeima, kaip ir turėjo būti. Geriau jau būčiau likęs miręs. Būčiau miręs su jais, užuot persikūnijęs į gulbę trimitininkę. Tai po to, kai Hanielis išgelbėjo mane iš tarpdančių ir tarp".

Erielis atstūmė Alfredą. „Ak, taip, tarp ir tarp. Buvau pamiršusi, kad tave ten pasiuntė. Nelabai tau ten patiko, ar ne?"

Alfredas kilstelėjo kaklą ir nusišypsojo snapu. Jis iššiepė mažus, dantytus dantukus, tarsi norėdamas įkąsti Erieliui.

„Atsistok, - tarė E - Z, kai jis sukniubo ant sofos.

Alfredas užčiaupė snapą. Lia priėjo arčiau. Dabar *Trys* stovėjo kartu priešais Erielį. Jie laukė, kol arkangelas ką nors pasakys, bet ką. Šį kartą buvo nekalbūs.

E -Z pasinaudojo proga suvaldyti situaciją.

„Laikraščiuose buvo parašyta, kad dėdė Semas žuvo per avariją kartu su mano mama, tėvu ir manimi. Jo nebuvo kartu su mumis automobilyje, kad taip nutiktų, jis turėjo būti pasodintas į automobilį kartu su mumis. Kokiu tikslu? Paaiškinkite mums, vadinamieji archangelai. Kodėl jūs keičiate istoriją, kad ji atitiktų jūsų tikslus? Beje, kur visame tame yra Dievas? Noriu su juo pasikalbėti."

„Aš taip pat!" Lija sušuko.

„Aš taip pat!" Alfredas prisidėjo.

Erielis sukryžiavo kojas ir išskleidė sparnus. Jis užsidėjo ranką ant smakro ir atsakė: „Dievas neturi nieko bendra nei su mumis, nei su jumis - daugiau ne". Jis zyzė, tarsi ši užduotis jam būtų buvusi nuobodi.

„O jei pasakyčiau, kad jūsų namas kaip tik dabar dega? O jei pasakyčiau, kad nei dėdė Semas, nei tavo motina Samanta, Lija nesulauks kitos dienos?"

„Tu b-b-bastardas!" E-Z sušuko.

„Ditto!" Lia atsakė.

„Nagi, - sušuko Erielis. „Mes visi čia esame draugai. Draugai, ar ne? Tavo namas gali užsidegti, viskas gali nutikti, kol esame čia, šioje vietoje, sustabdytoje laike. Kuo ilgiau delsi pasirinkti, tuo daugiau chaoso sukursi pasaulyje". Jis atsistojo ir išskleidė sparnus, priversdamas trijulę žengti kelis žingsnius atgal.

Jis tęsė: „E-Z, jūs rizikuotumėte savo gyvybe dėl dėdės Semo, tiesa?" Jis linktelėjo galva. „Žinoma, kad rizikuotum. O Lia, tu rizikuotum savo gyvybe, kad išgelbėtum savo motinos gyvybę, taip?" Lia linktelėjo galva.

„Ir Alfredą, mano brangiąją trimitininkę gulbę. Mano plunksnuotasis devyndarbis draugas. Kurį iš jų išgelbėtum. Jei galėtum išgelbėti tik vieną iš jų?" Erielis nusišypsojo, didžiuodamasis savo sukurtomis eilėmis.

„Aš išgelbėčiau jas abi, - atsakė Alfredas. „Rizikuočiau gyvybe arba mirčiau bandydamas."

„Tu turi keistą mirties norą, mano plunksnuotasis drauge".

Alfredas mostelėjo į Erielį.

„Y-o-u a-r-e n-o-t m-y f-r-i-e-n-d! Nustok žaisti su mumis žaidimus. Tu mus suvedei. Kodėl? Kad iš mūsų pasityčiotumėte. Kad priverstumėte mažą mergaitę verkti. Tu esi ne kas kita, o tik, o tik didelis užgauliotojas".

„Taip, - tarė Lija. „Nustok iš mūsų tyčiotis."

„Tai, ką jie pasakė", - pridūrė E-Z.

Dabar jau įsiutęs Erielis iš juodos tapo raudonas, iš juodos - raudonas. Jis perskrido per kambarį ir trenkė kumščiais į stalą.

„Norite sužinoti tiesą? Tu negali susidoroti su tiesa!" Jis nusišypsojo. „Nedidelė pastaba: man labai patinka Džeko Nikolsono vaidyba filme „ *Keletas gerų vyrų*".

Tai buvo vienas dalykas, dėl kurio sutarė ir Erielis, ir E-Z. Nikolsono vaidyba tame filme buvo nepriekaištinga.

„Nustok melodramatizuoti ir pasakyk, ko iš mūsų nori."

„Mes jau pasakėme", - tarė Erielė. „Sakiau, kad vienas iš jūsų šiandien turi mirti. Sakiau, kad pasirinktumėte, kuris iš jų. Parašyta, kad vienas iš jūsų turi mirti. Jūs turite pasirinkti. Dabar."

Alfredas žengė į priekį ištiesęs gulbės kaklą. „Tada tai būsiu aš."

Alfredas atsiklaupė, jo kūnas drebėjo. Jis nuleido galvą, tarsi tikėdamasis, kad arkangelas ją nukirs.

Vietoj to visi trys arkangelai plojo. Jie lakstė po kambarį. Skeryčiojosi, tarsi būtų samdyti klounai, vaidinantys vaikų gimtadienio vakarėlyje.

Po kelių minučių visiškos beprotybės archangelai sustojo.

„Padaryta, - tarė Erielis.

Ir jie dingo.

SKYRIUS 18

E-Z vežimėlyje,Lia - Mažojoje Dorritėje, o gulbė Alfredas vis dar skraido po dangų . Jie tęsė kelionę keletą mylių, kol apačioje pastebėjo didžiulį metalinį tiltą.

Ant jo atbrailos tupėjo jaunuolis, rodęs visus ženklus, kad ketina šokti.

E-Z išsitraukė telefoną ir ketino skambinti pagalbos telefonu, o Alfredas nedvejodamas nuskrido prie vyro. Jis padėjo telefoną į šalį ir kartu su Lija nusekė paskui.

Alfredas pakibo šalia vyro, negalėdamas kalbėti ir būti jo suprastas, jis galėjo pasakyti tik: „Hūūūū!"

„Šalin nuo manęs!" - sušuko vyras ir mojavo vargšui Alfredui, kuris tik stengėsi padėti.

Vyras priartėjo prie krašto, nusiavė batus ir žiūrėjo, kaip jie krenta į upę po juo. Jis stebėjo, kaip vanduo juos pasivijo, alkanomis lūpomis traukdamas batus po savimi. Norėdamas pamatyti daugiau, jis nusivilko marškinėlius, ant kurių priekinės dalies ironiškai buvo užrašyta: „Pabaiga".

Jaunuolis žiūrėjo, kaip jo mėgstamiausi marškinėliai kybojo ir šoko pakeliui žemyn. Kai vanduo jį prarijo, vyras pradėjo dainuoti:

„Aš einu aplink šilkmedžio krūmą.

Šilkmedžio krūmas, šilkmedžio krūmas.

Štai aš einu aplink šilkmedžio krūmą,

Visą, saulėtą, rytą.“

Alfredas girdėjo, kaip jis dainuoja. Jam buvo pažįstamas šis eilėraštis. Jis laukė, kol vyras dainuos dar vieną posmą. Tiesą sakant, jis norėjo, kad jis dainuotų daugiau. Bet jis bijojo jį trikdyti. Vyras nesuprastų, net jei jis bandytų su juo kalbėtis.

Tuo metu E-Z laukė Alfredo ženklo. Galiausiai jis jį gavo - Alfredas liepė jam ir Lijai nesiartinti.

Alfredas norėjo, kad jaunuolis jį suprastų. Jei jis priartėtų arčiau, ar galėtų jį pagauti? Jis priartėjo, iki galo išskleisdamas sparnus.

Jaunuolis jį pamatė. „Gulbė, - tarė jis. Tada jis pašoko.

Gulbė trimitininkė buvo didesnė už vidutinę gulbę. Bet ne tokia didelė, kad galėtų pagauti suaugusį vyrą. Vis dėlto jis pabandė nutraukti kritimą. Jis rizikavo savo gyvybe, kad jį išgelbėtų. Tačiau kad ir ką jis darė, vyras vis tiek krito kaip švininis balionas. Į alkanas upės žiotis.

Alfredas, negalvodamas apie save, nėrė paskui jį. Niekas nežinojo, kaip jis ketino ištraukti žmogų. Kai kas sako, kad svarbiausia yra mintis. Šiuo atveju Alfredą po vandeniu traukė pats žmogaus svoris.

Tuo metu E-Z jau kabojo virš vandens ir ieškojo, ar vyras, ar Alfredas iškils į paviršių, kad galėtų jiems padėti. Nei Lia, nei Mažoji Dorrit nemokėjo plaukti. O E-Z negalėjo nuplaukti už jų nei su kėde, nei be jos.

Susierzinęs jis skrido kranto link, ieškodamas bet kokio gyvybės ženklo. Pagaliau jį pamatė - kažkas kybo kitame krante. Jis nuskubėjo, nunešė žmogų ten, kur laukė Lia, ir, kai šis atsikvėpė, nuėjo ieškoti kokių nors Alfredo gulbės požymių.

Tada jis jį pamatė. Pusiau vandenyje, pusiau iš vandens. Plaukiojo kartu su potvyniu.

„Alfredai!" - sušuko jis, pakėlęs gulbės galvą ir iškart pastebėjęs, kad jos kaklas lūžęs. Alfredas, gulbė trimitininkė, jo draugas jau nebebuvo. Erielis įvykdė savo darbą.

Lija, kuri stebėjo kiekvieną E. Z. judesį, pamatė Alfredo kaklą ir sušuko: „Neeeeee!"

E-Z pakėlė negyvą gulbės kūną ant savo vežimėlio ir jį laikė. Jis taip pat pradėjo verkti.

Už jų šaukė vyras, kurį Alfredas išgelbėjo,

„Aš negyvas! Tai aš, Alfredai."

SKYRIUS 19

ŽEMĖS PAUZĖ.

Paukščiai sustojo skrydžio viduryje. Lėktuvai taip pat. Ir kiti skraidantys objektai, pavyzdžiui, balionai ir dronai. Kulkos nustojo šaudyti išėjusios iš dėtuvės. Vanduo nustojo tekėti per Niagaros krioklį. Vabalai nebeskraido. Oras sustojo.

Šalia Eriel, Ariel ir Hanielio pasirodė Ophanielis. Rankas laikydama ant klubų, o smakrą atkišusi į priekį, buvo daugiau nei akivaizdu, kad ji susierzinusi.

Užuot kalbėjusi, ji pasisuko E-Z kryptimi.

Jis sustingo, plačiai atvėręs burną. Paskutinis jo ištartas žodis buvo: „NEOOOOOOOOOOOOOOOOOOOOOOO!"

Dabar ji stebėjo Liją. Merginai ant skruosto buvo sustingusi ašara. Ji tekėjo iš senosios akies.

Dabar grįžkime prie E. Z. Jis nešė kūną. Negyvos gulbės kūną.

Dabar pas Alfredą, kuris jau nebebuvo gulbė. Jis buvo įgijęs žmogaus pavidalą. Nuskendusio žmogaus.

To paties žmogaus, kuris turėjo jį pakeisti *Trijulėje*.

„Kas negerai su šiuo paveikslu?" Pasiteiravo žvaigždžių mėnulio valdovas Ophanielis.

Niekas nedrįso prabilti.

„Erielis, tu čia vadovauji. Pirma, tu sugadinai suartėjimo su E-Z ir Samu bandymą, nes pats, atleisk už išsireiškimą - išmušei iš vėžių.

„Dabar dėl tavo kvailumo Alfredas gulbinas užvaldė žmogaus kūną. Žmogaus, kuris, kaip tau sakiau, turėtų būti *Trijų* narys, kūną.

„Tu žinai, su kuo mes susidūrėme. Tu supranti, kas laukia ateityje, jei nesusitvarkysime. Tu žinai!"

Erielis nusilenkė Ophanieliui prie kojų, tada pakilo nuo žemės ir tik tada prabilo. „Aš ištariau žodžius, tai padaryta."

„Taip, ištarėte žodžius, o paskui neužtikrinote, kad užduotis būtų įvykdyta, imbecile!"

Ji pakibo šalia naujojo Alfredo. „Atsiprašau, bet tai komplikuoja reikalus, net ir mums. Net ir turint mūsų galių, ištraukti jį iš šio žmogaus kūno ir sugrąžinti į jo gulbės pavidalą nebus taip paprasta. Gali būti, kad mums teks jį išsiųsti atgal į tarpą! O jis to nenusipelnė. Tiesą sakant,"

Arielė nuskrido prie Ophanielio ir paklausė: „Ar galiu kalbėti?"

„Gali, jei turi kokių nors įžvalgų apie Alfredą, kurios padėtų mums išbristi iš šios bėdos."

„Aš pažįstu Alfredą geriau nei bet kas kitas čia. Jis sutiko būti tas, kuris paaukos save. Jis nedvejodamas tai padarytų dar kartą - net jei jam iš to nieko nebūtų. Tai didžiulė auka bet kuriai gyvai būtybei - atiduoti savo gyvybę, kad išgelbėtų kitą. Be to, reikėtų pagalvoti, kiek daug Alfredas buvo priverstas kentėti tiek savo žmogiškoje egzistencijoje, tiek būdamas gulbe. Jis - išskirtinė siela ir jam turėtų būti suteikta antra galimybė, ir trečia, ir dar daugiau!"

Erielis šaipėsi: „Jis turėtų išnykti, sugrįžti į tarpukalnę amžiams. Jis nevertas...“

„Aš tau nedaviau leidimo pertraukti!“ Ophaniel sušuko. Kad ateityje jis nepertrauktų, ji užsegė jam lūpas.

„Tai, ką tu sakai, Ariel, yra tiesa, - tarė Ophanielis. „Alfredas gerai bendradarbiauja ir su Lija, ir su E-Z. Turėtume suteikti jam antrą šansą šiame naujame kūne. Jam nebuvo lemta būti tarp ir tarp. Tai priklausė nuo Hadžio ir Reičio. Po to būtume juos iš karto ištrėmę į kasyklas. Vietoj to suteikėme jiems dar vieną šansą su E-Z.

„Vis dėlto Erielis juos išsiuntė į kasyklas. Taigi, viskas gerai, kas gerai baigiasi. Galbūt Alfredas nusipelnė dar vienos galimybės. Pažiūrėkime, kas nutiks, kaip žmonės sako, žaisime iš klausos. Jei jis pasiteisins, viskas bus gerai. Jei ne, šį kūną galima perdirbti, nes dvasia jau paliko pastatą“.

„Ačiū, - tarė Arielė ir žemai nusilenkė Ophanieliui. „Labai ačiū. Stebėsiu situaciją. Neleisiu Alfredui tavęs nuvilti“.

Ophanielis linktelėjo galva, pakilo ir ištarė žodžius:
ŽEMĖS ATKŪRIMAS.

Laikas ėmė tiksėti ir pasaulis grįžo į ankstesnę padėtį.

Ophanielis išnyko pirmas, kiti trys palaukė kelias sekundes, kol pasekė paskui.

SKYRIUS 20

„**Jokiu**būdu!" E-Z sušuko, priartėdamas prie naujojo Alfredo. „Alfredai, ar tai tu? Ar tai tikrai tu?"

Lijai nereikėjo klausti, nes ji jau žinojo. Ji pribėgo prie Alfredo ir apkabino jį rankomis.

Alfredas anglišku akcentu pasakė: „Erielis tikriausiai padarė ,switch-a-roo'.

Alfredas, kuris vilkėjo tik džinsus, susiraukė. „Nors man šalta, tikrai gera vėl būti kūne". Jis įtempė raumenis ir bėgiojo vietoje, kad sušiltų. Paskui padarė kelis karučius per veją, o E-Z ir Lija stovėjo ir žiūrėjo išsižioję.

„Koks pasipūtėlis!" Mažoji Dorrit pasakė.

Alfredas, kuris ką tik ją pastebėjo, priėjo prie jos ir perbraukė ranka per kailį. Ji buvo tokia minkšta ir šilta, jis prisiglaudė prie jos.

„Tai gana keistas įvykių posūkis", - pasakė E-Z, priėjęs arčiau. „Nelabai žinau, ką apie tai galėčiau pasakyti."

„Aš irgi nežinau, - tarė Alfredas, - bet ar galime tai aptarti valgydami? Esu išalkęs, o sūrio mėsainis su kečupu ir svogūnais bei milžinišku bulvyčių šonu tikrai tiks."

„Palaukite, - tarė E-Z. „Jei tu esi tas vaikinas, tas vaikinas, kurio net vardo nežinome, - tai kas, jei kas nors tave atpažins?"

Alfredas pasilenkė ir palietė pirštus. Jis pajuto veido odą. Jo plaukus. „Peržengsime šį tiltą, kai prie jo prieisime". Jis nusišypsojo, pakėlė galvą dangaus link ir tarė: „Ačiū, Eriel, kad ir kur būtum."

Lėktuvas virš jų galvų išrašė žodžius į dangų:

„Dar kartą į pralaužimą, brangūs draugai.

„Tai gana keista frazė danguje", - pastebėjo Lija. „Ar kas nors iš jūsų žino, ką ji reiškia?"

E-Z papurtė galvą: „Galiu paieškoti google." Jis išsitraukė telefoną.

„Nereikia", - pasakė Alfredas. „Tai iš Šekspyro, priskiriama karaliui Henrikui. Pažodžiui tai reiškia: „Pabandykime dar kartą". Manau, kad tai buvo pasakyta mūšio metu. Taigi, darau prielaidą, kad tai žinutė iš mano Arielio, pranešanti man, kad man suteikta dar viena galimybė." Jo akyse pasirodė ašaros.

E-Z įtariai žiūrėjo į tokį įvykių pasikeitimą. Jis džiaugėsi, kad Alfredas vis dar su jais, bet jam buvo įdomu, kokia kaina. „Man neramu, - prisipažino E-Z.

Lija pasakė, kad ir jai taip pat.

„Ak, nesijaudink. Jei Arielė atsiuntė man šią žinutę, vadinasi, ji yra mūsų pusėje. Be to, žmogus, kurio kūne esu, - jis nebenorėjo jo. Bandžiau jį išgelbėti, bet jis vis tiek paspruko. Galbūt tai likimas, kad aš padėsiu tau tavo išbandymuose E -Z. Kad ir kas tai būtų, aš tai priimsiu. Atiduosiu viską, ką galiu. Tai bus po to, kai apsivilksiu marškinius ir apsiausiu batus".

„Įdomu, kokios dabar tavo galios, Alfredai. Turiu omenyje, ar vis dar jas turi, ar turi kitų galių. Arba jokių. Nuo tada, kai vėl esi žmogus, - paklausė Lija.

Alfredas pasikrapštė šviesiaplaukę galvą. „Nežinau. Vienintelis dalykas, kurį čia reikia išgydyti, yra mano buvęs gulbės kūnas. Nenoriu rizikuoti, kad jei jį išgydysiu, vėl jame atsidursiu".

„Teisingai, - tarė Lija. „Bet juk negalime čia palikti tavo senojo gulbės kūno, ar ne? Turime jį palaidoti."

Jiems žiūrint į negyvą kūną, jis išnyko ore.

„Na, tai išsprendė problemą", - tarė E Z.

„Jaučiu, kad turėčiau tarti keletą žodžių, skirtų mano senajam kūnui palaidoti. Ar kas nors neprieštarauja?"

Tiek E-Z, tiek Lia nulenkė galvas.

Alfredas perskaitė ištrauką iš lordo Alfredo Tenisono poemos „Eilėraštis:

The Dying Swan:

Lyguma buvo žolėta, laukinė ir plika,
plati, laukinė ir atvira orui,
kuris visur buvo susikaupęs
ir pilką, liūdną stogą.
Vidiniu balsu tekėjo upė,
ja plaukė mirštanti gulbė,
ir garsiai verkė.

Čia Alfredas Hoo-Hoo'd ir Hoo-Hoo'd, kol ašaros užpildė visų akis, kai eilėraštis tęsėsi:

Buvo vidurdienis.
Vis labiau siautėjo pavargęs vėjas,
ir kėlė nendrių viršūnes.
Jie stovėjo kartu ir tylėjo.

Tada Lija tarė: „Dabar apsirenkite švariais ir sausais drabužiais, tada visi eisime į mėsainių restoraną. Aš irgi esu alkana ir ištroškusi".

E-Z papurtė galvą. „Būtų gerai šiek tiek pavalgyti, bet aš vis dar įtariai žiūriu į Erielį. Kažkas čia nesutampa."

„Išsiaiškinsime - kai tik pavalgysime! Vesk mane į sūrio mėsainių dangų."

Jie ėmė judėti pakrantės promenada. Kurį laiką jie ėjo toliau. Kol suprato, kad pasiklydo.

„Aš esu puiki navigatorė, - pasakė vienaragė Mažoji Dorrit, atskridusi jų pasveikinti. „Lipkite į laivą, Alfredai ir Lia. E-Z galite sekti paskui mane."

Alfredas įkišo ranką į džinsų kišenę ir išsitraukė piniginę. Viduje jis rado keletą banknotų ir kūno, kuriame dabar gyveno, identifikacinius duomenis. Jaunuolio vardas buvo Deividas, Džeimsas Parkeris, dvidešimt ketverių metų amžiaus. Jis laikė vairuotojo pažymėjimą.

„Graži nuotrauka, - pasakė Lija.

„Taip, esu gana išvaizdus."

„O, brolau", - tarė E Z ir stumtelėjo pirmyn.

Aukštyn, aukštyn į orą pakilo Mažosios Dorrit keleiviai. E-Z sekė iš paskos, kol sužinojo, kur yra. Jis nusprendė paprašyti, kad į jo vežimėlį būtų įmontuotas GPS. Gaila, kad jie apie tai nepagalvojo jį modifikuodami.

Po nusileidimo greitai užsuko į dėvėtų daiktų parduotuvę. Dabar Alfredas vilkėjo naujus marškinėlius, džinsus, batelius ir kojines. Po to sekė trumpa eilė, kol prasidėjo maisto užsakymas.

Mažoji Dorrit pasidarė ankšta, o trijulė užkandžiavo maistu. Jie visi buvo labai išalkę.

Alfredas išleido kūkčiojančius garsus, kurių buvo per daug, kad būtų galima išsamiai aprašyti. Baigę valgyti, jie išmetė šiukšles į atitinkamas šiukšliadėžes. Ir patraukė namo.

Kai jie jau buvo beveik prie pat, Alfredas sušuko E-Z: „Mums reikia pasikalbėti!"

„Ar tai negali palaukti, kol nusileisite?" Mažoji Dorritė paklausė. „Kai čia baigsiu, turiu kur nueiti, turiu pamatyti žmones."

„Kaip nemandagu", - pasakė E-Z. „Pirmyn, Alfredai, Deividai ar kaip ten dabar tave vadina."

„Būtent apie tai ir norėjau su tavimi pasikalbėti", - pasakė Alfredas. „Kaip paaiškinsi mano transformaciją dėdei Samui ir Samantai? Ech, dėde Samai ir Samanta, norėčiau, kad susipažintumėte su gulbe trimitininke Alfredu. Dabar jo vardas Deividas Džeimsas Parkeris. Dėka kūno, į kurį jis pateko ir kuriame šiuo metu gyvena. Kadangi jaunuolis, kuris buvo ankstesnis kūno savininkas, nusižudė. Ant Džounso gatvės tilto".

„O, dievaži, - tarė E-Z. „Tai šimtaprocentinė tiesa, kokią mes žinome, bet mes negalime jiems pasakyti tiesos".

„Mano motina alptų, jei tai pasakytume. Kodėl jiems nepasakius, kad gulbė Alfredas skrido į pietus? Į saulėtesnį orą. Arba kad jis sutiko draugę? Tada Alfredą galėtume pristatyti kaip D. J., kuris skamba daug draugiškiau nei Deividas Džeimsas."

„Tu esi genijus, - pasakė E-Z, - nors, kadangi mano draugas vadinasi PJ, su Dj ir PJ viskas gali būti šiek tiek painu. Ką manai, Alfredai? Ar turi pirmenybę?"

„Man nepatinka DJ. Skamba pernelyg įprastai. Man labiau patiktų būti vadinamam Parkeriu. Kamerdineris

Parkeris buvo vienas iš mano mėgstamiausių „Perkūno paukščių" personažų".

„Taigi Parkeris", - baigė E-Z, kai Lia išleido šauksmą ir Alfredas apalpo - jų namų nebebuvo. Sudegė iki pamatų.

SKYRIUS 21

„**O**ne!" E-Z sušuko bėgdamas link degančių liekanų. „Turiu surasti dėdę Semą ir Samantą. Aš tiesiog privalau."

Jo kėdė pakibo virš palaikų; jie visi buvo juodai apanglėję. Neatpažįstama griuvėsių košė be jokių žmogaus gyvybės ženklų. Pavieniai daiktai buvo permirkę vandeniu. Tarp užgesusių žarijų šen bei ten kilo nutrūktgalviški dūmų signalai.

E-Z pakėlė kumščius į orą. „Eik čia, Eriel, tu gargantu..."

„Skraidantis numirėlis!" Parkeris užbaigė įžeidimą.

Lia bandė visus nuraminti.

„Kodėl turėjai tai padaryti? Kodėl? Kodėl?" E-Z verkė.

Lia krito ant žemės. Ji padėjo galvą ant E-Z kelio, o Parkeris ją apkabino kaip tik tuo metu, kai už jų sučirškė sustojęs automobilis.

Atsidarė dvejos durys: Samas ir Samanta.

Jos bėgo ir glaudėsi viena prie kitos; tarsi niekada nebūtų tikėjusios vėl viena kitą pamatyti. Kiekvienas nubraukė vieną ar dvi ašaras, kol išsiskyrė. Supratę, kad grupiniame apkabinime buvo ir nepažįstamas vyras.

Nepažįstamasis buvo aukštas vyras, kuriam nebūtų buvę sunku gauti vietą „Raptors" komandoje. Jis nuo galvos iki kojų buvo apsirengęs tamsiai juodu dryžuotu kostiumu su priderintais batais.

Atsegtos jo švarko sagos atskleidė juodą kostiumą su blizgiu audiniu, galbūt šilku. Jo juodos akys ir vėjo plaikstomos plaukų sruogos kontrastavo su gebenės spalvos veido oda. Jis buvo panašus į mirtininką ir burtininką.

Jis ištiesė ranką: „Sveiki, aš esu Semo draudikas".

Dėdė Samas paaiškino, kad jis ir Samanta išėjo pavalgyti. Matydamas E-Z išraišką, jis pasiteisino: „Ji negalėjo miegoti dėl lėktuvo vėlavimo". Samanta ir Samas apsikeitė žvilgsniais, linktelėjo galva. „Samanta ir aš..."

„O, mama!"

E-Z pasakė: „Samanta ir dėdė Samas sėdi medyje - k-i-s-s-i-n-g".

„Sustok", - pasakė Parkeris. „Tu juos sugėdini."

Visų akys buvo nukreiptos į draudimo vaikiną. Jo vardas buvo Reginaldas Oksvoris. Jis kalbėjo telefonu. Šaukė. „Kaip tai reiškia, kad jis neatitinka reikalavimų?"

„O ne!" Samas pasakė.

„Jis jau daug metų yra mūsų klientas, iš pradžių, kai gyveno kitoje valstijoje, o paskui persikėlė čia. Jis apdraustas, esu tuo tikras". Įvyko pauzė. „Na, pažiūrėkite dar kartą!" Jis užklijavo telefoną. „Atsiprašau dėl viso to".

Samas priėjo arčiau, o visi kiti nusekė paskui. „Kokia tiksliai problema?"

„O, taip sakant, jokios problemos".

„Man tai tikrai nuskambėjo kaip problema", - pasakė Samanta. Kiti linktelėjo galva.

Oksvoris pravėrė gerklę. „Pasakiau, kad jie dar kartą patikrintų jūsų polisą. Duokite man, - suskambo jo telefonas. „Vieną sekundę", - pasakė jis ir atsitraukė nuo jų. Jie sekė paskui jį kaip susigrūdusių futbolininkų grupė, klausydamiesi kiekvieno jo žodžio. „Taip. Righto. Vadinasi, jie tai patvirtino. Ne bėda, būna ir taip."

Jis šyptelėjo Semo link, tada pakėlė nykštį aukštyn. Jis atsitraukė nuo svitos ir tęsė pokalbį.

Jie stovėjo susigrūdę ir žiūrėjo į tai, kas liko iš jų namų. Namų, kuriuose E. Z. gyveno visą savo gyvenimą. Kas nutiks dabar? Ar jie turės iš naujo statyti šią vietą? Naujas namas, be istorijos ir prasmės. Naujas namas, kuris niekada nebus jo namai. Niekada netaps vieta, kurioje galėtų lankytis jo tėvų vaiduokliai, jei tokie egzistuotų.

Oksvoris ėjo link jų. „Na, dabar. Atsiprašau už vėlavimą. Bet jūsų viešbučio rezervacija patvirtinta. Galime važiuoti. Įsikurkite, kai tik būsite pasiruošę."

„Ačiū, - tarė Samas. „Ar jau žinote, kokia buvo gaisro priežastis?"

„Po preliminaraus tyrimo jie devyniasdešimčia procentų įsitikinę, kad sprogimą sukėlė dujų nuotėkis. Bet dabar dėl to nesijaudinkite. Jūsų polisas padengia visas viešbučio išlaidas. Užsakiau jums tris kambarius. To turėtų pakakti, ar ne?"

„Turėtų pakakti, - atsakė Samas. „Ačiū, Regi."

„Jūsų polisas taip pat padengia išlaidas, susijusias su daiktų pakeitimu, būtiniausiais daiktais, maistu. Viešbutyje jums nereikės mokėti nė cento. Jei ką nors pirksite, atsiųskite man kvitus. Padaryk kopijas, originalus pasilik sau. Aš pasirūpinsiu, kad jums būtų atlyginta".

Samas ir Oksvoris paspaudė vienas kitam rankas.

„Ar kam nors reikia nuvežti į viešbutį?" Oksvoris paklausė, o Lija ir Samanta įlipo į jo juodo mersedeso galinę sėdynę.

E-Z ir Parkeris įsėdo į dėdės Semo automobilį.

„Nemanau, kad buvome pristatyti, - pasakė dėdė Samas ir ištiesė ranką ant galinės sėdynės sėdinčiam Parkeriui.

„Malonu susipažinti, - atsakė Parkeris.

„O, tu irgi britas", - pasakė dėdė Samas. „Kalbant apie tai, kur Alfredas?"

E-Z papurtė galvą. „Paaiškinsiu ryte. O jūs galite tęsti tai, ką ketinote mums papasakoti, apie jus ir Samantą".

„Sąžiningai", - pasakė Samas, pažvelgęs į galinio vaizdo veidrodėlį ir pamatęs, kad Parkeris kietai miega. Jis įjungė automobilį ir nuvažiavo.

„Visi turėjome gana turiningą dieną, - pasakė E-Z.

„Jūs man pasakojate."

Atsiprašau Eriel, kad dėl to kaltinu tave, pagalvojo E-Z. Nors mintyse kirbėjo nuojauta, kad žiuri vis dar neapsisprendė šiuo klausimu.

SKYRIUS 22

Atvykę į viešbutį,visi apsistojo savo kambariuose, planuodami vėliau, 18 val., susitikti vakarienės.

Dėdė Samas turėjo atskirą kambarį, bet tarp jo ir sūnėno kambarių buvo gretimos durys. Parkeris taip pat buvo įsitaisęs E-Z kambaryje, o Lija su mama dalijosi kambariu už kelių durų.

Įsikūrusios Lia ir Samanta nusprendė apsipirkti būtiniausių daiktų. Svarbiausias prioritetas buvo nauji drabužiai, nes viskas, ką jos buvo pasiėmusios su savimi, žuvo per gaisrą.

„O kaip dėl mūsų pasų?" Lia paklausė.

„Gerai, kad visada juos nešiojuosi su savimi rankinėje".

„Fui!" Abu nuėjo į dizainerių parduotuvę ir iškart ėmė matuotis naujausias Šiaurės Amerikos madas.

„Tai turėtų būti itin smagu, nes už viską moka draudimo bendrovė!" Samanta pro sieną sušuko dukrai, sėdinčiai gretimoje persirengimo kabinoje.

„Nieko nemėgstame labiau už apsipirkinėjimą!" Lia atsakė. „Aš būtinai gausiu tai, tai ir tai, ir tai, ir tai."

ViešbutyjeParkeris knarkė ant lovos. E-Z sukinėjosi po kambarį ir galvojo apie pamestą kompiuterį. Gerai, kad jis per toli nenuėjo su savo romanu „Tatuiruotas angelas", bet labiausiai galvoje sukosi tėvų daiktai. Jis negalėjo patikėti, kad jie visi - DINGĘ. Nepadėjo ir tai, kad jis į juos nežiūrėjo jau siaubingai ilgai. Bet kodėl jis kaltino save? Draudikai sakė, kad priežastis - dujų nuotėkis. Jie sakė, kad yra devyniasdešimt procentų tikri. Kodėl jis vis jautė, kad dėl visko kaltas jis pats, nes galėjo tai sustabdyti, sustabdyti Erielį, kai tik turėjo galimybę.

Samas įkišo galvą į kambarį. „Jūs abu padorūs?"

Parkeris pasitempė.

„Taip, mes padorūs. Įeikite."

„Einu į parduotuvę nusipirkti būtiniausių daiktų. Jūs abu norite pateikti man sąrašą, ko jums reikia, ar norite prisijungti prie manęs?"

„Jei tai susiję su maistu, tikiuosi, kad dalyvausiu!" Alfredas pasakė.

„Tu visada alkanas!"

„Ką galiu pasakyti, jau kurį laiką dalinuosi tik žole".

E-Z pagavo Semo žvilgsnį ir apsimetė, kad rūko įsivaizduojamą cigaretę.

Dėdė Samas šaipėsi, stebėdamasis, iš kur trylikametis sūnėnas išmano tokius dalykus. Norėdami pakeisti temą, jie užrakino savo kambarius ir nuėjo į koridorių.

„Kur tiksliai einame?" paklausė E-Z.

„Teisingai, į miestą apsipirkti važiuojame nedažnai. Yra fantastiškas prekybos centras, į kurį norėjau nueiti nuo tada, kai persikėliau čia. Jis netoli, todėl pamaniau, kad pakeliui galėtume pabendrauti".

„Ar gali papasakoti, kas nutiko?" Parkeris paklausė.

„Taip, kaip jūs su Samanta taip greitai susipykote?" E-Z paklausė.

„Hmmm, - atsakė Samas.

„Turėjau omenyje gaisrą, - pasakė Parkeris, žvilgtelėjęs E-Z per petį.

Jie priėjo prie parduotuvės. Parkeris ir Semas jėjo pro sukamąsias duris, o E-Z pasinaudojo durų atidarymo mygtuku.

Įėjęs į vidų Parkeris pasilenkė apsiauti batų. E-Z išsitraukė nuo drabužių pakabos elegantišką džinsinį švarką ir jį pasimatavo. Jis sukosi priešais veidrodį, kad patikrintų, kaip tinka. „Atrodo visai neblogai."

Samas priėjo įvertinti situacijos: „Sutinku, tinka tiksliai. Atrodo, lyg būtų sukurtas tau."

„Ką manai, Alfredai?"

Samas dukart apsidairė. Parkeris pasakė: „Ar galėtum nustoti vadinti mane Alfredu! Kas apskritai buvo tas Alfredas?"

„Ech, atsiprašau, tai britiškas akcentas. Jis irgi tokį turėjo. Alfredas buvo, na, mūsų draugas".

Samas grįžo prie drabužių apžiūrinėjimo. Jis pildė krepšį apatiniais drabužiais ir tualeto reikmenimis.

„Ką manai, Parker?"

Jis perėjo per grindis, kad atidžiau įsižiūrėtų. „Gerai tinka. Manau, kad turėtum jį įsigyti. Bet bus gėda, kai tavo sparnai išsiskleis ir jis bus sugadintas".

Samas praėjo pro šalį ir E-Z įmetė striukę į jo krepšį. „Manau, kad jums irgi reikėtų įsigyti būtiniausių daiktų, pavyzdžiui, apatinių kelnaičių. Nebent ketinate eiti „commando".

„Fui!" E-Z sušuko.

„O, man ši frazė pažįstama. Jos kilmė, esu visiškai tikras, yra Jungtinėje Karalystėje".

„Suprantu, kodėl mano sūnėnas tave vis vadina Alfredu. Būtent taip jis ir pasakytų".

E-Z sekundę žvilgtelėjo į Parkerį. Tada nusekė paskui dėdę iki kasos, kur sustojo, pasimatavo skrybėlę ir įmetė ją į krepšį.

„O dabar, kur dingo Parkeris?" - paklausė jis. Samas toliau apžiūrinėjo kaklaraiščio smeigtukus, o E-Z žvalgėsi po parduotuvę ieškodamas dingusio draugo.

Parkeris stovėjo nejudėdamas ketvirtojo praėjimo viduryje, dešinę ranką iškėlęs į viršų, o kairę nuleidęs žemyn. Jo veido išraiška buvo neabejotinai panaši į zombio.

„O, ne!" E-Z ištarė sukdamasis ratu. „Uh, Parker," - sušnabždėjo jis. „Kas atsitiko? Geriau saugokis, nes kas nors gali supainioti tave su manekenu".

Parkeris liko nejudėdamas.

„Atsipeikėk", - pasakė E-Z ir trenkė į Parkerį kėde. Parkerio kūnas, pakrypęs, apsivertė. E-Z laiku sugriebė jį ir laikė už marškinių užpakalinės dalies. Jis stengėsi ištiesinti draugą, kad šis neatrodytų toks sustingęs ir panašus į manekeną, bet tai buvo nelengva užduotis.

Dėdė Samas puolė į pagalbą. „Kas atsitiko Parkeriui?"

„Nežinau. Mums reikia jį iš čia ištraukti".

„Ar jis vartoja narkotikus? Jo veido išraiška keista, tarsi būtų matęs vaiduoklį ar panašiai."

„Ne, jokių narkotikų, išskyrus retkarčiais šiek tiek žolės. O tokių dalykų kaip vaiduokliai nebūna - jau nekalbant apie tai, kad dabar diena. Gal galiu jį pervežti ant savo kėdės? Turime jį išvežti iš čia, kol kas nors nepastebėjo ir neiškvietė policijos.

„Sutinku. Nežinau, kokią priežastį jie nurodytų policijai, jei ją iškviestų. Mūsų parduotuvėje yra vaikinas, kuris imituoja manekeną! Ateikite greičiau."

„Juokinga", - pasakė EŽ. „Tu eik ir patikrink, o aš pasiliksiu čia. Sugalvokime, kaip jį iš čia išvesti, kad neatkreiptume į save per daug dėmesio".

Dėdė Samas nuėjo mokėti, o E-Z liko su Parkeriu. Klientams, ateinantiems pro šalį, kilo problemų įeinant ir apeinant juos. E-Z pasuko savo kėdę į kairę, paskui į dešinę, kad tilptų pirkėjai.

Galiausiai, kai vienu metu buvo keli pirkėjai, jis pastūmė Parkerį prie sienos. Jis bent jau nekliudė. Tada atsisėdo laukti Semo.

„Mes esame čia!" E-Z sušuko jį pastebėjęs.

„Kodėl jis stovi veidu į sieną? Ir ką tu čia veiki?"

„Buvo daug klientų, o mes trukdėme. Ar sugalvojote, kaip galėtume jį iš čia išvesti?"

„Taip, einu pasiimti vieno iš tų plokščiavežių", - pasakė Samas.

„O kodėl neimti vežimėlio?" E-Z paklausė. „Mažiau į akis krentantis."

„Mums niekada nepavyks jo įkelti į vežimėlį. Nebent norėtum išskleisti sparnus, jį pakelti ir įsodinti į jį".

„Man reikia pagalvoti." Po kelių minučių jis suprato, kad geriausia idėja - gauti plokščiapadį. „Taip, gaukite plokščiapadį, o aš galėsiu jums padėti jį įkelti į jį. Kai išvažiuosime iš parduotuvės, galėsiu nuskraidinti jį atgal į viešbutį. Vienintelė problema bus ta, kad kai ten nuvyksiu, ką tada su juo daryti".

„Tai išsiaiškinsime, kai išeisime iš parduotuvės." Samas nuėjo pasiimti vežimėlio. Vietoj to jis grįžo su plokščiadugniu vežimėliu. Paaiškėjo, kad tai buvo geresnis variantas. Jie nesunkiai įkėlė Parkerį į jį ir grįžo į viešbutį.

„Grįžkime pėsčiomis, lėtai ir ramiai, - pasakė E-Z. „Man vis dėlto nereikia skristi. Eisime ramiai ir palengva, nueisime į savo kambarį, paguldysime jį ant lovos".

„Tada grąžinsiu plokščiapadį, turėjau pažadėti, kad asmeniškai jį grąžinsiu".

„Skamba kaip planas. „Ups."

Grupė pirkėjų užėmė didžiąją dalį šaligatvio. Jie sustojo, kad praleistų juos, paskui vėl tęsė savo kelią ir netrukus grįžo prie viešbučio.

Patekus į vidų, plokščiadugnis netilpo į įprastą liftą, todėl jiems teko naudotis tarnybiniu liftu. Tam reikėjo įtikinti, t. y. papirkti konsjeržą. Kai pinigai pasikeitė delnais, jis netgi padėjo jiems iškelti plokščiapadį iš lifto. Jis taip pat pasisiūlė grąžinti jį į parduotuvę, kai jie baigs darbą. Pasiūlymo, kurio Samas mandagiai atsisakė.

Dabar už E-Z ir Parkerio kambario atsidarė liftas ir iš jo išėjo Lija su motina. Kiekvienas jų nešėsi daugybę krepšių, kai pastebėjo vaikinus ir plokščiadugnį automobilį.

„O, ne! Kas atsitiko?! Lia paklausė.

„Nežinau", - atsakė E-Z. „Jis keistai pasuko".

„Nusiveskime jį į vidų, - pasakė Samas.

Padėjusios krepšius, merginos padėjo E-Z ir Samui užkelti Parkerį ant lovos.

„Gal jis užkerėtas?" Lia pasiūlė.

„Tai gana keistas tavo išsišokimas", - pasakė Samanta. „Tu per daug žiūrėjai serialą „ *Užkerėtosios*".

Lia nusijuokė. „Taip, tai buvo vienas iš mano mėgstamiausių serialų. Turiu omenyje ankstesnę versiją su mergina iš „ *Kas yra šefas*".

„Gera žinoti, kad Nyderlanduose irgi žiūri „Oldies" kanalą", - pasakė E-Z. Tada jis priėjo arčiau Parkerio. „Palaukite minutėlę. Ar jis vis dar kvėpuoja?"

Jie stebėjo, kaip pakyla ir nusileidžia Parkerio krūtinė. To neįvyko.

„Patikrinkite, ar plaka širdis, ar pulsas", - pasiūlė Samanta.

„Širdis plaka", - pasakė Samas. „Ir jis kvėpuoja, bet nereguliariai."

Samanta pasilenkė ir apčiuopė Parkerio kaktą. „O, Dieve, jis karščiuoja!"

„Duokit ledo!" Samas sušuko, tada, vykdydamas savo paties įsakymą, išbėgo į koridorių su kibiru ledo.

„Ar nevertėtų iškviesti gydytojo?" Samanta paklausė.

SKYRIUS 23

„Sutinku su mama. Reikia kviesti greitąją pagalbą, o gal viešbutyje yra čia apsistojęs gydytojas?" - pasakė Lia.

E - Z sumirksėjo, ESP perduodamas Lijai žinutę - turime atsikratyti dėdės Semo ir tavo mamos.

Samas grįžo, nešinas kibiru ledo. „Turime jį įkelti į vonią". Jis ir Samanta ėmė kelti Parkerį.

„Palaukite!" Lia pasakė. „Ech, Samas ir mama, gal jūs abu nueikite ir atneškite daug ir daug ledo? Turiu omenyje, kad prieš įleisdami jį į vonią turime pripildyti vonią, tiesa?"

„Uh, manau, kad jie bando mumis atsikratyti", - pasakė Samas.

„Atsiprašau, - tarė E-Z. „Ar galite duoti mums kelias minutes, kad pabandytume išsiaiškinti šią Parkerio situaciją?"

Samanta ir Samas linktelėjo galvą ir išėjo iš kambario.

E-Z ištarė stebuklingus žodžius, kurie iškvietė Erielį:

Roch-Ah-Or, A, Ra-Du, EE, El.

Arkangelas vis tiek nepasirodė. Tai, kad jis buvo ignoruojamas, E-Z be galo erzino, nes dabar jis žinojo, kad Erielis jį nuolat stebi.

Lia bandė skambinti Hanieliui, bet nesulaukė jokio atsakymo.

E-Z ir Lia nežinojo, ką daryti, kai Parkerio širdies plakimas sulėtėjo ir beveik visiškai sustojo.

Nekviesta ir be fanfarų atvyko Arielė. Ji nuskrido tiesiai prie Parkerio. Ji uždėjo rankas jam ant kaktos. Jiedu stebėjo, kaip iš jos akių krito ašaros ir nusileido ant jo skruostų. Ji skandavo švelnią dainą ir laukė. Kai jis nejudėjo ir neatgavo sąmonės, ji apsisuko ir išskrido. Bet prieš išeidama ji sukluso: „Jis išėjo". Po kelių sekundžių ji taip pat išėjo.

Nors jie buvo $^{45\text{-ame}}$ aukšte ir nors Alfredas/Parkeris buvo miręs. Ir vėl. E-Z pakėlė jį nuo lovos ir nunešė prie lango. Per petį žvilgtelėjo atgal į Liją.

Ji verkė, kai jis su Parkeriu nusileido.

Krisdami, krisdami. Kol išlindo E-Z neįgaliojo vežimėlio sparnai. Jie, jis ir Alfredas, jis ir Parkeris, skrido. Jie abu buvo vienodi. Du už vieno kainą.

Kildamas vis aukščiau ir aukščiau, jis ėmė blaškytis. Metalinės jo kėdės dalys darėsi vis karštesnės.

Jis bijojo, kad jos savaime užsidegs.

Jis turėjo tai ištaisyti. Jis tiesiog privalėjo. Jis turėjo surasti Erielę.

Neįgaliojo vežimėlis ėmė virpėti, todėl E-Z ir Alfredas/Parkeris nukrito.

Jie nusileido be kėdės į bunkerį, kur E-Z prisiglaudė prie negyvo draugo kūno.

Neilgai trukus atvyko Eriel ir pakibusi ore priešais juos sušuko: „Sakiau, kad taip atsitiks. Aš tau sakiau, ir jis sutiko. Sandoris buvo sudarytas."

E-Z žinojo, kad tai tiesa, ir vis dėlto. „Kodėl tada suteikėte jam viltį ir kodėl ta Šekspyro citata apie antros galimybės suteikimą?"

Erielis pažvelgė į bevardį kūną, kurį laikė E-Z. „Tai buvo ne mano darbas."

„Tuomet su kuo man reikia pasikalbėti?" E-Z paklausė. „Atveskite jį pas mane. Dievui arba tam, kas už tai atsakingas. Aš reikalauju jį pamatyti!"

SKYRIUS 24

Erielisišsižiojo ir dingo.

E-Z ir Alfredas/Parkeris liko. Parkerio vardas jam buvo niekas ir niekas. Alfredas buvo jo draugas ir dabar, kai jo nebeliko, jis ketino prisiminti jį kaip Alfredą ir tik Alfredą.

Laukė kažko ir kartu nieko. E - Z priglaudė mirusio draugo pavidalą, norėdamas, kad jis vėl atgytų.

„Ar norėtum gėrimo?" - paklausė balsas sienoje.

„Norėčiau, kad mano draugas vėl būtų gyvas. Ar galėtum jį vėl atgaivinti? Ar galėtumėte padėti man jį išgelbėti?"

„Prašom likti sėdėti".

PFFT.

Orą užpildė raminantis levandų kvapas. Jis nuklydo į sapno būseną, kurioje atgaivino prisiminimą, prisiminimą, kuris pasikeitė ir pasikeitė, kad atitiktų dabartinę situaciją.

Ten jie buvo E-Z motina ir tėvas, gyvi ir sveiki, bet jaunesni. Jie grįžo iš ligoninės automobiliu, kurio jis niekada anksčiau nebuvo matęs. Jo tėvas Martinas skubiai išlipo iš vairuotojo vietos, kad padėtų motinai Laurelei išlipti iš automobilio.

Kartu jie pasiekė galinę sėdynę ir iškėlė kūdikio kėdutę. Jie meiliai pažvelgė į joje sėdintį kūdikį, kuris kietai miegojo.

„Jis kaip jo vyresnysis brolis, - pasakė Martinas.

„Taip, E-Z visada užmigdavo automobilyje, - pasakė Laurel.

„Įeik į vidų, - kuždėjo Martinas.

„Ir susipažink su savo vyresniuoju broliu", - pasakė Laurel, kai kūdikis trumpam atmerkė akis ir vėl užmigo.

E-Z, kuris žiūrėjo pro langą, o šalia jo buvo dėdė Samas. Norėjo išeiti į lauką ir pasisveikinti su savo naujuoju broliuku ar sesute.

„Palauk, kol jie įeis į vidų, - pasakė dėdė Semas.

„Gerai", - pasakė septynmetis E-Z, prispaudęs veidą prie lango, suglaustą dviem rankomis.

Atsidarė lauko durys: „Mes namie!" - sušuko jo mama Laurel.

E-Z pribėgo prie lauko durų, kur jį apkabino mama ir tėvas. Jie pritūpė, kad pristatytų naujausią Dikensų šeimos narį.

„Jis toks mažas", - pasakė E-Z.

„Jis yra jis", - pasakė tėvas.

„O."

„Ar norėtum jį palaikyti?" - paklausė mama.

„Gerai", - pasakė E-Z ir pakėlė rankas, kad mama galėtų į jas įdėti mažąjį broliuką. „Tačiau nenoriu jo pažadinti. Ar jis neprieštarautų?"

„Ne, jis nepabus", - pasakė Laurel.

„Jei ir pabus, tai tik todėl, kad nori susitikti su vyresniuoju broliu".

„Ar jis turi vardą?" E-Z paklausė, paėmęs naujagimį ant rankų ir priglaudęs jo galvytę.

„Dar ne, ar norėtum jam duoti vardą?" - paklausė mama. „Gerai, prilaikyk jo kaklą, tik taip... labai gerai. Iš kur tu žinai, kaip tai daryti? Tu toks geras vyresnysis brolis".

„Puikus darbas, bičiuli", - pasakė jo tėtis.

E-Z pažvelgė žemyn į cyplio veidą ir pasakė: „Man jis atrodo kaip Alfredas".

E-Z skruostais riedėjo ašaros, nes susidūrė du pasauliai. Viename jis glaudė savo mažąjį broliuką, vardu Alfredas. Kitame jis glaudė Alfredo lavoną bunkeryje.

„Laukimo laikas - septynios minutės", - pasakė balsas sienoje.

„Septynios minutės", - pakartojo E-Z.

Jis galvojo apie Alfredą, apie jo galias. Apie tai, kaip jis galėjo gydyti kitas gyvybės formas, įskaitant žmones. Jis galvojo, ar Alfredas išgydė tą jaunuolį. Ar pats atliko šį pakeitimą? Ar tai būtų buvę įmanoma?

„Alfredas, - tarė E-Z. „Alfredai, ar girdi mane?" Jis sukrėtė draugo kūną. „Alfredai!" - kartojo jis vėl ir vėl, tikėdamasis, kad draugas kaip nors jį išgirs.

Sienos laikrodžiui skaičiuojant laiką, pasirodė Arielė. „Taip elgtis su kūnu negalima. Tai gėda."Ji išskleidė sparnus ir nuėjo pakelti Alfredo bevardžio kūno iš E. Z. rankų, ketindama jį išsinešti.

„Ne!" E-Z pasakė. „Tu jo negausi."

Arielė kilstelėjo sparnus, paskui rodomąjį pirštą į E-Z.

„Alfredas išėjo iš pastato, tu laikai odą, kostiumą, kuris jį laikė. Alfredas dabar yra ten, kur jam skirta būti. Leiskite jo kūnui išeiti."

E-Z atsisėdo. Jei Alfredas buvo kažkur su šeima, jei tai tiesa, tada taip, jis galėjo jį paleisti. Iki tol jis laikėsi.

„Kur tiksliai jis yra? Ar jis su savo šeima?"

Arielė praskrido arti, nepaprastai arti, beveik atsisėdo E-Z ant nosies. „To negaliu pasakyti."

„Tuomet aš jo nepaleisiu."

„Gerai", - tarė Arielė. Ji krūptelėjo ir dingo.

Virš jo, bunkeryje, pasirodė dvi figūros - vyras ir moteris. Jie pajudėjo link jo ir nuskrido žemyn. Vis arčiau ir arčiau.

Jis pasitrynė akis. Ar jis vėl sapnavo? Tai buvo jo motina ir tėvas. Martinas ir Laurel. Angelai, ateinantys jo pasveikinti. Jis papurtė galvą. Tai negalėjo būti jie. Tai negalėjo būti jie. Jis svajojo apie juos - apie tai, kaip jie parsiveža namo broliuką. Dabar jie buvo čia, su juo bunkeryje. Aišku kaip dieną - bet ar jis vis dar miegojo? Sapnavo?

„E-Z", - pasakė motina. „Šis žmogus, tavo draugas Alfredas, yra miręs. Turi jį paleisti ir tęsti savo darbą. Tu privalai užbaigti bandymus, o laikrodis tiksi. Tau trūksta laiko."

E-Z tėvas Martinas pasakė: „Tai vienintelis būdas mums visiems vėl būti kartu".

„Bet jie jam melavo", - pasakė E-Z. „Jie sakė jam, kad jis bus su savo šeima. Dabar jis negali būti su savo šeima, ne šitaip. Iš kur aš galiu žinoti, kad jie man nemeluoja, kad bus su tavimi? Kaip galiu žinoti, kad tu nesi Erielio manipuliacija, kad priverstų mane vykdyti jo nurodymus?"

„Kas yra Erielis?" - paklausė jo motina.

„Mes nepažįstame Erielio, - atsakė tėvas.

Tai neturėjo jokios prasmės. Tai buvo Erielis. Nesvarbu, ar jie jį pažinojo, ar ne, jis buvo atsakingas už tai, kad jie čia yra. Jis žinojo, kaip užgauti E -Z širdies stygas. Jis žinojo, kaip priversti jį daryti tai, ko norėjo.

Ko tiksliai jis norėjo? Ir kodėl jis naudojosi jo tėvais, kad tai pasiektų? Tai buvo begėdiška. Virš jo ore kabojo tėvai, įjungdami ir išjungdami savo šypsenas, tarsi jie būtų marionetės. Tuomet jis tikrai suprato, kad tie du vaiduokliai, ar kas jie bebūtų, vis dėlto nėra jo tėvai. Jie buvo jo vaizduotės, o gal ir Erielės vaisius. Jis negalėjo suprasti, kodėl. Kodėl juo buvo taip žiauriai ir begėdiškai manipuliuojama?

„Atsibusk, E-Z!"

Jis grįžo į savo lovą. Savo namuose.

Jis apsivertė ir vėl užmigo... ir vėl nusileido į bunkerį - vėl.

SKYRIUS 25

Trysį bunkerius panašūs daiktai sklandė po kambarį, tarsi žaisdami žaidimą „Sek paskui lyderį".

Tai nebuvo bunkeriai. Tai buvo autentiškos amžinojo poilsio vietos, vadinamos sielų gaudyklėmis.

Kiekvieną kartą, kai žuvo gyvas padaras, su sąlyga, kad kūnas, kuriame jis gyveno, gimė su siela, vieną dieną gyvens toliau. Sielų gaudyklių buvo daug, per daug, kad jas būtų galima suskaičiuoti. Jų buvo daug daugiau, nei mes, žmonės, galime suvokti. Daugiau nei gugolpleksas, kuris yra didžiausias žinomas skaičius.

Kai E-Z atvyko, jis, kaip ir anksčiau, buvo įkeltas į jo laukiantį sielų gaudytoją.

Paskui atvyko Alfredas, vis dar negyvas jo kūnas buvo įdėtas į sielų gaudyklę.

Paskutinė atvyko Lia, vis dar mieganti į savo sielų gaudyklę.

Netrukus E-Z pradėjo jausti klaustrofobiją.

„Ar norėtum gėrimo?" - paklausė balsas sienoje.

„Ne, ačiū", - tarė jis, barbendamas pirštais į vežimėlio ranką, kai pasirodė angelas. Naujas angelas, tokio jis dar nebuvo matęs.

Šis angelas buvo moteris. Ji buvo apsirengusi plazdančia juoda suknele ir kepuraite - tarsi dalyvautų išleistuvių ceremonijoje. Ant jos griežtai atrodančio veido buvo pora akinių. Panašūs į tuos, kuriuos dėvėjo Marilyn Monroe kavinės plakate. Skirtumas buvo tas, kad šie rėmeliai pulsavo raudonu skysčiu, kuris priminė kraują.

„E-Z, - drebančiu balsu ištarė ji. Jos balsas aidėjo. „Sveiki sugrįžę į savo sielų gaudytoją".

„Sielų gaudytojas?" - ištarė jis. „Ar taip vadinasi šis daiktas? Man jis labiau panašus į bunkerį. Kas apskritai yra Sielų gaudyklė?"

„Tai amžinojo poilsio vieta sieloms", - pasakė ji, tarsi jau milijoną kartų būtų atsakiusi į tą patį klausimą.

„Bet ar tai nėra skirta tada, kai žmonės mirę? Aš nesu miręs." Jis tikrai tikėjosi, kad nėra miręs!

„Palauk!" - sušuko ji.

Vėl kalbėdama ji drebino sienas. Vibravo ir jo dantys. Taip smarkiai, kad jis mieliau būtų išėjęs į lauką, į sniegą, o paskui turėjęs išgirsti, kaip ji ištaria dar vieną žodį.

„Nesakiau tau, kad tai klausimų ir atsakymų metas. Kaip matau, didžiąją dalį bandymų atlikote sėkmingai. Nors Alfredas padėjo antrajame bandyme. Kaip žinote, nesankcionuota pagalba neleistina".

E-Z pravėrė burną, norėdamas apginti Alfredą, bet vėl ją užčiaupė. Jis nenorėjo rizikuoti, kad ji vėl pakels balsą. Jis tikrai norėjo, kad jie ten padidintų karštį. Kita vertus, tai buvo sielų vieta. Galbūt sielos mieliau rinkosi šaltą saugyklą.

TICK-TOCK.

Antklodė dabar buvo užklota ant jo pečių.

„Ačiū."

„Tu teisus, kai mirsi, tavo siela ilsėsis čia. Arba ilsėtųsi čia, jei būtume leidę tau mirti. Bet mes palikome tave gyvą. Tam turėjome rimtą priežastį. Tačiau viskas pasikeitė. Tai nepasiteisino. Todėl norėtume atšaukti savo pirminį susitarimą".

„Ką turite omenyje, atšaukti? Jūs turite įžūlumo! Bandai atšaukti susitarimą, ką tik dėl to, kad esu vaikas? Yra įstatymai, draudžiantys vaikų darbą. Be to, aš padariau viską, ko iš manęs buvo prašoma. Žinoma, turėjau visko išmokti iš eilės. Bet per storus ir plonus darbus aš tai padariau. Aš laikiausi savo susitarimo dalies, o tu turėtum laikytis savo!"

„O taip, tu padarei viską, ko iš tavęs buvo prašoma. Štai kur problema - tau trūksta iniciatyvos".

„Trūksta iniciatyvos!" E-Z sušuko trenkdamas kumščiais į vežimėlio porankius. „Susitarimas buvo toks, kad jūs siunčiate man išbandymus, o aš sugalvoju, kaip juos įveikti. Aš išgelbėjau gyvybes. Negalima keisti taisyklių įpusėjus žaidimui".

„Tiesa, toks buvo pirminis susitarimas. Paskui su Hadžiu ir Reikiu viskas susiklostė ne taip - jie pamiršo ištrinti protus - viena vertus, ir Erielis turėjo įsitraukti."

„Jis atsiuntė man bandymus, aš juos įvykdžiau. Aš net nugalėjau jį dvikovoje."

„Taip, nugalėjai. Aš paprašiau jo įvertinti tavo ir dėdės Semo ryšius".

„Įvertinti mus?"

„Taip." Archangelas nėra skirtas tam, kad sukurtų išbandymus besimokančiam angelui. Dėl tavo, na, iniciatyvos stokos Erielis turėjo įsitraukti labiau, nei derėjo."

„Palaukite minutėlę! Vadinasi, tu sakai, kad man buvo skirta pačiam išeiti ir susirasti savo išbandymus? Kodėl niekas manęs nesupažindino su šiais reikalavimais?"

„Mes tikėjomės, kad tu pats tai išsiaiškinsi. Buvo užuominų. Užuominos apie bendrą vaizdą. Bendrų dalykų. Tikėjomės, kad jei turėsi kitų, su kuriais galėsi aptarti bandymus. Išbandymus, kuriuos jau atlikote. Kad nubrėšite problemą. Prieisite prie tos pačios išvados.

Padėsite mums. Galbūt net ją įveiksite - ir mums nereikės jums jos aiškinti. Suteikėme jums visas galimybes, bet jūs to nepadarėte. Taigi, einame kitu keliu."

„Bendrų dalykų? Galbūt žinau, ką turite omenyje."

„Jei tai išsiaiškinsi ir pasirinksi superherojaus variantą... Tai suveiktų. Tol, kol viskas būtų visiškai aišku. Turėtum visą vaizdą. Žinotum riziką."

„Vadinasi, mes vis tiek būsime komanda? Kodėl to neišdėstai? Kad man būtų lengviau?"

„Praeityje, nors tavo bendražygiams buvo suteiktos galios, kurių tu neturėjai, - tu jomis nepasinaudodavai. Vietoj to jūs trys sėdėjote - švaistėte laiką - ir laukėte, kol viskas įvyks.

Ar jums neatrodė keista, kai Erielis pasirodė atrakcionų parke? Jis kėlė *Trijų* profilius. Tai ne archangelo darbas. Tai tavo darbas".

Jis papurtė galvą. „Nebuvau šimtu procentų įsitikinęs, kad tai buvo Erielis, kol pabaigoje jis prisistatė. Prieš tai turėjau įtarimų. Kas dar galėtų apsirengti kaip Abraomas Linkolnas?

„Be to, maniau, kad niekas neturėjo žinoti. Iki tol maniau, kad bandymai yra paslaptis. Bijojau sulaužyti susitarimą su tavimi. Ophanielis sakė, kad jei kam nors pasakysiu, prarasiu galimybę vėl pamatyti savo tėvus. Aš laikiausi man nustatytų taisyklių. Nemanau, kad supranti sąžiningo žaidimo sąvoką".

„Tai nėra žaidimas. Archangelai gali daryti, ką tik nori!" - sušuko ji ir priėjo arčiau tos vietos, kur sėdėjo E-Z. Ji kilstelėjo smakrą į priekį. „Nusprendėme, kad tau labiau tinka žaidimas su superherojais, o ne su angelais. Būtent tada jums padėjo ryšių su visuomene skyrius. Kad paskatintume tave susirasti savo žmones, kurie tau padėtų. Dievas žino, kad Žemėje jų pilna. Kaip juos vadino Šekspyras, tuos, kurie mekena ir vemia slaugytojos rankose".

„Šekspyro nesu skaitęs, bet esu susijęs su Čarlzu Dikensu. Ne dėl to, kad tai svarbu. Bet, gerai, vadinasi, tu nori, kad toliau būčiau superherojus su Alfredu, jei jis gyvas, ir su Lija šalia. Mes lengvai galime sulaukti daug paramos ir reklamos iš žiniasklaidos.

„Aš vis dar esu tau įsipareigojęs. Jei leisite mums laisvai veikti, kodėl, dangus bus riba. Pažįstame daug vaikų mokykloje ir sporto industrijoje. Galime sukurti superherojų karštąją liniją ir interneto svetainę. Galime naudotis socialine žiniasklaida ir užmegzti ryšius su žmonėmis iš viso pasaulio. Žmonės rikiuosis į eilę, kad galėtume jiems padėti. Tai bus visiškai naujas žaidimas".

„Ak, pagaliau jis kalba apie iniciatyvą... bet, mano mielas berniuk, tai gerokai per mažai, per vėlu. Kaip jau sakiau, mes norime išsivaduoti nuo įsipareigojimų tau. Tu nebesi mums įsipareigojęs. Tu nebeturi skolos, kurią turėtum grąžinti".

„Bet..."

„Jūs visi trys įrodėte, kad tai darote tik dėl savęs. Kai angelai pirmą kartą pasiūlė, kad galėtumėte mums padėti, atstovauti mums čia, žemėje, - mes turėjome planą. Su Alfredu buvo tas pats. Tada atsirado Lia. Nuo to laiko su jumis dviem mums šiek tiek pasisekė. Įtraukėme ją į trijulę... bet dabar jūs tapote nebereikalingi".

„Mes gelbėjame žmones, padedame žmonėms."

„Nesakyk man to. Jei pasiūlyčiau tau galimybę būti su tėvais šiandien, čia ir dabar. Tu mestum rankšluostį. Išeitum, nesirūpindamas ir negalvodamas apie tas gyvybes, kurias būtum galėjęs išgelbėti, jei bandymai būtų tęsiami.

„Tikiuosi, kad taip pat bus ir su Alfredu, jei jis išgyvens. Jis su savo šeima nemirktelėjęs iškeliautų į margučių lauką. O kalbant apie akis, jei Lia atgautų regėjimą - ji taip pat išvyktų.

„Kruopščiai apsvarstę supratome, kad nė vienas iš jūsų nėra įsipareigojęs niekam kitam, išskyrus save, todėl perėjome prie plano B".

„Palaukite minutėlę. Apibrėžkime darbą." Jis pagūglino ir su malonumu aptiko, kad turi keturis barus. „Pagal internetinį žodyną: reguliariai atlikti darbą ar vykdyti pareigas už atlyginimą ar algą. Dirbau tau be užmokesčio. Išskyrus pažadą atlyginti. Turėjome žodinį susitarimą.

„Nesu tikras, kokią detalę turėjo Alfredas ar Lia, bet galiu lažintis, kad jų angelai siūlė jiems panašias paskatas. Aš laikiausi savo susitarimo dalies, o tu turėtum laikytis savo. Man trylika metų ir, - jis gūglino. „Taip, kaip ir maniau, pagal JAV darbo departamento duomenis, keturiolika metų yra minimalus darbinis amžius".

Ji nusijuokė ir pasitaisė akinius. Jis pastebėjo, kad jos rankos kruvinos. Ji nušluostė jas nuo savo juodo drabužio. „Ankstyvieji įstatymai angelams ar archangelams netaikomi. Vis dėlto naivu manyti, kad taip būtų". Ji padarė pauzę. „Esame pasirengę pasiūlyti jums du pasirinkimus. Pirmasis pasirinkimas: Likusį gyvenimą liksite čia, savo Sielos gaudyklėje".

„Ką?"

Sielos gaudyklės pamatai sudrebėjo. Mintis būti gyvam palaidotam šiame metaliniame konteineryje jam kėlė pasibjaurėjimą.

„Gyvenimas, kurį gyvensi, nes tavo gyvos kvėpuojančios dienos bus praleistos taip, kaip pažadėjo tie imbecilai archangelai. Su savo tėvais. Tai reiškia, kad iš naujo išgyvensi gyvenimą su savo tėvais nuo pat gimimo dienos iki tos akimirkos, kai baigsis jų gyvybės. Tu niekada nebūsi invalido vežimėlyje, o jie niekada nemirs". Ji padarė pauzę. „Dabar galite kalbėti".

„Nori pasakyti, kad aš vėl ir vėl išgyvensiu savo gyvenimą su tėvais, kiekvieną dieną, kurią praleidome kartu, visą amžinybę?"

„Taip."

„Koks variantas numeris du?"

„Ar negalite atspėti?" - paklausė ji su dantyta šypsena.

Jos šypsena buvo nenuoširdi, kad jis turėjo atsimerkti.

Jis laukė.

„Antrasis variantas reikštų, kad grįžtate gyventi savo gyvenimo su dėde Semu." Ji suabejojo, priėjusi arčiau, kad E. Z. Jam ir taip buvo šalta, o dabar ji su kiekvienu savo sparnų mostelėjimu dar labiau jį vėsino. Jis užsiklojo antklode. Ji tęsė. „Kaip jau turbūt numanai, nei vienu, nei kitu atveju nesusitiksite ir niekada nesusitiksite su savo tėvais. Mes atkurtume praeitį. Tu tarsi gyventum spektaklyje ar televizijos laidoje".

„Ką!" - "Ne su tuo aš sutikau! E-Z sušuko. „Ar tu nori pasakyti, kad Hadz. Rikis, Erielis ir Ophanielis man melavo?"

„Melavo - stiprus žodis, bet taip. Pažvelkite į savo aplinką. Sielos sudėtos į atskirus skyrius. Kiekvienai sielai iš anksto paruošiamas skyrius".

„Vadinasi, norite pasakyti, kad mano tėvai yra kiekvienas viename iš šių skyrių?"

„Taip, jų sielos yra."

„Ir kas tada jiems atsitinka?"

„Kodėl, jos plūduriuoja danguje."

„Tai liūdna. Visada maniau, kad mano tėvai bus kažkur kartu. Žinau, kad tai buvo vienintelis dalykas, kuris Alfredui teikė šiokį tokį nusiraminimą. Kad jo žmona ir vaikai yra kažkur kartu. Niekam nepatinka galvoti, kad jų mylimas žmogus miršta vienas. Jau nekalbant apie amžinybę metaliniame konteineryje, dreifuojančiame iš vienos vietos į kitą."

„Žmogiškasis sentimentalumas. Sielos tik egzistuoja. Jos negyvena ir nekvėpuoja, nevalgo, nejaučia nei per didelio karščio, nei per didelio šalčio. Žmonės nesupranta šios sąvokos."

Jis nusišypsojo.

„Nenoriu įžeisti jūsų rūšies. Bet kai kūnas baigiasi, tai, kas lieka, siela, yra sunkiai suvokiama sąvoka. Žmonių smegenys tiesiog per mažos, kad suvoktų visatos sudėtingumą. Todėl ir kuriamos religinės doktrinos. Parašyta nespecialistams suprantama kalba. Lengvai išmokstamos ir jomis sekama be jokių įrodymų."

„Kadangi sielos yra labiau vertinamos nei tokie žmonės kaip aš, kaip galėčiau visą likusį gyvenimą gyventi viename iš šių konteinerių?"

„Mes padarėme pakeitimus, kaip dabar ir anksčiau. Kai tave atvežėme, tau nekilo jokių problemų čia egzistuoti, o dabar?"

„Išskyrus klaustrofobiją, - pasakė jis. „Ir tuos kartus, kai reikėjo mane raminti tuo levandų purškalu".

„Ak, taip. Klaustrofobijos pasikartojimas, žinoma, priklausys nuo to, kokį variantą pasirinksite. Jei pasirinksite pirmąjį variantą, aplinka jus palaikys visais būdais, kol jūsų siela bus pasiruošusi. Tuomet jūsų žemiškojo pavidalo bus galima atsikratyti. Žmonės prisitaiko, ir jūs prie to priprastumėte. Be to, būsi su savo tėvais, atgaivinsi prisiminimus. Taip prabėgs laikas. O dabar įvardyk savo pasirinkimą!"

„Palaukite, o kaip su mano sparnais ir mano kėdės sparnais? Kas jiems nutiks?" Jis suabejojo: „O kaip su Alfredo ir Lijos galiomis? Jei pasirinksime pirmąjį variantą, ar grįšime į tokią padėtį, kokia būtume buvę? Turiu omenyje prieš tau ir kitiems archangelams įsitraukiant į mūsų gyvenimus?"

„Žinoma, mes neketiname nuplėšti jums sparnų, mano brangus berniuk, ar atimti galių, kurios kuriam nors iš jūsų jau buvo suteiktos. Mes esame arkangelai, o ne sadistai."

„Gera žinoti, taigi, galime ir toliau būti superherojais."

„Galite, bet turėsite susikurti savo reklamą, nes kai mes išeisime - išeisime visam laikui."

„Prašom likti sėdėti", - pasakė balsas sienoje, nors E - Z neturėjo didelio pasirinkimo.

Arkangelas nieko neatsakė. Vietoj to ji išsiblaškė valydamasi akinius, paskui vėl juos užsidėdama.

„Dar vienas dalykas, - paklausė E-Z, - dėl Alfredo".

„Tęsk, bet paskubėk. Dar viena sąvoka, kurios žmonės nesupranta, yra ta, kad laikas egzistuoja visoje visatoje. Aš turiu būti kitose vietose ir pamatyti kitus archangelus".

„Gerai, aš tai padarysiu. Alfredas dabar yra kito žmogaus kūne. Jei siela lieka kartu su kūnu, vadinasi, ten yra dvi sielos? Ar sielų gaudytojas laukia dviejų sielų?"

Angelas atsuko jam nugarą. Prieš pradėdama kalbėti, ji išsivalė gerklę: „Aš, mes, tikėjausi, kad neužduosite šio klausimo. Esi protingesnis, nei tikėjomės." Ji užmerkė akis ir linktelėjo galva: „Mhmmm." Jos akys liko užmerktos. E-Z pažvelgė, ar ji nedėvi ausų kištukų, nes atrodė, kad kažko klausosi. O gal jis tai įsivaizdavo. Ji linktelėjo galva. „Sutinku", - pasakė ji.

„Ar čia su mumis dar kas nors yra?" - paklausė jis.

Iš visų pusių pasigirdo naujas balsas. Kodėl visi archangelai turėjo tokius skambius balsus?

„Aš esu Razielis, paslapčių sergėtojas. E-Z Dikensai, turite įsiklausyti į mano žodžius. Nes kartą juos ištaręs, jų neprisiminsi. Taip pat ir to, kad aš čia buvau. Sielų gaudytojai ir jų tikslai tau nerūpi. Jūs peržengėte savo ribas, ir mes to netoleruosime! Mes dosniai suteikėme jums dvi galimybes. Apsispręskite DABAR, arba mano mokytas draugas priims sprendimą už jus".

E-Z pradėjo kalbėti, bet tada jo galvoje pasidarė tuščia. Apie ką jie kalbėjo?

Arkangelas vėl užmerkė akis, ištarė žodžius: „Ačiū", ir Razielio balsas daugiau nebekalbėjo.

✱✱✱

Atrodė, tarsi laikas būtų grįžęs atgal. „Tikitės, kad nuspręsiu iš karto, neduodamas laiko pagalvoti? Nepasikalbėjusi su dėde Samu ar draugais? Kalbant apie tai, o kaip Alfredas, jam buvo pasakyta, kad jis vėl susijungs su šeima? O Lia, jai buvo pasakyta, kad atgaus regėjimą."

„Kadangi Alfredo nebėra, tavo sprendimas - ar jis išgyvens žemėje, ar ne - bus jo sprendimas. Jo pasirinkimas numeris vienas bus toks pat, kaip ir tavo. Ar jis norėtų pakartotinai išgyventi savo gyvenimą su šeima? Kadangi jo nebėra, galbūt jis jau dabar sapnuoja malonius sapnus apie juos. Kita vertus, niekada nežinai, kokius pokštus gali iškrėsti protas. Gali būti, kad jis atsidūrė košmarų kilpoje ir tik jūs galite išgelbėti jį ir jo šeimą, priimdami už jį teisingą sprendimą."

„Nori pasakyti, kad jis niekada iš to neišsivaduos? Ar tikrai?"

„To negaliu pasakyti. Žinau tik tiek, kad sielų gaudytojas dar nepasiruošęs pasiimti jo sielos... kol kas".

„O Lia?"

„Jos žmogiškos akys šiame gyvenime išnyko, kaip ir tavo kojos. Ji gali vėl išgyventi savo regėjimo dienas, bet ji gali norėti, kad ir tu pasirinktum už ją. Juk ji neturėjo laiko užaugti ir subręsti kaip normalus vaikas. Ji jau prarado trejus savo gyvenimo metus, o dėl šio senėjimo epizodo nesame tikri, ar tai vienkartinis atvejis, ar jis pasikartos."

„Norite pasakyti, kad ir jūs nežinote, kas jai nutiks?" - "Ne.

„Ne, nežinome. Be to, ji vis dar miega."

„Aš negaliu to nuspręsti, mums visiems trims per tam tikrą laiką. Tai didelis sprendimas ir man reikia laiko".

„Tuomet turėsi jo turėti." Pasirodė laikrodis, skaičiuojantis nuo šešiasdešimties minučių. „Tavo laikas prasideda dabar. Pateik man atsakymą, kol jis nenusileido iki nulio. Priešingu atveju viskas, ką aptarėme, neteks galios. Ir jūs atsidursite atgal viešbutyje su savo draugo lavonu". Jos sparnai suplasnojo, ir ji pakilo vis aukščiau ir aukščiau.

„Palaukite, prieš išskrisdama, - sušuko jis.

„Kas dabar?"

„Ar yra kitų, turiu omenyje, kitų tokių vaikų kaip mes?"

„Buvo malonu tave pažinti, - pasakė ji.

„Jausmas tikrai ne abipusis, - atsakė jis.

SKYRIUS 26

Bėgantminutėms E-Z peržvelgė viską, kas jam buvo ką tik pasakyta. Jis norėjo, kad bunkeris būtų pakankamai platus ir jis galėtų daugiau judėti. Bent jau patogiai sėdėjo neįgaliojo vežimėlyje. Kartu jie buvo tarsi dinamiškas duetas.

„Ar norėtumėte ko nors valgyti?" - paklausė balsas nuo sienos.

„Žinoma, norėčiau", - atsakė jis. „Obuolį, šiek tiek popkornų - sūrio skonio būtų gerai, ir butelį vandens".

„Tuoj pat", - pasakė balsas, kai pro plyšį sienoje, kurio jis anksčiau nepastebėjo, išstūmė metalinį stalą. Jis sustojo priešais jį. Iš plyšio išlindo kablys, pirmiausia nešdamas butelį vandens. Paskui antras kablys su stikline. Po to trečias kablys su obuoliu. Prieš padėdamas jį ant žemės, kablys jį nupoliravo rankšluosčiu. Tada iššoko ketvirtas kablys, nešinas dubenėliu su popkornais.

„Ačiū, - pasakė jis, kai keturi griebęsi kabliukai pamojavo rankomis ir dingo atgal sienoje.

„Nėra už ką."

„Ech, ar yra kokia nors galimybė, kad galėtum man atnešti mano kompiuterį? Jis buvo sunaikintas per gaisrą.

Tikrai norėčiau, kad galėčiau sudaryti sąrašą, kad galėčiau priimti šį sprendimą".

„Žinoma. Duokite man minutę ar dvi."

Kol jis baiginėjo obuolį ir svarstė apie popkornus, iš kito lizdo ant priešingos sienos pasirodė jo nešiojamasis kompiuteris. Kabliukas laikė jį pakeltą aukštyn, laukdamas, kol E-Z pajudins kitus daiktus, kad jį sutalpintų. Kai jis to nepadarė, kabliai pasirodė iš kitos pusės. Vienas jų pakėlė obuolio šerdį ir dingo atgal sienoje. Kitas supylė į stiklinę likusį vandenį. Tada pro plyšį sienoje paėmė atgal tuščią butelį. Kadangi norėjo pasilikti popkornus ir stiklinę su vandeniu, nuėmė juos nuo stalo. Kablys padėjo nešiojamąjį kompiuterį, tada grįžo pro plyšį sienoje.

E-Z manė, kad kabliukai yra šaunūs aksesuarai. Jis lengvai galėtų juos parduoti dideliam Švedijos prekybos tinklui.

Dabar, kai visi kabliukai dingo, jis pakėlė nešiojamojo kompiuterio dangtį ir jį įjungė. Pirmiausia jis patikrino savo Tatuiruočių angelo failą, viskas tebebuvo jame! Jis buvo toks laimingas; būtų verkęs, jei laikrodis nebūtų tiksėjęs.

„Labai ačiū, - tarė jis ir įsidėjo į burną saują sūrių popkornų. Ir tada pradėjo spausdinti. Nusprendė apie save galvoti trečią kartą. Pirmiausia surašė pliusus ir minusus apie Alfredą. Iš karto žinojo, kad Alfredas neprieštarautų pakartotinai išgyventi savo praeitį su šeima. Jis iš karto būtų pasirinkęs šį variantą.

„Vis dėlto E-Zui atrodė, kad tai nėra tas variantas, kurį jo šeima norėtų, kad jis pasirinktų. Kadangi jis būtų iš naujo išgyvenęs tai, kas jau buvo, o ne judėjęs į priekį. Gyvenime reikia judėti į priekį. Toliau mokytis ir augti.

Kuo daugiau apie tai galvojo, tuo labiau suprato, kad tai būtų tarsi savo gyvenimo istorijos žiūrėjimas iš naujo.

Įsivaizduokite savo gyvenimą dvidešimt keturias dienas per parą nuolatinėje kilpoje. Niekada nežinai, kada jis baigsis. Ar jis apskritai kada nors baigsis. Tai galėtų virsti kitokiu pragaru. Toks, apie kurį jis nenorėjo galvoti.

Išskyrus tai, kad Alfredas tikrai žinotų, jog visada bus komos būsenoje. Apie tai užsiminė arkangelas. Tuomet pasirinkdamas jis išvengtų bet kokių blogų sapnų ar košmarų. Alfredas amžinai būtų su savo šeima. Net jei tai ir nebūtų tikra... to galėtų pakakti. Ar jis tai pasirinktų?

Jis žvilgtelėjo į laikrodį - liko penkiasdešimt minučių. Jis ėmė galvoti apie Lijos bylą. Jos svajonė tapti garsia balerina buvo nutraukta. Ar ji norėtų iš naujo išgyventi vaikystę, žinodama, kad ši svajonė niekada neišsipildys? Jai būtų verta rizikuoti ateitimi. Akys delnuose darė ją ypatingą, unikalią... ir ji buvo simpatiška. Ji netgi galėtų būti naujausia stebuklingos moters versija, jei sugebėtų panaudoti visas galias.

„E-Z?" Lija ištarė. „Girdžiu, kaip galvoji, bet kur tu esi?"

O ne! Dabar ji buvo prabudusi, jis turėjo jai viską paaiškinti, o tai užtruks, o laiko vis mažėjo. Jis turėjo tai padaryti, greitai. „Klausyk, Lia, - pradėjo jis, - turiu tau papasakoti ilgą istoriją, prašau, nesustabdyk manęs, kol ji nebus baigta. Mums trūksta laiko." Jis viską paaiškino, tai užtruko dešimt minučių. Dar dešimt minučių praėjo. Liko keturiasdešimt minučių.

„Gerai, E-Z, tu galvok apie save, o aš galvosiu apie save. Užtruksime penkias minutes, tada vėl pasikalbėsime. Laikas prasideda dabar".

„Geras planas."

Praėjus penkioms minutėms, laikrodis rodė likusias trisdešimt penkias minutes. E-Z paklausė Lios, ar ji jau apsisprendė.

„Nusprendžiau", - atsakė ji. „O tu?"

„Aš irgi", - atsakė jis. „Tu pirmas, per penkias minutes ar mažiau, jei gali."

„Man tai gana lengvas sprendimas, E-Z. Nenoriu likti šitame daikte ir gyventi čia savo gyvenimo. Kai sielų gaudytojas atves mane čia, kai būsiu miręs. Tai gerai. Bet aš nenoriu būti prievarta uždarytas šioje erdvėje. Ne tada, kai galiu būti lauke, jausti saulės šilumą, klausytis paukščių, su vėju plaukuose. Jau nekalbant apie laiką, praleistą su mama, dėde Semu ir, tikiuosi, su tavimi. Gyvenimas per trumpas, kad jį švaistytum, o man dažniausiai patinka mano naujosios akys." Ji nusijuokė.

„Pritariu, ir jei būčiau tavo vietoje, pasielgčiau taip pat."

„Ačiū, E-Z. Kiek dabar liko laiko?"

„Dar dvidešimt penkios minutės", - patvirtino jis. „Dabar štai mano mąstymas, tikiuosi, per mažiau nei penkias minutes. Neprieštarauju, kad čia būtų, tai nedaug kuo skiriasi nuo buvimo lauke. Supratau, kad neįgaliojo vežimėlyje nėra pasaulio pabaiga. Tiesą sakant, aš prie to jau visai pripratau. Galiu daryti tai, ką anksčiau dariau, pavyzdžiui, žaisti beisbolą, ir man tai visiškai nesiseka. Po velnių, jie net žaidžia jį parolimpinėse žaidynėse.

„Mano tėvai nenorėtų, kad švaistyčiau savo gyvenimą gyvendamas praeityje. Nenorėtų ir dėdė Samas. Nenoriu visko atsisakyti vien dėl to, kad tie dvikojai archangelai davė keletą nepadorių pažadų. Taigi, sutinku su tavimi. Mes išsivaduojame iš šių sielų gaudytojų dalykų. Gyvensime savo gyvenimus, kol baigsime gyventi. O tada jis gali gerai ir tinkamai ateiti ir mus sugauti. Po daugelio metų, kai, tikėkimės, būsime prisidėję prie žmonijos ir gerai gyvenę. Galėsime rasti tokių pat kaip mes. Galėtume įsteigti Superherojų karštąją liniją ir dirbti kartu visame pasaulyje. Galėtume naudotis savo galiomis, kad pasaulis taptų geresnis. Galėtume gyventi visavertį gyvenimą; kurti įkvepiančius gyvenimus, kuriais didžiuotumėmės, ir mūsų šeimos taip pat."

„Bravo!" Lia sušuko. „Bet ar yra tokių kaip mes?"

„Paklausiau angelo, kuris man viską paaiškino, bet ji neatsakė. Tai verčia mane manyti, kad jų yra." Jis pažvelgė į laikrodį. „Liko tik dvidešimt viena minutė."

„O kaip Alfredas? Ar jis kada nors atsibus?"

„Angelas sakė, kad nežino, tai žino tik sielų gaudytojas... bet sakė, kad jis gali sapnuoti košmarus. Jei yra tikimybė, kad jis gyvena pragare, tada geriau jį paleiskime. Pirmasis variantas, kad jis iš naujo išgyvena gyvenimą su savo šeima kilpoje, yra jam tinkamiausias?"

„Aš nesutinku. Nė vienas iš mūsų tiksliai nežino, kada sielų gaudytojas ateis mūsų ieškoti. Alfredas nenorėtų čia išlaidauti, nes jį gali surasti blogi sapnai. Ne ten, kur yra tikimybė, kad jis gali kam nors padėti ar ką nors įkvėpti. Mes čia atėjome kartu ir turėtume iš čia išeiti kartu. Mano nuomone, tuo viskas ir baigta."

Keturiolika minučių ir tiksi.

Ji į Alfredo problemą pažvelgė unikaliu būdu Ar ji buvo teisi? Ar Alfredas iš tiesų pagal šį scenarijų norėtų atsisakyti savo šeimos dėl nelemtos ateities? Argi mes visi neegzistuojame nepažintame pasaulyje? Keičiame kursą, pasimetame ir nardome. Atidarome langus, uždarome duris. Leidžiame savo emocijoms mus paklaidinti ir vėl sugrąžinti atgal. Visa tai susiję su gyvenimu. Taip, Lia buvo teisi. Tai buvo baigtas sandoris.

Laikrodyje buvo likusios aštuonios minutės.

„Manau, kad esi teisi, Lia. Viskas už vieną ir vienas už visus, - pasakė E. Z. „Arkangelas man pasakė, kad turiu ištarti žodžius, kol nesibaigė laikrodžio rodyklė. Tada visi atsidurtume atgal viešbutyje... tarsi šio „Sielų gaudytojo" intermezzo niekada nebūtų buvę."

„Tačiau ar manai, kad mes vis tiek prisiminsime apie sielų gaudytojus? Mums svarbu pasimokyti iš šios patirties. Net jei ja ir nepasidalytume. Turėk omenyje, kad tai sugriauna viską, ką žinome apie dangų ir pomirtinį gyvenimą."

Liko penkios minutės.

„Taip ir yra, bet aptarkime tai kitoje pusėje". Jis suspaudė kumščius, kai laikrodis rodė keturias minutes. „Mes nusprendėme!" - sušuko jis. „Ištraukite mus tris iš šių, šių sielų gaudyklių - DABAR!"

E-Z bunkerio sienos ėmė drebėti. „Ar tau viskas gerai, Lia?" - sušuko jis. Ji neatsakė. Atrodė, kad žemė po jo kojomis dunksėjo ir dundėjo. Paskui ji ėmė suktis, iš pradžių pagal laikrodžio rodyklę, paskui prieš laikrodžio rodyklę, paskui pagal laikrodžio rodyklę.

Viduje suvirpėjo jo skrandis. Jis išvėmė sūrius popkornus ir visur kramtė raudonų obuolių gabalėlius.

Tai buvo vieninteliai suvenyrai, kuriuos Sielų gaudytojas būtų turėjęs iš jo. Tikėkimės, kad siaubingai ilgai.

Padėkos

Gerbiami skaitytojai,

Dėkojame, kad perskaitėte pirmąją ir antrąją „E-Z Dickens" serijos knygą. Tikiuosi, kad jums patiko šių naujų veikėjų papildymas ir nekantraujate sužinoti, kas bus toliau.

Netrukus pasirodys daugiau knygų!

Dar kartą dėkoju savo beta skaitytojams, korektoriams ir redaktoriams. Jūsų patarimai ir padrąsinimai neleido man atsilikti nuo šio projekto ir jūsų indėlis visada buvo/yra vertinamas.

Taip pat dėkoju šeimai ir draugams už tai, kad visada mane palaikote.

Ir kaip visada, laimingo skaitymo!

Cathy

Apie autorių

Cathy McGough gyvena ir rašo Ontarijuje, Kanadoje su vyru, sūnumi, dviem katėmis ir šunimi.

Taip pat pagal:

GROŽINĖ LITERATŪRA

YA

E-Z Dickens Superherojus Trečioji knyga: Raudonasis kambarys

E-Z Dickenso superherojus Ketvirtoji knyga: Ant ledo

NON-FICTION

103 lėšų rinkimo idėjos tėvams savanoriams, dirbantiems su mokyklomis ir komandomis (3. vieta geriausios literatūros 2016 m. METAMORPH PUBLISHING)